新潮文庫

月まで三キロ

伊与原 新著

目次

月まで三キロ

月まで三キロ

負けがこんでいる。

そう思ったときには、たいてい手遅れだ。ギャンブルと同じように、人生も。

ときどき思い出したように虚勢を張るのは悪い癖で、中身はただの小心者だ。

まだ若かった頃、女の子を食事に誘うときは、必ずその店を下見した。喜んでもらえるか見定めようというわけではない。不測の事態にあたふたして恥をかきたくなかっただけだ。こなれたところを見せつけたいという気持ちもあった。我ながら、小さい男だ。

人生も下見ができればいいのに、と思う。

下見さえできたら、こんなことには——。

いや。どのみち同じかもしれない。下見をしたからといって、デートがうまくいくとは限らなかった。

そんなわけだから、飛び込みで飲食店に入ることは滅多にない。さっき入ったようなぎ屋も、タクシーの運転手が「ここなら間違いないですよ」と連れてきてくれた。浜松では有名な店だという。二段のうな重が五千円もした。

それが値段に見合う味だったかは、よくわからない。ふた口目を口に運んだところで、突然吐き気に襲われたからだ。なぜこんなヘビみたいなものが好物だったのかと思うと、それ以上食べられなかった。

脂汗（あぶらあせ）を浮かべて席を立ち、支払いをしていると、女将（おかみ）が「お口に合いませんでしたか」と訊（き）いてきた。何とも答えられず、無言のまま釣り銭をつかんで出入り口に向かった。後ろ手に閉めた引き戸の向こうで、「うちのうなぎでダメなら、どこの店のもダメかもしれませんね」と嫌味を言うのが聞こえた。

秋の夜風が湿った体を冷ましていく。

店があったのは住宅街の真ん中だ。来た道も思い出せないまま、いい加減に歩き続けている。街灯もまばらな通りには、人影はおろか通る車もない。うなぎの甘ったるい匂（にお）いがいつまでも鼻腔（びこう）にまとわりついているようで、なかなか吐き気がおさまらなかった。

十五分ほど歩いただろうか。ヘッドライトが角を曲がって現れた。タクシーだ。こちらに近づいてくる。歩みを止めると、それに気づいたかのように、屋根で灯（とも）っていたあんどんが消えた。どうやらもう客を取りたくないらしいが、構わず右手を上げる。そのまま通り過ぎるかと思っていたら、真横で止まった。個人タクシーだった。やはり表示器は〈回送〉になっている。運転席の窓が下りた。

「すいませんねえ」人の好さそうな運転手が顔をのぞかせた。「今日はもう終わりなんですよ」

「──ああ……」

気の抜けたような声しか出なかった。そのまま棒立ちになっていると、運転手がこちらに首をのばし、目を瞬かせる。

「大丈夫ですか。具合悪そうですけど」

「──ああ……さっき、うなぎ食って」

「え！　あたったんですか？」

肯定も否定もしないうちに、運転手は独り合点して眉根を寄せた。

「参ったなあ」

どういうわけか、運転手はハンドルの上に身をかがめ、フロントガラス越しに夜空を見上げる。その方向に、ほとんど完璧な満月が出ていた。

運転手はこちらに弱々しい笑顔を向けると、小さく息をついた。すぐに後部座席のドアが開く。何も考えずに乗りこんだ。奥までは行かず、助手席のうしろあたりに座る。

「どうします?」運転手が首を回して訊いた。「ご自宅? 救急病院のほうがいいかな」

「いや……」少し考える時間がほしかった。「とりあえず、駅前」

「ああ、ホテルですか」運転手はまた早合点して、メーターを操作する。「気持ち悪くなったらすぐ言ってくださいね。車止めますから」

タクシーは静かに走り出した。いい車が多い個人タクシーにしては珍しく、かなり古い型のセダン。乗り心地が悪くないのは、運転が丁寧だからだろう。

「あそこにいらしたってことは、『くろかわ』ですか?」

うなぎ屋のことを言っているのだろうが、店の名前など覚えていない。

「——さあ……たぶん」

「ここいらじゃ、うなぎといえば『くろかわ』ですからねえ。でも、いい値段でしょ。ずいぶん前に一度だけ行ったことがありますよ。かみさんと息子と、三人で」

バックミラーに運転手の顔が映っている。五十代か六十代だろうが、うすくなった髪はもう真っ白だ。目尻(めじり)に刻みこまれたしわと、下がった眉尻のせいで、何をしゃべっていても困ったような笑顔に見える。

「それにしても、うなぎであたるってのも珍しい。ちょっと脂がのりすぎてたのかな。それでお腹がびっくりしただけならいいんですがねえ」

気がつけば大通りを走っていた。橋を渡ると、道路の両側にビルが増えてくる。もう十時半を回ったが、行き交う車も多い。浜松駅はたぶんもうすぐそこだ。

「ホテルはどちらになりますかね?」信号待ちで運転手が訊いた。

「──いや……」考えてみれば、この時間、もう新幹線はない。「やっぱり、東名」

「東名?　高速乗るんですか?　どちらまで?」

「──富士山。鳴沢村」それ以上詳しいことは知らないまま、来てしまった。

「今からそんなところまで?　それはさすがに……」

「いくらかかる」

「いやあ」頭をかきながら言う。「浜松インターから乗って、富士インターで降りて、そこからだいぶありますから──五万じゃきかないでしょうねえ」

ズボンのポケットから、むき出しのまま突っ込んでいた札を取り出す。一万円札が三枚に、千円札が二枚。その様子をバックミラー越しにうかがっていた運転手が、メーターのボタンを押した。

「とにかく、いったんメーター止めますから。今から富士山ってのは、私も無理なんです。勘弁してください」

運転手はしばらく直進し、閉店した店を見つけて敷地に車を入れた。ドラッグストアの駐車場だ。店舗はシャッターが下りていて、あたりは暗い。

ワイシャツの胸ポケットからタバコの箱を取り出すと、ドアが開いた。「すいませんねえ、禁煙車なんで」と運転手が言った。

車を降り、火をつける。運転手もエンジンをかけたまま外に出てきた。

「どうします？　他の車、呼びますか」

かぶりを振り、千円札を二枚、運転手に握らせる。「――釣り、いらないから」

タバコは何の味もしない。ふた口だけ吸って、踏み消した。その拍子に、靴の中敷がはがれてずれた。近所の洋品店で安売りしていた合皮の靴だ。ダメになるのもはやい。

運転手は札を手にしたまま、細めた目でこちらを見つめている。訝（いぶか）しんでいるようにも、微笑（ほほえ）んでいるようにも見えた。

「何でまた、今から富士山に？」運転手が訊いた。「荷物もお持ちじゃないし、遊びに行かれるようにも、お仕事にも見えませんけど」

白いワイシャツに、スラックス。上着もネクタイもかばんも、財布すらない。怪しまれて当然だ。

「――下見」無意識のうちに、もう一本くわえていた。

「下見って、何のですか。鳴沢村なんて、氷穴と樹海ぐらいしか――」

そこまで言って思い至ったらしい。無理に口角を上げて言う。

「まさかとは思いますが……自殺の下見とか言いませんよね？」

思わずふっと鼻息がもれた。図星だったが、赤の他人が発した「自殺の下見」という言葉が、今更ながら間抜けに思えたのだ。

「ちょっと、否定してくださいよ」運転手が頬を引きつらせる。「今どき、青木ヶ原樹海で自殺なんて、そんな、ねえ？」

「だから下見するんだよ」

「……本気ですか」

「もういいよ、行って」唇に引っかかったタバコを吐き捨てた。

「うわあ、参ったなあ……」運転手はうめくように語尾をのばした。「よしましょうよ。よりによって、こんな夜に」

「――こんな夜」つぶやくように繰り返す。

「だって、ほら」運転手は夜空を仰いだ。「ご覧なさいよ、あの見事なお月さま。中秋の名月は昨日でしたが、今夜のほうが望(ぼう)——満月に近いんです。月齢15・4」

　まるで、月が見てるでしょ、とでも言いたげな顔をしている。深刻なのか呑気(のんき)なのかわからない。妙な男だとしか思わなかった。返事をする気も起きず、道路のほうへと歩き出す。

「あ、ちょっと待ってくださいよ」

　背中で運転手が声を張るが、もうどうでもよかった。支払いは済ませている。相手をする義理はない。

「わかりました。こうなったら仕方ありません。青木ヶ原は無理ですけど、近くにいい場所がありますから、そこへ行ってみませんか」

　さすがに足が止まった。だが意味がつかめない。「いい場所——？」

「自殺にいい場所ですよ。お客さんの条件に合うかどうか、下見してください」

　運転手の顔を見つめた。いったい何を言ってるんだ、この男は。

「お代は結構ですから。ちょうどね、私も同じ方面へ行くつもりだったんです」

　タクシーは片側三車線の国道に入った。運転手はしゃべり続けている。

「はずせない条件は、やっぱりあれですかね。なるべく人知れずひっそり。樹海でと思ってらしたぐらいですもんね。わかる気がします。電車に飛び込むなんてのは、いかがなものかと思いますよ。人さまに迷惑がかかりますからねえ」

案内標識に〈天竜　浜北〉の文字が見えた。どうやら北に向かっているらしい。

運転手の言うことを真に受けたわけではない。どこかに泊まったところで、眠れるとは思えなかった。睡眠薬は切らしてしまったし、酒をあおる気にもなれない。安ホテルのベッドで天井のしみを見つめているぐらいなら、車に揺られていたほうがまだましな気がしただけだ。

「だとしたら、今向かってる場所はぴったりだと思うんです。この辺じゃあ、ちょっとした自殺の名所だそうですよ。ダムなんですけどね。天竜川の佐久間ダム。わかります？　ほら、飯田線に佐久間って駅が――あ、ところでお客さん、どちらから？」

「――名古屋」頭を使うのが面倒で、本当のことを言った。

「ああ、だったらご存知でしょ。日本第何位だかの大きなダムですからねえ」

「運転手さんは、そこに何の用」

「私？　私はダムなんかに用はありませんよ。もっと手前です。同じ天竜川沿いの、ある場所なんですけどね。先にそっちへ寄らせてもらっていいですか」

「うん」

「そういえば」と運転手が一瞬だけ首をうしろに回した。「食あたりは、もう大丈夫なんですか？」

「――ああ」食あたりだったわけではないが、吐き気はおさまっている。

「今回はちょっとあれでしたけど、うなぎお好きなんですね。だって――」言葉を探すように一拍空けた。「そんなときに、わざわざ『くろかわ』まで」

前段は合っているが、後段はちょっと違う。

富士山に向かおうと決めたのは、ほんの数時間前のことだ。一昨日あたりから、もういつでも死ねる気がしていた。死に場所について考えていたとき、以前テレビで見た青木ヶ原樹海の風景がふと頭に浮かんだ。すると、まるで強迫観念のように、一度そこへ行ってみなければという思いに駆られた。今になって思えば、運転手の言うとおりだろう。自殺イコール樹海というのは、恥ずかしくなるほどに短絡的だ。

だが、ここ二週間はそんなことが多い。思いついたことを確かめたり試したりしないでいると、何かやり残したようで、たまらなく不安になるのだ。小心者のまま思考力が低下すると、そうなるのか。あるいはただのノイローゼかもしれない。

午後八時前、栄の「ビジネスホテルやしろ」を身一つで出てきた。ビジネスホテルと名乗ってはいるが、トイレもシャワールームも共同の安宿だ。長期の宿泊客が多いらしく、一週間分を先払いすると、一泊あたり千九百円になる。タバコと現金だけポケットに突っ込み、携帯は部屋に置いてきた。充電が切れたままだったし、まだ使えるかどうかもわからない。先月末の支払いをしていないのだ。

計画のようなものは何も持ち合わせておらず、とにかく鳴沢村までたどり着ければいいと思っていた。名古屋駅で新富士駅までの切符を買い、こだま号に乗りこんだ。

新幹線が浜名湖を横切っていたとき、ああ、うなぎだ、と思った。腹が減っていたわけではない。食欲がわくという感覚など、とうに忘れている。うな重が一番の好物だったことを思い出したのだ。このまま通り過ぎたら、やり残しが一つ増える。浜松駅で停車すると、衝き動かされるようにして新幹線を飛び降りた。すぐさまタクシーに乗り込んで、運転手にすすめられるまま、「くろかわ」へ向かったというわけだ。

赤信号で止まると、運転手が窓を下ろした。顔を外に出し、うしろの空に目を向ける。

「よく晴れてる」運転手は満足げにつぶやいた。月の様子を確かめていたらしい。

信号が変わり、車列が動き出す。対向車の数が減り始めていた。道路沿いには、明かりの消えた店舗に混じって、低層のマンションが目立つようになっている。

「知ってました？」

運転手が前を向いたまま訊いてきた。

「月ってね、いつも地球に同じ面を向けてるんですよ」

「――ああ……」聞いたことがある気もする。

「だから、いつも同じ模様が見えるでしょ。月のウサギ。あの黒っぽい部分は、月の海といいましてね、溶岩が広がった平らな地形なんですよ。月の裏側っていうのは、地球からは見えない。表と裏があるなんて、ちょっと人間ぽいですよね」

表と裏――。

祐未と離婚したことを伝えたとき、父は彼女を評して、「やっぱり裏表のある人間やったか」と言った。いかにも父の言いそうなことだが、当たっていない。祐未は、どこにでもいる、ごく平均的な性質の女だ。適度に善良で、当たり前に打算的。裏の顔などない。彼女にあんな決断をさせてしまったのは、他でもない、この自分だ。

結婚したのは三十三歳のとき。もう十五年も前になる。祐未はまだ二十三だった。デザイナー見習いとして配属された彼女に先に惚れたのは、こっちだ。少し甘えた声で些細なことでも質問してくる姿が、かわいいと思った。イタリアン、寿司、焼き鳥と、何度か食事に誘い、交際にこぎつけた。専門学校を出たばかりの祐未には、店の選び方も振る舞いも、ずいぶん大人に映ったらしい。下見を繰り返したおかげだ。

　初めて祐未を岐阜の実家に連れて帰ったとき、父はいい顔をしなかった。まだ若すぎるだの、浮ついた感じがするだのと言っていたが、本音は違う。美術系の専門学校を出たというのが気に入らなかったのだ。父にとっては、デザインの勉強など遊びと同じだ。大卒の息子とは釣り合わないと思ったのだろう。

　父が反対するなら、勝手に籍だけ入れてしまうつもりだった。それを嫌がったのは母だ。一人息子にどうしても結婚式を挙げさせるのだといって、父を説得した。結局、名古屋市内のホテルでそれなりに盛大な披露宴をやった。燕尾服の父は、終始難しい顔で向こうの親戚から杯を受けていた。十も年下の若い花嫁は確かに美しく、友人たちにやっかまれた。

　当時勤めていたのは、東海地区で最大手の広告代理店だ。結婚の翌年にはクリエイティブ・ディレクターに昇格した。同期では一番乗り。プレッシャーはあったが、自分の仕切りで広告をつくることができるという喜びのほうが勝っていた。

　給料も上がり、名古屋市内に３ＬＤＫの新築マンションを買った。なぜそんなものを買う必要があるのかと、父は当然のように反対した。資金援助を頼むつもりはなかったので、聞く耳は持たなかった。退職金で一括返済ができることを見越して、三十五年ローンを組んだ。

祐未には、数年は子どもをつくらないでおこうと提案した。一番の理由は、彼女がまだ若かったことだ。子育てで疲弊させるのはかわいそうだと思ったし、しばらく二人だけの生活を満喫したかった。祐未自身も、急ぐ必要はないと考えているようだった。

祐未は会社を辞めなかったので、世帯収入は十分あった。仕事は忙しかったが、外食や旅行も存分に楽しんだ。二人のためだけに金を使っていた。不安はなかった。公私ともに、すべてが順調に思えた。


「知ってました？」

また運転手が言った。どこか得意げな、屈託のない声だ。

「大昔はね、月に表も裏もなかったんですよ。月は今より速く自転していましたから、あらゆる面を地球に見せてたんです。とはいえ、見ていた人間はいやしません。ほんとの大昔、たぶん何十億年も前のことですからねえ」

何十億年。ぴんとこない話だ。運転手は楽しそうに続ける。

「よく誤解されてるんですがね、今の月が同じ面を地球に向けているのは、自転してないからじゃないんです。月の自転周期が、公転周期と一致してるからなんですよ。月は二十七・三日で地球のまわりを一周しますよね。同じく二十七・三日かけて、月自身も一回転する。とてもゆっくりです。太古の月はもっと速く、くるくる自転していた。それが、地球が及ぼす潮汐力のせいで――正確にいうと潮汐トルクのせいで、自転にブレーキがかかったんです。そのブレーキは、月の自転周期が公転周期と一致するようになるまでかかり続ける。この現象を潮汐ロックといいまして、多くの衛星で一般的に――」

窓の外に目をやった。ずいぶん暗い。コンビニや飲食店の明かりだけが目立つ。建物の間に広がる暗闇は、田んぼか畑だろう。道が右に大きくカーブする。首を右うしろに回すと、リアウィンドウから月が見えた。

祐未との暮らしに変化が起きたのは、五回目の結婚記念日だった。

フランス料理店で食事をした帰り道、祐未が、会社を辞める、子どもがほしい、と言い出したのだ。三十歳に近づき、そろそろと思い始めていたのは間違いない。ただ、本当にほしいのは子どもではなく、会社を辞める口実なのではないかということも、一瞬頭をよぎった。当時の祐未は同僚のことで愚痴をこぼすことが増えていた。人間関係に疲れていたのだと思う。その三カ月後、祐未は退職した。

実はその頃、自分もまた会社に不満を募らせていた。仕事はうまくいっていた。大きな案件をいくつも任され、誰より会社に貢献しているという自負もあった。それなのに、会社は自分を正しく評価していないと感じていた。有り体にいえば、給与や役職が低すぎると思っていたのだ。今考えれば、正当な不満ではない。業績が伸び悩む中、会社としては精一杯の待遇をしてくれていたと思う。そんな当たり前のことが、当時はわからなかった。

独立を真剣に考え始めたのは、あるクライアントの社長のひと言がきっかけだった。名古屋でも有数の飲食店グループを率いるその社長は、「君もそろそろ独り立ちしていいんじゃないか。うちの仕事は全部そっちに回すよ」と言ったのだ。酒の席での言葉を、真に受けた。慕ってくれている後輩のアートディレクターを誘って、密(ひそ)かに準備を始めた。四十にして一国一城の主(あるじ)になる。そんな夢に酔っていたとしか言いようがない。

それからは多忙を極めた。深夜に帰宅し、そのままベッドに倒れこむ日々。祐未にはもちろんすべてを話してあった。相談したのではない。独立することにしたと告げただけだ。祐未は思ったほど反対しなかったが、子づくりに協力的でないことについてはしょっちゅう不満をもらしていた。

苦労して準備を進め、半年後にはどうにか開業できるという目処がついたとき、リーマン・ショックが起きた。地方とはいえ、広告業界も大きな打撃を受けるであろうことは、誰にでも予想できる。今はやめておけ、と知人はみな反対した。

立ち止まるべきだった。だが、その勇気がなかった。びびったと思われたくなかったのだ。不況のときこそ打って出ろ。そんな起業家の言葉を探し出し、自分ならやれると必死で言い聞かせた。現実を直視するのが怖くて、目をつぶっていた。危ぶむ声を聞くのが恐ろしくて、耳をふさいでいた。

ただの小心者なら、あるいは本当の意味で勇気ある人間なら、そこで引き返していただろう。虚勢を張る小心者という自分の本性が、人生のもっとも大事な局面で出てきてしまったわけだ。

開業して二年は何とか持ちこたえた。例の飲食店グループをはじめ、前の会社で仕事をしたクライアントが細々とした案件を回してくれたからだ。だがそれは、ただのご祝儀だった。どのクライアントも、義務は果たしたと言わんばかりに、すっと離れていった。

慣れない営業活動に奔走した。飛び込みもやった。だが、どこも広告費を削る中、新規顧客など簡単に得られるはずもない。三年目には仕事がほとんどなくなった。自分でいうのも何だが、よくある話だ。開業時に雇った二人の社員には、頭を下げて辞めてもらった。前の会社からついてきてくれた後輩だけが残った。

　経営が悪化するにつれ、祐未との関係も冷え込んでいった。初めのころは、彼女も心配して会社の状況をあれこれ訊いてきた。そのとき素直に弱音でも吐いていればまだよかったのかもしれない。不機嫌な顔で言葉少なに応じることしかしなかった。それに嫌気がさしたか、あきらめたのか。そのうち何も訊かれなくなった。

　ストレスがたまり、結婚を機にやめていたタバコをまた吸い始めた。外回りに出たはずが、気づけばパチンコ台の前に座っていることが増えた。仕事もないのに、帰りは遅い。毎晩立ち飲み屋で時間をつぶしていたからだ。それでも祐未は何も言わなかった。思えば、そのころにはもう見切りをつけられていたのだろう。いつしか、「子どもはどうするつもり？」となじられることもなくなっていた。

　四年目を待たずして、会社をたたんだ。最後の夜、運命をともにした後輩と二人、がらんとした事務所で缶ビールを飲んだ。後輩は泣いていた。幸いだったのは、彼の再就職がすんなり決まったことだ。それだけは本当によかったと、今も思っている。

　祐未が離婚届を食卓に置いたのは、その三カ月後だ。すました顔で、「わたしのほうは、まだいろいろやり直せる。子どもだって産める。何も要らないから、今すぐ判を押してほしい」と言った。覚悟していたので、驚きはしなかった。ただ、「わたしのほうは」という言葉だけが、頭蓋の内側で重苦しく反響していた。役所に届けを出したのは、十回目の結婚記念日を迎える二日前のことだった。

そのわずか半年後、祐未が実家のある豊橋で再婚するらしい、と風の噂で聞いた。もしかしたら、離婚する前からその相手と何かあったのかもしれない。まあ、今となってはどうでもいいことだが。

とにかく、そんな風にしてすべてを失った。残ったのは、一人で住むには広すぎるローン付きのマンションと、独立してつくった借金。負債は合わせて七千万円を超えていた。

広告業界の知り合いに頭を下げ、再就職の世話を頼んではみた。代理店、PR会社、企業の宣伝部。どの会社でも、独立に失敗した四十過ぎの自称クリエイティブ・ディレクターなど、扱いに困るだけと思われたのだろう。拾ってくれるところはなかった。

選り好みができる立場ではない。何でもいいからはやく仕事を見つけなくては。頭ではわかっていた。だが、どうしても心がついてこない。職安に通ったりしたら、今の自分の価値が丸裸にされる。それは耐え難かった。だから毎朝、日課のように開店前のパチンコ店に並んだ。

そんな貯金を取りくずすだけの生活が長続きするわけもない。破綻は一年も経たないうちに訪れた。

「知ってました？」

運転手が三たび言った。ハンドルをきちんと両手で握り、視線は正面に向けている。

「月ってね、だんだん地球から遠ざかってるんですよ」

月が遠ざかる。ぼんやりした頭で、嘘みたいな話だと思った。

「びっくりでしょ。でも本当なんです。月は一年に三・八センチずつ、地球から離れていってるんですよ。理屈はちょっと難しいんですがね、さっきの話と本質的には同じです。月も地球に潮汐力を及ぼしていて、地球の自転にわずかにブレーキをかけている。その反作用として、月の公転が加速される。月にはたらく遠心力が増して、ちょっとずつ公転軌道が大きくなっていくわけです」

赤信号に引っかかった。運転手がまた窓を全開にする。入り込んできた外気に、草の匂いを感じた。

「ですから、太古の月は、もっと大きく見えたんです。やっぱり、人間なんてまだいない時代の話ですけどね。今、月までの距離はだいたい三十八万キロです。それが、四十億年前より昔、つまり地球と月が生まれて間もないころは、その距離は今の半分以下でした。地球から見える月の大きさは、なんと今の六倍以上」

運転手はまた窓の外に顔を出し、うしろに首をのばして月を見上げた。

「この六倍ですよ、六倍。たぶん肉眼でクレーターまではっきり見える。すごい迫力だったでしょうねえ」

聞いているうちに、初めて疑問がわいた。この男は何者だろう。なぜこんなことに詳しい。最近プラネタリウムにでも行ったのか。あるいは、天文マニアだろうか。だが、それ以上の想像力ははたらかない。

車が走り出す。運転手の声を意識から遠ざけ、横の窓に目を向けた。高速道路の高架をくぐる。たぶん新東名だ。それを越えると、暗闇の領域がぐっと増えた。開けた平地に、工場と家屋が点在している。

同じ郊外でも、実家周辺とはまるで似ていない。岐阜市はもっと山がちなので、道幅がせまく、集落ももう少し密集している。

生まれ育ったのは、岐阜市の北のはずれ、まだ田畑が多く残る町だ。実家は県道沿いの古い平屋で、やはり家の裏に田んぼと小さな畑を持っていた。田んぼのほうは、代々農家だった我が家に最後に残った一反だと聞かされていた。父は、その一反を何とか守っていくのが家長としての義務だと考えていたらしい。

そんな父とは、子どものころから折り合いが悪かった。

支那(しな)事変の年に生まれた父は、高校を出たあと、市の職員になった。水道局だか水道事業部だかに長く勤めていたはずだ。

平日は毎朝五時に起き、田んぼと畑の世話をしてから出勤する。仕事から帰ると、夕飯を食べながら瓶ビールを一本。NHKを一時間だけ見て風呂(ふろ)に入り、九時半には寝てしまう。父に先回りして黙々とその支度をする母は、家族の団らんなどとうにあきらめていたらしい。週末はもっぱら農作業で、田んぼか畑に一日中いる。定年退職するまで、そんな判で押したような生活を送っていた。

だから、家族旅行はおろか、近所の公園に連れていってもらった記憶すらない。勤勉だといえば聞こえはいい。だが実際は、遊ぶということがよくわからなかったのだと思う。

口数こそ少ないが、一人息子への干渉と束縛はひどかった。口を開けば否定的な言葉。少なくとも自分はそう感じていた。思春期になると、当然のごとく軋轢(あつれき)が生じる。こちらのやりたいことは許してもらえず、やりたくないことばかり強要された。田んぼを手伝え。高校はここや。アルバイトはあかん。原付バイクなど必要ない。あらゆることで衝突した。

高校三年のときには、大学進学のことでつかみ合いの喧嘩をした。自分が高卒で悔しい思いもしたのだろう。いい大学へいけとは昔から言っていた。父の中で、いい大学というのは一つしかない。地元の国立大学だ。

地元の国立大学を出て、地元でいい会社に——できれば県庁か市役所に就職する。それが、父の考える理想の人生だった。父の人生を少しグレードアップしたようなもの、といえばいいかもしれない。そこへ導いてやるのが親の務めだと、父は固く信じていた。

学力的にはそれも可能だったと思う。だが自分の希望は違っていた。どうしても東京へ出てみたかったのだ。東京の私立大学を受験すると言い張って、父と揉めた。希望がかなったのは、母のおかげだ。「そのために勉強も頑張っとるんやで、あの子の思うようにさせてやって」と、泣いて父に頼み込んでくれた。

入学したのは、御茶ノ水にある大学だ。入ってしまうと、ご多分にもれず、仕送りだけもらって遊び暮らした。ちょうどバブルの真っただ中。学生たちも浮かれていたし、デートや洋服に金を使うことをためらわなかった。一年生の夏休みに車の免許を取り、女の子を乗せてスキーに行きたいがために、冬が来る前に中古のホンダ・プレリュードを買った。

ろくに講義にも出ず、精を出すのはアルバイト。暇さえあればパチンコか、誰かのアパートで麻雀（マージャン）を打つ。タバコを覚えたのもこの頃だ。岐阜にはほとんど帰らなかった。我ながら、甘ったれた息子だったと思う。

名古屋で就職した理由は、二つある。一つは、東京での就職活動があまりうまくいかなかったこと。もう一つは、母のためだ。大学三年のとき、母はもともと患（わずら）っていた心筋症の手術を受けた。その後は元気になったが、遠くで暮らすのは心配だった。名古屋に住んでいれば、実家まで一時間で帰ることができる。

だが、この就職についても、父はしつこく苦言を呈した。広告代理店というのが気に入らなかったのだ。何やら軽薄な会社だと勘違いしていて、いくら仕事の中身を説明しても、理解しようとしなかった。最後には、「お前はそれがかっこええと思っとるかもしらんが、要するに、チンドン屋の元締めみたいなもんやろうが」と言ったほどだ。

就職してからは、年に三、四回は実家に顔を出すようになった。結婚すると、それが年に一、二回に減った。祐未が岐阜に行きたがらなかったのだ。会うたびに「子どもはまだか」と平気で口にする父が、疎（うと）ましかったのだろう。

会社を辞めて独立したことは、父には事後報告だった。「考えが甘すぎる」と眉をひそめられたが、それはまだいい。その会社をつぶし、挙句に離婚までしたことは、一年近く黙っていた。そうでなくても精神的には崩壊寸前だ。その上あの父に責められては、本当につぶれてしまうと思ったのだ。

だが、ついに貯金が底をつくと、そんなことは言っていられなくなった。足を引きずるようにして、実家を訪ねた。すべてを話し、生まれて初めて自分から父に頭を下げた。父の第一声は、「恥ずかしいやつや」だった。顔も上げられなかった。母はショックで呆然(ぼうぜん)としていた。父は冷たい声で、「まったく、うちの恥さらしじゃ」と続けた。

名古屋のマンションを引き払い、実家に戻った。四十四にもなって年金暮らしの両親に頼る自分が、心底情けなかった。結局のところ、甘ったれた息子のまま、歳(とし)だけとっていたということだ。泣きつく先があったから、覚悟も能力もないくせに、好き勝手ができたのだ。

「人様に迷惑をかけるな」が口癖の父は、借金を忌(い)み嫌っていた。マンションは任意売却にかけることにした。父も、黙って田んぼを売りに出した。父がどんな気持ちで最後の一反を手放したのかは、とうとう分からずじまいだ。どちらもかなり買い叩(たた)かれたものの、半年ほどで売れた。借金は二千五百万円ほどになった。

となりの市のスーパーで働き始めた。近所で仕事を探さなかったのは、昔の友人たちと顔を合わせたくなかったからだ。週五日、一日八時間働いたが、身分はパートだ。休みの日には、交通誘導のアルバイトも入れるようになった。パチンコ店には近づかず、収入の大半を借金の返済にあてた。

前向きに生き始めていたわけではない。規律正しい生活を送っているほうが、不安を感じずにすむ。常に体を疲れさせているほうが、余計なことを考えずにすむことに気づいたのだ。もしかしたら、父もそうだったのかもしれない。気弱な心を覆って保護するための、生真面目という鎧。小心なのは、父の血か。今になればそう思う。

母が急逝したのは、その翌年のことだった。

「知ってました？」

運転手が、また言った気がした。

「この先にね、月に一番近い場所があるんですよ」

月に一番近い場所——。

そんな風に聞こえたが、耳がどうにかなったのだろうか。そうでないなら、おかしいのは運転手のほうだ。もしかしたら、今までの話も全部デタラメかもしれない。聞き返しもせず、ぼんやりした頭でそんなことを思った。

「変なこと言ってると思ってます？」運転手は可笑しそうに続ける。「そりゃそうですよね。でも、行けばわかりますよ。実はね、私の行きたいところというのは、そこなんです。あと十分ほどで着きますから」

いつの間にか、景色が変わっていた。道幅がせまくなり、左右に低い山がせまっている。岐阜に帰ってきたかのように錯覚した。

あの夜のことを思い出す。スーパーの閉店業務を終えようとしていたとき、母が倒れたと父から電話がかかってきたのだ。店のエプロンをつけたまま、母が運び込まれた病院へと軽自動車を飛ばした。到着したときには、もう心臓が止まっていた。心筋症が原因の致死性不整脈だと説明を受けた。父の話によれば、風呂を出た直後に左胸を押さえて倒れ、意識を失ったのだという。

葬儀が終わってからの数週間は、あまり記憶がない。気が抜けたような状態だったのだと思う。そのあとの数週間は、悲しみと後悔に暮れた。母を安心させてやることがとうとうできなかったという事実が、鈍痛となって心の芯に居座り続けた。

父と二人きりの生活に重苦しさを感じるようになったのは、何カ月か経ってからだ。

食事はほとんど、勤め先のスーパーの見切り品。食卓に会話はない。定年後の父は、ちょこちょこ家事もしていたのだが、母が亡くなってからは何もやらなくなった。毎日出ていた裏の畑にも、あまり出なくなった。増えたのは、虚ろな顔でＮＨＫを見ている時間。だが、母の死が父から奪ったのは、気力だけではなかった。

父の物忘れが段々ひどくなっていることには気づいていた。それが認知症だと確信したのは、一昨年の七月のことだ。仕事から帰り、父の和室をのぞくと、猛烈に暑い。暖房をかけていたのだ。驚いてエアコンのリモコンを取り上げ、冷房に切り替えようとすると、父は「何するんや」と怒った。そして、何度言い聞かせても、「まだ三月やろ」と言い張った。

そこから症状は急速に悪化していった。当たり前のことができなくなり、会話も成り立たない。ゴミ箱をあさり、腐りかけの惣菜を食べる。朝七時半になると、作業着を着込んで役所へ出勤しようとする。長時間一人にするのが不安で、交通誘導のアルバイトは辞め、スーパーの勤務時間も減らしてもらった。

他に頼れる人はいなかった。四日市にいる叔母――父の年の離れた妹は、やはり義父の介護をしていて身動きが取れない。市役所にも相談にいったが、特養ホームなど、安く入居できる公的な施設はどこもいっぱいで、入所待ちが大勢いるとのことだった。

　そのうちに、トイレの介助が必要になった。ふらふら外へ出ては、迷子になって近所の人に連れ戻されることが続いた。いよいよ家を空けられなくなり、スーパーの仕事も辞めざるを得なかった。店長に「頑張ってくれてたし、いずれは社員にと思ってったんやけど」と残念がってもらえたのだけが救いだ。

　亡くなった母を探し回ることもなくなり、息子のこともわからなくなった。下の世話をしたり、体を拭いたりしていると、父はよく「あなた、福祉部の方ですか」と言った。息子を役所から来た人間だと思っているらしかった。

　一日中、ひたすら父の介護。夜中に騒ぐことが増え、まとまった睡眠もとれない。どんどんわがままになる父に、ついこちらも手荒になる。するとそれを嫌がって、今度は父が暴れる。格闘するような日々が二年近く続いた。心身ともに疲れ果てていた。

　ある日のことだった。母の月命日だったので、仏壇に仏飯を供えていた。父がそれを手づかみにして、口に入れようとした。普段なら好きにさせただろうが、その日は朝から言うことを聞いてくれず、いらいらしていた。父の手首をつかんでやめさせようとすると、逆につかみかかってきた。それを力まかせに引きはがし、顔面をなぐりつけた。倒れ込んだ父は、失禁していた。臭いが辺りに漂った。畳にしみ出す尿を見つめていると、涙があふれてきた。膝から崩れ落ち、嗚咽した。

限界だと悟った。父を捨てて、消えてしまおうと思った。だが、その言葉どおりのことを実行する勇気はなかった。幸いだったのは、母の死後、父が万が一のためにと、残った土地の名義を息子に変えてくれていたことだ。田んぼを譲った不動産会社に相談すると、その土地も家ごと買い取ってくれることになった。相場からはほど遠い安値だったが、すぐ金になるならいくらでもいい。その金と父の預金を高額な入居一時金にあてて、父を岐阜市内の民間老人ホームに入れた。先月——九月初めのことだ。

正常な判断ではなかったと自分でも思う。もっとましなやり方があったはずだと人は言うかもしれない。だが、あとさきのことは考えられなかった。とにかくすべてから逃げ出したいという一心だったのだ。

不思議なものだ。母を亡くし、父を捨て、家を失うと、自分の存在までもが半透明になった気がした。あてもないのに、足は名古屋に向かっていた。希薄な存在のまま、都会の混濁に溶けてしまいたかった。荷物は、実家の押入れにあった古いボストンバッグ一つ。二十数万円の現金もそこへ突っ込んできた。それが全財産だ。栄の「ビジネスホテルやしろ」に宿を定め、繁華街をさまよった。

二週間ほど前のことだ。不動産屋の前で何気なく物件情報を眺めていると、女性店員が「ご案内しましょうか」と声をかけてきたので、うながされるまま中に入った。

紹介申込書に名前を記入し、年齢を書こうとして、手が止まった。一カ月前に四十九歳になっていたことに、初めて気づいたのだ。来年五十になる自分が、風呂なしの安アパートを借りて住む。安い日当の仕事をしながら、まだ二千万円以上ある借金を返していく。そんな人生に、何の意味があるのかと思った。ボールペンを置いて、黙って不動産屋を出た。

もう仕事を探す気はなかった。パチンコ店の前を通りかかったが、うるさいだけだと思った。ただただ、すべてが虚(むな)しかった。

薄汚れたせまい部屋に戻ると、死ぬことを考え始めた。何かやり残したことはないかと、考え始めた。

「ほら」

運転手の声で我に返った。

「天竜川ですよ。道のすぐ左側」

そちらに首を回すと、木々の向こうに漆黒の平面が見える。対岸にぽつんと灯った明かりからのびる光の筋がかすかに揺れていたので、それが水面だとわかった。

「すぐ下流に船明(ふなぎら)ダムってのがありましてね」運転手が親指で後方を示した。「この辺りは水がたまってるんです。だから水面が高くて、川幅も広い」

確かにそうだ。水面の位置は、道路からほんの二メートルほど下。対岸までは優に百メートルはある。川というより、細長い湖のふちを走っているような感覚だ。

「このまま川沿いを行けば着きます。もうすぐですよ」

そう、もうすぐなのだ。

やり残したことは、本当にないだろうか。

老人ホームの月額利用料は、父の年金から支払われることになっている。父は死ぬまでホームにいられるはずだ。たぶん。

母の位牌（いはい）と遺影も、施設の父の部屋に置いてきた。そうだ、四日市の叔母の連絡先を、ホームに伝えておいたほうがいい。

祐未に何か書き残しておくことは――。余計なことだ。幸せに水を差すことはない。

祐未のことを考えたせいか、ふと、もし自分に子どもがいたら、どうしただろうと思った。一緒に暮らしていようがいまいが、子どもを残して死ぬなどということを、考えただろうか。泥水をすすってでも、人生を立て直そうとしたのではないか。

いや。もういい。我が子に抱く愛情を親の立場で実感したことがない以上、こんな想像に意味はない。

木々が並ぶ川沿いの緑地が途絶えた。左側に続く川面とアスファルトの路面を隔てるのは、低いガードレールだけ。タクシーが黒い水面をすべっていく。そんな感覚に陥った。道路の右側はすぐ山で、斜面から乗り出さんばかりに緑が繁っている。

前方にトンネルが見えた。そこで少し川から離れていくようだ。運転手がトンネルの手前で左にウィンカーを出す。左側に側道があるらしい。

タクシーは車線変更をするように左に寄り、側道へ入った。その細い道は、さっきまでと同じように、川のすぐそばを走っている。

道は緩やかに右へと弧を描く。カーブの先に赤い鉄橋が見えた、そのとき。

「あ、ほら！」

運転手が声を上げた。人差し指を車の天井に向けている。

「見ました？」

「いや」月のことだろうか。

「もっとゆっくり行けばよかったですね。車停めますから、見に行きましょう」

鉄橋のたもとまで行くと、路肩に広いスペースがあった。そこにタクシーを停め、来た道を歩いて戻る。街灯はなく、運転手が懐中電灯で足もとを照らす。準備がいいところをみると、何度か来ているのかもしれない。

川の匂いがする。この先のダムで堰き止められているせいか、水音はしない。歩いているうちに目が慣れてきた。完全な暗闇ではない。月明かりがあるのだ。

顔を上げた。真正面に満月が浮かんでいる。

冷たく硬質な光を放つ、濁った氷の玉。そう見えるのは、たぶん色のせいだ。黄色というより、青白い。そもそも、月の色って、何色だった――?

「ほんとにいい月ですねえ。そろそろ南中だ」運転手も空を見上げていた。「朝まで雨が降ってたでしょ。そのおかげで空気が澄んでるんですね、きっと」

そうかもしれないが、やはりわからない。ここが月に一番近い場所だというのは、いったいどういうことか。

さらに五十メートルほど行くと、運転手が立ち止まった。うしろを振り返り、懐中電灯を上に向ける。

「ほら、これですよ」

ポールに取り付けられた青い金属板。道路の案内標識だ。懐中電灯の光でも、文字は十分読み取れる。

〈月　Tsuki　3㎞〉

月まで三キロ――。

確かにそう書いてある。狐につままれたような気分になった。

「ね、嘘じゃなかったでしょ」標識を見上げたまま、運転手が得意げに言う。「たった三キロですよ。間違いなく地球上でここが一番月に近い」

とすれば、この運転手は狐か。その横顔をあらためて見つめた。運転手はこちらに顔を向け、目尻のしわを深くする。

「種明かししますとね、さっきの鉄橋の先に、『月』って名前の集落があるんですよ。浜松市天竜区月」

「ああ……」そういうことか。

「珍しい地名ですよね。私、浜松の生まれですけど、長い間知りませんでした」

運転手は川べりに近づいた。ガードレールに浅く腰掛け、月を見上げる。

「この標識のことを知って以来、満月の夜は、必ずここへ来ることにしてるんです」

「必ず――月見のために?」

「いや、ただの月見じゃあ、ないんですがね」

運転手のほうへ歩み寄る。川面に映った月が、震えていた。一・五メートルほど間をあけて、ガードレールに尻でもたれかかる。同じように月を見上げた。

あそこまで三十八万キロあると言われたら、そんな風に見える。だが、三キロ先だと言われたとしても、そう見える気がした。それほどに、今夜の月は、近い。

タバコを一本抜き、火をつけた。やはり何の味もしない。

「お客さん、お子さんは？」運転手が訊いた。

「――いない」

「そうですか。じゃあ、わかっていただけるかどうかわかりませんが」

運転手はなぜか照れたように鼻をかいた。

「子育てって、月に似てると思うんですよ。親が地球で、子どもが月」

「ああ」

「知ってました？　実際、月は地球から生まれたようなもんなんですよ。原始地球に火星サイズの小天体が衝突しましてね、飛び散った破片が集まってできたのが、月。まだ仮説ですけどね。ジャイアント・インパクト説」

知らなかった。というより、月がどうやって生まれたかなんて、考えたこともなかった。

「さっきも言いましたけど、赤ん坊の月は、地球のそばにいるじゃないですか。幼いころは、無邪気にくるくる回って、いろんな顔を見せてくれる。うれしい顔、悲しい顔、すねた顔、楽しい顔、さびしい顔、全部です。でも、時が経つにつれて、だんだん地球から離れていって、あんまり回ってくれなくなって、とうとう地球には見せない顔を持つようになる。裏の悪い顔って意味じゃないですよ。親には見せてくれない一面っていうのかな。月の裏側みたいに」

自分は、どうだっただろう。十やそこらのころから、自分の思いや感情を父に伝えようとはしなくなった。父のほうでも、息子の気持ちを知ろうとはしなかった。こちらはただ乱暴に要求をつきつけ、向こうは有無を言わさずはねつける。その繰り返しだ。

「まあ、それが成長するってことなんでしょうけど、やっぱり、哀しいですよね」

「――哀しい、か」父にはもともとない感情だろうと思った。

さっきから、この側道を通る車は一台もない。視線を右にやれば、本線の道路をたまにヘッドライトが向かってくるが、みなトンネルへと消えていく。

「私ね」運転手が言った。「タクシーに乗る前は、東京にいたんです。高校で地学の教師をしてましてね」

「ああ」意外ではあったが、同時に納得もした。

「子どものころから、宇宙とか天体が好きでねえ。大学もそっち方面に進んで、大学院へも行きました。研究者になるか教師になるか悩んで、結局教師に。生徒たちと一緒に何かやるってことに、憧れがあったんですよ。で、中高一貫の男子校に就職しました。まあ、進学校ですよね。毎年東大に何十人も入るような」

　運転手が自分のことを語り始めた理由はわからない。ただ、初めからこの話をするつもりだったんじゃないかと、何となく感じた。

「生徒たちに声をかけて、天文部を立ち上げましてね。ほんと、今思えばただの自己満足ですよ」運転手はひとりで笑った。「でも、みんな熱心にやってくれました。あ、知ってました？　月の表面のある区画でクレーターの数を数えて、その密度を計算してやると、そこの岩石の生成年代が見積もれるんですよ。クレーター年代学っていうんですけどね。そんな研究を生徒たちとやって、学会で発表したり、表彰されたりしましてねえ。楽しかったですよ、ほんとに」

　運転手は懐かしむように目を細め、続ける。

「結婚して、子どもが生まれて。一人息子です。あの子の、確か九歳の誕生日かなあ。天体望遠鏡を買ってやったんですよ。安い屈折式でしたけど、喜びましてね。二人で毎晩のように月を見ました。ほんとに月が好きな子でねえ。あ、望遠鏡で月見たことありますか？」

「いや」

「一度見てみるといいですよ。感動しますから。安物の望遠鏡でも、月だけはほんとにくっきり、細かいところまでよく見えるんです。三キロどころか、手をのばせば届きそうなぐらい近くに。だからでしょうねえ。あの子はとにかく月専門で」

月を見上げて想像した。望遠鏡だとどう見えるかではない。あの父と一緒に月を見るということを思い浮かべたのだ。当然ながら、そんな経験は一度もない。想像しても、楽しい場面にはならなかった。

「天文部でも、夏合宿ってのがありましてね。毎年、長野の乗鞍（のりくら）で天体観測をするんです。あの子も二回ほど連れて行きました。それがよっぽど楽しかったんでしょうねえ。中学受験して私の学校に入ると言い出しました。もちろん親として反対はしませんよ。五年生から塾に通い始めて、あの子なりに一生懸命勉強したんですが、受かりませんでした」

いつの間にか、指にはさんだタバコはフィルターのところまで燃え尽きていた。そのまま足もとに落とす。

「高校で再チャレンジすると言って、地元の公立中学に行きました。私の学校、高校からも入れるには入れるんですが、枠が少ない。難しいとは思いましたけれど、本人がやる気なんですから、頑張れというしかありません。中学一年のときは何も問題なかったんですが、二年生になってクラスが変わると、学校を休みがちになりましてね。朝起きると、頭が痛いとか、お腹が痛いとか言うんです。私も教師ですから、ピンときましたよ。いじめに遭ってたんだと思います」

「ああ……」低く声がもれた。

「無視とか、ひそひそ悪口とか、形に残らないいじめ。小柄で、線が細くて、科学好きのガリ勉でしょ。標的にはなりやすいですよね。でもあの子は、頑としてそれを認めませんでした。親に心配かけたくなかったのか、あるいは、プライドがあったのかもしれません。十四歳ですから。ちょうど、親には見せない部分が出てくるころですからねえ。

　私は、いじめと闘うのは得策でないと考えました。学校へは無理して行かなくていい。転校してもいい。あの子にはそう伝えたんです。結局、二年生の間はほとんど登校せずに、家で勉強していました。三年生になって、またクラスが変わると、少し状況がよくなりましてね。二学期からはほぼ毎日登校できるようになったので、私たちも安心してたんです。でも、やっぱり勉強は遅れてましたし、欠席が多くて内申点もよくない。いい高校に行けないことは、本人もよくわかっていたと思います。それでも、私の高校だけは絶対に受験すると言い張りましてねえ」

運転手の横顔から目が離せない。こんな話を聞きたいとは思わないのに、その表情に何かを読み取ろうとしていた。だが運転手は、あの困ったような微笑みを崩すことなく、アスファルトに視線を落としている。

「試験の日の朝、私は入試業務がありましたから、早くに家を出ました。出がけに、『まあ、気楽に受けてみろ』とあの子に言ったんです。あの子、『うん』とうなずきました。それが、最後の会話です。あの子、試験会場には現れませんでね。家を出て、近所のマンションの屋上から、飛び降りたんです」

無意識のうちに溜めていた息を、ゆっくり吐いた。言葉など出るはずもない。

静寂が続いた。次にどちらが何を言うか、空から月に観察されているような気がした。

沈黙を嫌うかのように、運転手が立ち上がる。

「乗り越えられない悲しみというのが、この世にはあるんですねえ」

そう他人事のように言って、川のほうを向いた。ガードレールに両手をつき、あごを上げる。

「どうしてもね、わからないんですよ。なんであの子が死ななきゃならなかったのか。あの子が何を考えていたのか。私はあの子に何をしてやればよかったのか。いったいぜんたい、何が正解だったのか。お客さん、わかりますか」

ばかげた問いかけに、いら立ちを覚えた。かぶりを振ることさえしなかった。

「そのあと、教師は辞めました。女房は私を責めますし、私はそんな女房を責める。本当はわかってましたよ。女房にしても、私以外に気持ちをぶつけるところがなかった。そのうち、おふくろがショックで寝込んじゃいましてね。親父（おやじ）はもう亡くなっていたんで、私だけこうして浜松に帰ってきました。女房とはそれっきりです。離婚もしないまま、もう十五年。女房も千葉の自分の実家で暮らしてます。妙な夫婦でしょ。

浜松に帰ってきて、確か半年ぐらい経ったころですか。生きるのがどうしても辛（つら）くなりましてねえ。おふくろが寝たあと、車で家を出ました。お客さんと同じですよ。どこかいい死に場所はないか、なんてね。あてもなく天竜川をさかのぼっていくうちに、たまたまこの側道に入り込んじゃったんです。この案内標識を目にしたときは、幻かと思いましたよ。とうとう頭がおかしくなったのかってね。慌（あわ）てて車を停めて、確かめに戻ったんです。何度も目をこすってみましたが、月まで三キロと確かに書いてある」

運転手は、月に顔を向けた。さっきより、白が冴（さ）えている。

「ちょうど、今みたいに見事な満月が出ていましてねえ。ああ、あの月はあの子だと。

あの子が私をここへ呼んだんだと思いました。ここは地球上で一番あの子に近い場所ですから。元理科教師が、本気でそう思ったんですよ」

運転手は小さく肩を揺らした。その姿は、月に語りかけているようにしか見えない。

「そのとき、わかったんです。私は、死ぬまでちゃんと生きて、この場所であの子に訊き続けてやらなきゃならない。お前あのとき、どんなこと思ってたんだって。何が苦しくて、私たちに何が言えなかったんだって。お父さん、お前にどうしてやればよかったって。

そりゃあ、答えないと思いますよ。あの子、うしろ向いてますしね。でもね、月に一番近いこの場所で、あの子が私たちに向けなかった顔を、表情を、何とかして見てやらなくちゃならないんですよ。横顔だけでも。ほんの一瞬でも。だって、私、あの子の父親なんですから」

また空気が止まった。

それを動かしたくなくて、静かにガードレールから腰を浮かせる。運転手と同じように、川のほうに向き直った。

運転手がこちらに首を回した。

「だからね、満月の夜は、必ずここへ来ることにしてるんです。それなのに――」

運転手は口もとをほころばせる。

「よりにもよって、お客さんみたいな人乗せちゃうんだもんなあ」

その困ったような笑顔から目をそらし、月に視線を戻した。

心の中で呼びかける。

おい、少年。

いいお父さんじゃないかよ。

本当に、いいお父さんじゃないか。君のことを、精一杯わかろうとした。君が死んだ今だって、まだわかろうとしてる。

それなのに、なんで死んだりしたんだ。死ぬ必要なんて、これっぽっちもなかった。まだ十五歳だろ。たった十五歳。五十歳じゃない――。

月の輪郭が、にじみ出した。しかも、やたらとまぶしい。どういうわけだ。

青白い光球に、母の顔が重なる。

それはやがて、父になった。

顔ではない。髪の薄い、地肌が透けた後頭部だ。

老人ホームに父を置いてきた日。最後に、「皆さんの言うことをよく聞いてな。また来るから」と声をかけた。父は壁を向いてベッドにあぐらをかいていて、ついにこちらを振り向くことはなかった。そのときの、父の後頭部。

父は、この世の人であって、この世の人でない。目は見開いていても、息子を見ることはない。口は動かせても、息子に語りかけることはない。父の顔は、月の裏側にある。二度とこちらを向くことはないのだ。

三十八万キロ——。

今は月が遠く見える。はるか彼方(かなた)だ。

最後まで顔を背けたまま、あんな遠くにいってしまった。

つぶやくように数字を口にした。そのせいなのか。

「——三十八万キロ」

突然、月が明瞭(めいりょう)な輪郭を取り戻した。青白い光球が、あばただらけの岩石の天体にしか見えなくなる。

そうだ。違う。父はあんなところにいるわけじゃない。岐阜にいる。老人ホームにひとりでいる。岐阜駅まで行けば、そこから三キロもない。

父は、もう何も答えてはくれない。でも、焦点の合わないその目を直接のぞき込むことはできる。耳もとで直接問い質(ただ)してやることはできる。

息子のことをどう思っていたのかと。息子に本当は何を伝えたかったのかと。そして、息子のことを愛していたのかと。

「で、どうします？」

運転手が言った。

「下見、続けますか」

何も答えず、ワイシャツの胸ポケットを探った。

タバコを取り出し、しなびた一本をくわえて火をつける。ひと口目を深く吸い込んだ。

旨（うま）いとは思わなかった。ひどく苦いだけだ。ただ、今度は確かに味がした。

月に、紫煙がかかった。

星六花

「降水確率0パーセントというのは、絶対に雨が降らないという意味ではないんですよ」

　四人での食事会もそろそろお開きという段になって、奥平という人が急にしゃべり始めた。ほとんどの時間静かに微笑んでいただけの、向かって左の男性だ。

「どういうことですか?」となりの美彩ちゃんが、きれいに描いた眉を器用に上げた。親指と人差し指で輪っかを作り、小首をかしげる。「だって、ゼロですよ?」

　女のわたしから見ても、この後輩はすることがいちいちかわいらしい。年が明けると三十になるそうだが、メイクと服装を少し変えれば女子大生だといっても通るだろう。ただ、その言動が同性の反感を買う原因になりはしないかと、老婆心ながら心配になることはある。

「降水確率は10パーセント刻みになってるでしょう?」

　奥平さんは、わたしと美彩ちゃんを律儀に均等に見て言った。色白で線も細いのに、声だけは低く響く。

「つまり、四捨五入した値なんです。5パーセント未満の場合はすべて0パーセントとして発表してるんですよ。しかも、1ミリ以上の雨が降る確率ですからね。通り雨がぱらついたぐらいでは、降ったうちに入らないんです」

「へえ、そうなんですね」美彩ちゃんがすぐ横の窓に目をやった。白いスプレーで描かれたサンタクロースの頭に、雨滴がつたい落ちる。「じゃあ、こんなことになっても別におかしくはないんだ」

この話題になったのは、二階にあるレストランの窓を、ぽつりぽつりと雨粒が打ち始めたからだ。ほんの小雨だが、今朝見た天気予報に傘マークはなかった。美彩ちゃんが言うには、午後の降水確率は0パーセントだったらしい。

「おかしくはなくても、納得できないよねえ」右側の男性、岸本さんが赤い顔を突き出して美彩ちゃんに同意を求める。「だって、ゼロはゼロじゃん。ナッスィングでしょ。ちょびっと降るかも、なんて意味にはとれないすよ」

「そうだそうだ！　あたし傘なんか持ってないぞ。気象庁、責任とれー！」

おどけて拳（こぶし）を突き上げる美彩ちゃんに、奥平さんが一重まぶたの目を細めた。「弊庁の説明不足で、申し訳ありません」と慇懃（いんぎん）に頭を下げる。

四人でワインを三本空けたが、大半は岸本さんと美彩ちゃんが飲んだ。奥平さんはたぶん赤と白を一杯ずつ、わたしは白を一杯だけ。飲めないわけではないのだけれど、酔って自分が自分でなくなるような感覚が、昔からどうしても好きになれない。

　わたしはもう少し話をふくらまそうと、言ってみる。

「でも、四捨五入するってことは、実際はずいぶん詳しい確率が出てるんですね」

　天気予報にそこまで興味はなかったが、初めて奥平さんがテーブルの主役になったのだ。この人の声や話し方をもう少し聞いてみたいと思った。

　奥平さんは水の入ったグラスを両手で包み、「そうですね」とうなずいた。白くて長い指に反射的に目がいくが、当然、指輪はない。

「気象庁では、過去の気圧配置や観測値をデータベース化していましてね。その中から、現在の状況と似たようなパターンをコンピューターが探し出して、降水があった割合を算出するわけです。ですから、どこまで意味があるかは別として、統計的な数値としては細かいところまで出てくるんですよ」

　奥平さんは言葉を区切りながら言った。なるべく簡潔に、かつ正確に伝えたいという気持ちが伝わってくるような話し方だった。

「へえ、さすがは気象――」予報士と言いかけて、咄嗟（とっさ）に言い換える。「のプロですね」

「俺なんかさあ」岸本さんが大声を響かせた。ワインのせいでボリュームがおかしくなっているらしい。「気象予報士が天気図見ながら、『八割方降りそうだな。よし、降水確率80パーセント！』とかって決めてると思ってましたよ」

そう言って岸本さんは一人笑う。男性陣二人は大学のバドミントンサークルで一緒だったそうだが、岸本さんは先輩の奥平さんを立てるわけでもなく、食事会の間じゅう一人でしゃべりまくっていた。

わたしは時間でも確かめるようなふりをして、膝の上でスマホのケースを開いた。はさんでおいた二人の名刺のうち、奥平さんのものを確認する。

〈気象庁 東京管区気象台 気象防災部 技術課 技術専門官 奥平 潤〉

やはり、長い肩書きに「気象予報士」の文字はない。乾杯の前にそれぞれ自己紹介したときも、その単語は出なかった。気象庁でそれなりの役職についているのだから、気象予報士の資格ぐらいは当然持っているような気もするが、どうなのだろう。

美彩ちゃんと岸本さんを乗せたタクシーを見送っていると、奥平さんが言った。

「大丈夫ですよ」

「え?」

「そんな心配そうな顔をなさらなくても。岸本は、女性に対してだけは騎士道精神を発揮するタイプの男ですから」

「いえ、あの……」はた目にもわかるほどだったのだろうかとあせりながら、言い繕う。「二人とも、結構酔ってたみたいだから……」

二人が一台のタクシーに乗り合わせて帰っていったのは、単に帰る方向が同じだからだ。美彩ちゃんはああ見えて芯(しん)はしっかりしているし、何より、立派な大人だ。わたしが保護者面(ほごしゃづら)で心配してやる必要はない。

ただ——さっき後部座席に乗り込もうとしてよろけた美彩ちゃんの腕を、車内から岸本さんがつかんで支えた。その光景が記憶を刺激して、思わず顔が強張(こわば)ってしまったのだ。

わたしの家もここから遠くないが、夜一人でタクシーに乗ることはない。奥平さんも電車だというので、恵比寿駅まで一緒に歩くことになった。

傘が要るほどの雨粒はもう落ちてきていない。わずかに舞う霧雨が車のヘッドライトに光る程度だ。隠れ家風の飲食店が不意に現れる細い通りを、冷たい風が吹き抜ける。

「急に冷えてきましたね」わたしはストールを巻き直して言った。「昼間はコートが要らないぐらいだったのに」

「北よりの風が吹き始めたようですね」奥平さんもダッフルコートのトグルを首もとまで留める。「今の通り雨も、そのせいかもしれない。海からの風と北風とがぶつかって、局所的に雲ができたんでしょう」

「奥平さんは、気象予報士なんですか?」

「まあ、一応。資格は学生時代にとりました。でも、職場で予報を出してるわけじゃないですよ。僕はまだ予報官じゃありませんから」

奥平さんは気象台での仕事について話してくれた。技術課という部署の業務は、気象観測機器——アメダスや気象レーダーなど——の維持管理がメインになるそうだ。だからといって、このままエンジニアとしてキャリアを積んでいくというわけでもないらしい。「技術専門官」という今の職階の上に「予報官」があり、彼もそれを目指しているという。

面白いと思ったのは、気象台に勤める理系職員の大半が気象予報士の資格を持っていないということだ。奥平さんによれば、あれはあくまで民間向けの制度であり、気象庁への入庁や予報官への昇格とは何の関係もないらしい。

「素晴らしいですね」わたしはお世辞抜きに言った。「学生で気象予報士に合格したってことは、お天気の仕事をするのが昔からの夢だったってことですよね。それを着々と実現させてるなんて、ほんとにすごいです。うらやましい」

「いや、僕なんてただの気象オタクですよ」

「気象にもオタクがいるんですか」

「いますよ。雲オタクとか天気図オタクとか」

「天気図オタクって……天気図を見るのが好きってことですか」

「いえ、自分で描くんです。毎日ラジオで気象通報を聞いて」

「気象通報？」

「知らないですよね、そんなの」奥平さんは可笑しそうに顔をほころばせる。「NHKラジオ第2で一日一回、各地の気象要素が読み上げられるんです。『石垣島では、南東の風、風力3、天気は晴れで、気圧は1015ヘクトパスカル、気温は23度でした。那覇では――』みたいな感じで」

「それを聞くだけで天気図が描けるんですか」

「ちょっと勉強して練習すればね。専用の用紙も売ってますし。僕も小中学生のころはよく描いてました。マンションのベランダにラジオを持ち出して」

「なんでベランダに？」

「五階の狭いベランダをね」奥平さんは照れくさそうに目を伏せた。「僕だけの気象台にしてたんです。小さなテーブルと椅子を置いて。お小遣いを貯めて、安い気圧計と風速計も買いました」

「かわいい話かと思ったら、結構本格的ですね」

「毎日ノートに記録をとって、天気図を描いて、自分なりの予報を出すんです。両親が、『潤、明日の天気は？』って毎晩訊いてくれるので、子どもなりに真剣ですよ」

「いいご両親」

「とにかく、ベランダで空を眺めている時間は長かったです。珍しい雲を見つけたら、図鑑で調べてスケッチしたりしてね」

「奥平さんは、雲オタクでもあるんですか」

「まあ、そうですね。今でも、いい雲が出ていたらすぐ写真が撮れるように、カメラは常に持ち歩いてます」奥平さんは斜めがけにしたナイロンバッグを軽く叩いた。

「あ、そうだ」わたしは立ち止まってスマホを取り出し、待ち受け画面にしている写真を見せた。「これって、珍しい雲なんですか？　何か名前が付いてたはずなんですけど」

青空に漂う薄い雲が、虹色に光っている。虹がかかっているわけではなく、雲のふちの部分だけが七色に輝いているのだ。

「おお、見事な彩雲ですね」奥平さんが感心したように言った。

「彩雲！　そうそう、そんな名前でした」

「太陽光が雲の粒を回り込んで進むとき——回折というんですが——波長によって進む角度が少しずつ変わるんです。だから、虹みたいに色が分かれて見える」

「へえ。って、ほんとはよくわかってないんですけど」

「理屈なんかどうでもいいですよ。この写真、ご自分で撮られたんですか？」

「いえいえ、ネットで拾ったんです。きれいだなーと思って。昔から、空とか雲の写真が大好きで」

最後のひと言は、勢いで盛ってしまった。彩雲の写真も、最近カメラに凝りだした知り合いがSNSにあげていたものを拝借しただけ。ちょっと珍しい風景写真なら、何でもよかった。

「気象オタクの素質がありますよ、富田さんも」

目尻にしわを寄せて言う奥平さんを見て、不思議なほど嬉しくなった。

気がつけば恵比寿駅西口に着いていた。ロータリーを囲む街路樹やオブジェが色とりどりのイルミネーションをまとい、華やいでいる。駅ビルの入り口に立つ大きなクリスマスツリーの下で、どちらからともなく足を止めた。

「わたし、ＪＲなので」駅ビルの入り口を指差して言う。

「僕は地下鉄です。日比谷線」

奥平さんは空を見渡すと、バッグから黒い折りたたみ傘を取り出した。持ち手のほうをわたしに差し出しながら、微笑みかけてくる。

「これ、念のため。またパラっとくるかもしれないし」

「そんな、いいです、いいです。奥平さんが濡れちゃうじゃないですか」

「僕は大丈夫。もし降ったとしても、駅からうちまで走れば一分ですから」

「でも……」の続きを言い淀む。借りても返せない、とは言いたくなかった。「どうやって……」とだけ、小さな声で絞り出す。

「この傘は、しばらく持っていてくださって結構ですから」奥平さんは、半ば押し付けるように傘を握らせてくる。「そうだな……クリスマスぐらいまで」

「クリスマス？」

「ええ」奥平さんは腕時計に目を落とし、眉を持ち上げる。「やばい、もう終電だ。なんせ、隅田川の向こうまで帰らないといけないんで」

「あ、早く行ってください」慌てて言った。

「すみません。遅いので、お気をつけて」地下への階段に向かおうとした奥平さんが、振り返った。「富田さん、ツイッターやってますか?」

「一応、アカウントはありますけど……」もう何年も書き込んでいない。

「よかったら、僕のツイッターも見てみてください。たまに雲の写真とかアップしてますから。本名でやってるんで、検索していただければ。じゃあ、また」

奥平さんは早口で言いながら、地下へと消えていく。わたしは折りたたみ傘を胸に抱き、「はい、また——」と会釈を返すことしかできなかった。


ふわふわした気持ちでいられたのは、渋谷で井の頭線に乗り換えるまでだった。

金曜の夜だ。混み合う車内を座席のほうまで進み、すき間を見つけてつり革につかまった。電車が動き出した途端、現実に引き戻される。自分の姿が窓ガラスに映ったからだ。

来年四十になる、やせっぽちの女。かわいい顔もしていないし、若々しくもない。服装にはそれなりに気を使っているが、オシャレとはとてもいえない。ダサい、オバさんくさい、と同僚から思われないように頑張っているだけだ。

奥平さんは三十七だと聞いている。二つ年下。公務員で、感じもいい。そんな男性が四十路目前の女をわざわざ結婚相手に選ぶ理由はない。

でも――。だったらなぜいそいそ食事会に出向いたの？　窓の中の自分に訊き返されて、心の中で自嘲する。

今回の話を持ってきてくれたのは、大学時代からの友人だ。彼女の旦那さんの会社の部下が、岸本さん。岸本さんが奥平さんを、わたしが美彩ちゃんを誘って、二対二の食事会をすることになったわけだ。

その友人からは「間違っても若い子なんか連れてっちゃダメだよ」と釘をさされていた。同年代の未婚の友だちがいないわけではないが、男性陣はどちらもわたしより年下なのだ。彼らより若い女の子を連れていかないと、釣り合いがとれないと思った。独身で彼氏もいない年下の知り合いとなると、同じ部署の美彩ちゃんしかいなかった。

とはいえ、美彩ちゃんを誘ったのは、彼女のためでも、男性たちのためでもない。自分の引き立て役を横に座らせるような、イタい女と思われたくなかった。意固地なのか、見栄っ張りなのか。どちらにしても、自分本位。嫌な女になり果ててしまったと、つくづく思う。

例えば、今だってそう。目の前に座っている学生風の女の子が、一人スマホに文字を打ち込みながら口もとを緩めている。二十歳の頃のわたしは、携帯を見て微笑んでいる女の子を眺めるのが好きだった。彼氏とメールかなと想像したりして、こっちまで幸せな気分になったものだ。それが、今はどうだ。ラインで友だちと誰かの悪口でも言い合っているのだろうと思ってしまう。いつの間にこんなことになってしまったのか——。


コートのポケットでスマホが震えた。美彩ちゃんからのラインだ。

〈今日はありがとうございました！　さっき家に着きました〉

〈こちらこそ、来てくれてありがとう。どうだった？〉と返信する。

〈すごく楽しかったです！　二人ともいい人でしたね！〉

〈そうだね。タバコも吸わないし〉

〈あー、千里（ちさと）さんにはそれ超重要ですよね笑〉

わたしのタバコ嫌いは部内でも有名らしいが、もっというと、それは「嫌い」などというレベルではない。美彩ちゃんのメッセージが続く。

〈岸本さんとはライン交換しましたけど、正直、二人で会うかどうかは微妙です笑〉

〈微妙なんだ笑〉

〈千里さんのほうは？〉

曖昧な訊き方だが、奥平さんのことを言っているのだろう。奥平さんはわたし向けの候補だから、評価もアプローチもしてはいけない――美彩ちゃんはそう思っているに違いない。

迷ったが、事実だけを伝えることにした。美彩ちゃんの反応を見てみたかった。

〈気象台のお仕事の話を聞きながら帰ったよ。別れ際に、折りたたみ傘貸してくれた〉

〈え⁉　それっていい感じじゃないですか⁉　傘返すときに、また会うってことですよね？〉

〈どうだろ。そうなるのかな〉素っ気ない言葉で返しつつ、こそばゆくなるような嬉しさを噛み殺す。

〈そんな他人事みたいに笑　千里さんは乗り気じゃないんですか？〉

〈そういうわけじゃないけど……〉と打って、続きが書けなくなる。調子に乗っていると思われるのは嫌だった。〈もう遅いから、続きはまた会社でね〉

〈えー、もっと聞きたい笑　でも、今日は参加させていただいてよかったです！　色んな人に会ってみないと、何も始まらないですもんね！　後悔したくないですから〉

後悔したくない。美彩ちゃんの口ぐせだ。確かに彼女は積極的で、毎週のように婚活パーティに通い、婚活アプリで知り合った男性と仕事帰りに会ったりもしている。身元も確かでないような人と二人きりで会うなんて、わたしにはとても考えられない。その熱意を一割でいいから仕事に向ければいいのに、とは思う。さっさと寿退社したいです、と周囲に宣伝しているような働きぶりだが、それで社会人としての後悔はないのだろうか――。

いや。それこそ余計なお世話だ。こんなわたしに、えらそうなことをいう資格はない。

仕事は頑張ってきたつもりだ。そこそこ名の通った都内の私大は出たものの、時は就職氷河期まっただ中。涙に暮れた就活の末、今の中堅文房具メーカーに拾ってもらった。以来十七年間、総合職として、営業、経理、広報、商品企画とまわり、去年から人事部にいる。主任という肩書きはもらっているが、部下がいるわけではない。

念願だった商品企画部をたった二年で出されたのは、少なからずショックだった。自分が手がけたと胸を張って言える商品は、結局一つも出せずじまい。急場しのぎに打たれる手駒よろしく、人手の足りない今の部署に動かされた。

どこに配置されても及第点の仕事をするが、手放せない人材と思われるには至らない。上からの評価はそんなものとわかっていても、与えられた場所で精いっぱいやってきた。そこにはささやかな自負こそあれ、後悔しているようなことはない。

一方、プライベートに関しては正反対だ。幸せになるために必要なことを何一つせず、二十代後半から三十代前半にかけての一番大事な時期を無駄にしてしまった。出会いの場のようなところには誘われても近づかなかったし、職場の独身男性たちにも淡泊すぎるほどの態度をとり続けた。わたしのような目立たない女にとって、対象外になるのはたやすい。

そして、気づけば三十代も終わり。こんなはずじゃなかったのに——と今になってため息ばかりついている。「どうせ」と「だって」と「でも」を堂々巡りのように繰り返しながら。

どうせ、わたしなんて。今さらがつがつ婚活したところで、どうせ。

こんなことになってしまったのは、わたしだけのせいじゃない。だって、あんなことがあったんだから。仕事を頑張っているうちに、時間が経ってしまっていたんだから。

でも、心のどこかでまだ期待している。こんなわたしにも合う人を、誰かがわたしの前に連れてきてくれるんじゃないか、と。贅沢をいうつもりはないのだし、そのうちいい出会いがあるんじゃないか、と。期待しているといえば聞こえはいいが、要するに、この期に及んでまだ他力本願。

　そういえば、かつてわたしは「りぼん」の熱心な読者だった。小学生のときに読み始め、まわりがその手の雑誌をとっくに卒業した高校生になっても、こっそり近所の本屋で買っていたほどだ。なぜ突然こんなことを思い出したのか、理由はわかっている。自分の本質があの頃から成長していないことに気づいたからだ。白馬の王子などいないと、とうの昔に思い知ったというのに——。

　再び下降し始めた気分を紛らわせようと、ニュースアプリを立ち上げた。ヘッドラインが並ぶ画面をスクロールしていた指が、思わず止まる。

〈40代の未婚女性が結婚できる確率は、わずか1パーセント⁉〉

　見出しの中にうまく紛れ込ませてあるが、どうせ中身はブライダル産業か婚活本の広告だろう。開いてみる気にもならない。うじうじと結婚に関することばかり検索しているから、こんなものが表示されるのだ。ささくれだった気持ちのまま、アプリを閉じる。

　こういう数字は、結婚を意識しているとよく目にするものだ。2・7パーセントだの、4・1パーセントだの、ネットを漁ればいろいろ出てくる。全部デタラメだという話もあって、本当のところはよくわからない。実感としては、大きくはずれていない気もする。

いずれにしても。これが降水確率なら、全部四捨五入されて、0パーセントということになってしまうのだ。

深く息をついた。スマホをバッグにしまおうとして、さらりとした傘の生地に手が触れる。また鼓動がはやくなる。

要るとは思えないのに、彼はわざわざこれを貸してくれた。しかも、「クリスマスぐらいまで」という言葉を添えて。期待してはいけないと思いつつ、そこに甘い響きを感じ取ろうとしている自分がいる。0パーセントの確率を、せめて10パーセントにできる可能性は——。

こんなわずかな間にも、気持ちが乱高下する。あまりに久しぶりのことで、頭も心もついていかない。

もういいから、少しクールダウンして。窓ガラスに映る自分に、そう言い聞かせた。

*

「東京の雪予報って、よくはずれると思いませんか?」

奥平さんが言った。話すときの癖なのだろう。またカフェラテのカップを両手で包んでいる。

「確かにそんな気がしますね。積もると言っていたのに、実際はちょっとみぞれが降っただけとか」

「逆もありますよ。積雪の可能性なしと予報したのに、都心で十センチ近く積もるような大雪になったりね」

このスタバは官庁街に近いせいか、午後一時過ぎの店内にはちらほら空席が見える。奥平さんはたまたま午後休を取っていたそうで、今日はもう職場に戻らなくていいらしい。

仕事で気象庁の近くまで行くので、傘をお返ししたい――奥平さんにそう伝えたのは、昨夜のこと。大手町の取引先に用があったのは本当だが、半分は口実だ。誰が行ってもいいお使い程度の役目を、すすんで引き受けた。

食事会からちょうど一週間。奥平さんには会いたかった。でも食事に誘うなどとてもできない。カフェで落ち合い、借りていたものを返す。それぐらいがちょうどいいと思った。

「予報がはずれるのには理由がありましてね」音楽と話し声でざわめく店内でも、奥平さんの低い声はよく通った。「関東の平野部にまとまった雪が降るのは、たいていの場合、南岸低気圧が原因なんです。日本列島の南側を通過する低気圧のことですね。寒気があるところに南岸低気圧が近づくと、太平洋側に雪をもたらすことがあるんですが、問題はそのコースです」


奥平さんはテーブルのスマホを横向きに置き直すと、その手前側を人差し指で左から右になぞっていく。スマホを日本列島に、指先を低気圧に見立てているらしい。

「低気圧が日本列島から少し離れたところを通った場合、雪になる可能性が高くなります。陸地に近すぎると、雨になる。そして、離れすぎると、降水自体が起きなくなるんです。どのコースをとるか正確に見極めるのが、まず難しい」

「なるほど、微妙なところなんですね」

「さらには、関東地方をおおう寒気の状態、とくに、地表付近の気温がとても重要になってきます。精度のいい予測ができないと、雪になるか雨になるかの判断が狂ってしまうんですが、そこもまた難しい」

「それでも予報を出さなきゃならないなんて、胃が痛くなりそう」

「雪予報をはずすと、とくに叩かれますしね」奥平さんは微笑んだ。「東京では、積もるか積もらないかが大問題ですから」

「ほんとにそうですよね。ちょっとの雪で、電車も道路も大混乱」

奥平さんはスマホを手に取ると、ツイッターを開いた。手早く操作して、わたしのほうに向ける。もう何度も目にした画面。奥平さん自身が投稿したものだ。

「この『首都圏雪結晶プロジェクト』は、雪予報の精度を上げるための試みなんです。我々としてはまず、雪を降らせるような雲の物理特性をもっと詳しく知りたい。そのためには雲の内部を直接観測する必要があるんですが、そういうデータはなかなか集まりません。そこで、雲から地表に落ちてくる雪結晶の形に目をつけたわけです」

「素敵ですよね。『雪は天から送られた手紙である』――でしたっけ」

一連のツイートは繰り返し読んだので、すっかり覚えてしまった。中谷宇吉郎という有名な雪の研究者の言葉だそうだ。

わたし自身初めて知ったことだが、雪の結晶にはいろんな形があるという。普通の人々が思い浮かべるのは、六角形の樹枝状結晶ぐらいだろう。デザインのモチーフによく使われる、あれだ。実際はその他にも、針状、板状、角柱状など、さまざまなタイプがあって、どれに成長するかは気温や水蒸気の量によって決まる。つまり、降ってきた雪結晶の形を見れば、大気の状態を読み解くことができる、ということらしい。

「中谷先生は、一般向けの科学啓蒙書(けいもうしょ)とかエッセイでも有名だったんです。生きてらしたら、きっと喜んでくださったと思いますよ。天からの手紙をみんなで集めようって話ですから」

そう。この「首都圏雪結晶プロジェクト」は、研究者だけのものではない。ツイッターを利用した市民参加型のプロジェクトなのだ。発案者は気象研究所というところの研究官。奥平さんをはじめ数人の気象庁職員が共同研究者として動いている。

概要はこうだ。まず、奥平さんたちがツイッターでプロジェクトの目的と参加方法を拡散し、関東在住の市民に協力を呼びかける。参加希望者は、実際に雪が降った際、雪結晶の写真をスマホなどで接写。画像に撮影時刻と場所を明記した上で、〈#首都圏雪結晶〉のハッシュタグをつけてツイッターに投稿する。奥平さんら研究者チームがそれを集計し、データ解析を試みて、雪雲の実像に迫ろうというわけだ。

わたしがこのことを知ったのは、あの食事会の夜。悶々とした気持ちでベッドにもぐり込み、布団を頭までかぶって奥平さんのツイッターを見てみた。直近のツイートが、このプロジェクトに関するものだった。何の予備知識もないわたしでも、投稿をさかのぼって読んでいくうちに、彼らのやろうとしていることが理解できるようになった。

その翌日、わたしはツイッターを通じて奥平さんにメッセージを送った。プロジェクトについて、どうでもいいような質問をしてみたのだ。彼からはすぐに丁寧な返信があり、そこからメッセージのやり取りが始まった。以来わたしは、このプロジェクトに興味津々（しんしん）なふりを続けている。

「メッセージにも書きましたけど」精いっぱい屈託のない声音をつくって言う。「わたしも絶対参加させてもらいますから。楽しみにしてるんです」

「きっとそう言っていただけると思ってました」奥平さんが目じりにしわを寄せた。

「気象オタクの素質があるからですか」

奥平さんは声をたてて笑う。「ようこそ、こちらの世界へ、ってところですね。もう戻れませんよ」

「そう言われると、何だか怖い」わたしも笑い返す。「でも、こんなに雪が待ち遠しいなんて、子どものとき以来かも」

わたしは自分のスマホでブラウザを立ち上げ、ブックマークしてあったページを開く。奥平さんがツイッターで紹介していたサイトだ。タイプ分けされた雪結晶の一覧で、その数なんと四十種類。

針、角錐（かくすい）、角柱、角板、扇型、砲弾型、つづみ型——本当にいろんな形がある。正六角形をなすように六つの枝がのびた結晶が、「六花」だ。有名な樹枝状六花の他にも、広幅六花、シダ状六花など、いくつか種類がある。

「わたし、これが好きなんです」六花のうちの一つを指差して、奥平さんに見せる。

「ああ、星六花」

六本の針が等方にのびているだけの、一番シンプルな六花だ。「星六花」という名前も、素敵だと思った。

「わかる気がします」奥平さんは続けた。「何ていうか……富田さんっぽい」

「え――」ドキッとした。「それって、わたしが地味ってことですか」

「いや、違います違います」奥平さんが、見ていて可笑しくなるほどうろたえる。

「そういう意味じゃなくて……」

「冗談ですよ」と笑って返しながら、心が喜びに満たされるのを感じていた。実はわたしも、星六花に自分を重ねていたからだ。

「見られますかね、星六花」わたしはつぶやくように言った。

「可能性は十分あると思いますよ。去年十二月の降雪でも、樹枝状以外の六花が見られましたしね。他には、針状、柱状、十二花や枝付き角板なんかも投稿されてきました。一般的には、水蒸気の量が多ければ多いほど、樹枝状六花などの複雑な結晶ができやすくなるんです。水蒸気量が少ないと、単純な角柱や角板のままで――」

　奥平さんは熱心に語りかけてくるが、その声は心地よい音としてしか届かない。目の前のこの人は、恋人どころか、友人とさえ呼べないかもしれない。それでも、ただただ幸せな気分だった。星六花もプロジェクトも、本当はどうだっていい。とにかくこの冬、雪がたくさん降ってくれればいい。雪が降る限り、この暖かく穏やかな時間が続く。ぼんやりとそんな思いにひたっていた。

「降るとしたら、いつ頃になるでしょうね」わたしは言った。

「数値予報によると、どうやら来週中頃から後半にかけて上空に強い寒気が南下してきそうです。そこに南岸低気圧が発生すれば、もしかしたら、というところでしょうかね」

「来週後半ということは、ちょうどクリスマスですね。ホワイトクリスマスになるかもしれないってことですか」

「可能性はあると思います。今日これから、そのあたりに詳しい予報官に会うので、最新情報を仕入れておきますよ」

「あれ？　まだお仕事ですか？　半休をとったんじゃ――」

「つくばの気象研究所でプロジェクトの打ち合わせがあるんです。僕の場合、これは本来の業務じゃないので、休みをとって行かなきゃいけないんですよ」奥平さんは腕時計に目をやり、「そろそろですね」と言い添える。

「あ、だったらもう出ましょう。わたしも会社に戻らなきゃ。その前に、肝心なものを」わたしはバッグから折りたたみ傘を取り出し、両手で差し出した。「これ、本当にありがとうございました」

　結局使うことはなかったが、きれいにたたみ直してある。

　けれど奥平さんは、それに手をのばすことなく、かぶりを振った。

「だから、まだ持っていてください。雪が降ったときのために」

「え、どういうことですか？」

「雪結晶の写真を撮るのに、黒とか紺の傘が一番いいんですよ。降ってきたら傘を差して、そこに付着した結晶をそのまま接写すればいいだけですから。傘の生地には撥水性があるので、結晶が崩れにくいですしね」

「ああ……」のどがつまった。

「きっと、黒い傘なんてお持ちじゃないだろうと思って」

「――ええ、そうですね」

　さも納得したようにうなずきながら、顔が火照るのを感じていた。

　そういうことだったのか。あの夜、この人が傘を強引にわたしに握らせた理由も、クリスマスぐらいまでという言葉の意味も、やっとわかった。そんなことにわたしは、10パーセントもの期待をこめていたのだ。

わたしはそそくさと傘を引っ込めた。考えてみれば、当たり前のこと。そんな甘い展開が、あるわけない。わたしは、本当にバカだ——。

恥ずかしくて奥平さんの顔を見られないまま、店を出た。

右手に皇居のお濠(ほり)を見ながら、並んで歩く。

空はよく晴れている。奥平さんが今日の天気について話してくれているのに、わたしはうつむき加減であいづちを打つだけ。北風が冷たいらしいのだが、肌が麻痺(まひ)したように何も感じない。さっきまでの幸せな気分が嘘(うそ)のようだ。足腰にうまく力が入らず、歩きづらかった。

話が途切れた。こちらから何も話しかけないことがさすがに気まずくなって、話題を探す。

ちょうど、向こうから四、五人の女の子たちが歩いてきた。バイオリンや管楽器のケースを肩にかけている。大学のオーケストラ部員か何かだろう。みんな話に夢中で、時おり弾(はじ)けるような笑い声を上げている。

「――楽しそう」とりあえず口にしたら、棒読みになった。

「いいですね、ほんとに」奥平さんが軽く応じる。

思わずその顔を見上げた。彼はどこか不思議そうに見つめ返してくる。

「やっぱり、若い子がいいですか」動揺したせいで、そんな品のない台詞しか思いつけなかった。からかうような表情だけは作ったつもりだが、どう見えたかはわからない。

「いや、待ってください」奥平さんは困ったように笑う。「僕だって、富田さんと同じ意味で言ったんですよ」

「ふふ、わかってます」無理に口角を上げた。

女子学生たちがにぎやかに通り過ぎるのを待って、奥平さんが「でも」と続ける。「僕も、オヤジになったなって思いますよ。若いっていうだけで、輝いて見えちゃいます。顔がきれいとかかわいいとか、そういうこととは関係なく、どんな子にもある種の美しさを感じることができるようになったっていうか。生物として、そうできているんだなって」そこで、何かに気づいたように慌てて付け加える。「あ、この話、男女を問わずですよ」

「ええ、よくわかりますよ、オバさんにも」

奥平さんの言葉だけでなく、自分の言葉までもが、わたしの心を削っていく。その痛みのおかげか、さっきまでの恥ずかしさは消えていた。あきらめとも開き直りともつかない感情に衝き動かされて、わたしは続けた。

「でも、男の人はいいじゃないですか。男性として魅力的な期間が、女性よりずっと長い」

「そうですかね」

「そうですよ。奥平さんなんて、今が一番いいときだと思います」もう何を言っても怖くなかった。「奥平さんは、結婚とか考えないんですか?」

「――そうですね、正直」

あらためて聞くと、身体中から力が抜けていく。不思議なことに、そのことがもっと軽薄な質問をさせた。

「好きな人もいないんですか?」

「いませんね」

「ずっとですか?」

「いや、そりゃあ昔はいましたよ」

「どんな人?」

「どんなって……高校時代の同級生ですよ。もうとっくに結婚しちゃいましたけどね」

新宿通りを四ツ谷駅に向かって歩く。景色がいつもと違って見えるのは、このところ午後五時に会社を出ることなどなかったからだろう。あのあと会社に戻りはしたが、仕事は何も手につかなかった。

遠く正面に並ぶビルの上に、きれいな夕焼けが出ている。きれいな、というのは文字の上のことでしかない。いつの頃からか、空や草花を見ても、美しいと心の底から感じることがなくなってしまった。

西の空に向かってのびるオレンジ色の筋は、飛行機雲だ。飛行機雲を目にするたびに、思うことがある。留学をしてみたかった。イギリスとかフランスとか、とにかくあの空の向こうへ。

高校生のときから夢みてはいたけれど、いつかいつかと思いながら、実際にその一歩を踏み出すことはなかった。海外どころか一人暮らしさえ経験しないまま、杉並の実家に今も暮らしている。

一人だけだが、男性と付き合ったことはある。二十三歳のときから、二年半ほど。

社内のイベントで知り合った、二つ年上の人だ。彼は当時、埼玉にある工場の管理部門で働いていて、わたしは週末のたびに大宮の彼のアパートに通った。

どこが好きだったのかと今問われると、正直答えに困る。サッカーが好きで、鹿島アントラーズの大ファン。それ以外にはとくに趣味もない、素朴な人だった。子どもが好むようなメニューが大好きで、わたしが作るハンバーグやオムライスを喜んで食べてくれた。初めての彼氏ということもあって、わたしのほうはそれなりにのめり込んでいたと思う。いずれはこの人と結婚するのかな、と漠然と考えていた。

だが二年を過ぎた頃から、彼の態度が目に見えて冷たくなった。恋愛経験の乏しいわたしにしてみれば、わけがわからない。「何か悪いことした？」と訊いても、「別に」と不機嫌そうにかぶりを振るばかり。そんなことがひと月も続くと、さすがに我慢できなくなる。つい感情的になって、「わたしのこと、飽きたんでしょう」と、最悪ななじり方をしてしまった。彼も売り言葉に買い言葉で「そう思いたきゃ、思えよ！」と怒鳴ったが、その直前に目が泳いでいた。たぶん、図星だったのだ。

悪いことは重なる。その彼と別れてひと月も経たないある夜のこと。仕事終わりに同僚と食事をして、帰宅が終電になってしまった。失恋の痛手も生々しかったわたしは、よほどぼんやり歩いていたのだろう。杉並の住宅街の真ん中で、車に連れ込まれそうになったのだ。

　街灯の少ない通りに入り、停まっていたワゴン車のわきを通り過ぎようとしたとき、突然スライドドアが開いた。男たちは二人組。飛び出してきた一人に後ろから口をふさがれ、車内のもう一人に腕をつかまれて、悲鳴も上げられなかった。もみ合っている最中に、ジョギング中のご夫婦がたまたま通りかかり、ご主人のほうが大声を出してくれた。彼らが現れなければ、どうなっていたかわからない。

　男たちは車で逃走した。その場にへたり込んだわたしに代わって警察を呼んでくれたのも、そのご夫婦だ。そしてその数カ月後、同じような手口で犯行を重ねていた二人組を逮捕したと刑事さんから報告があった。わたしを襲おうとした件は最後まで認めなかったようだが、その二人の仕業と考えて間違いないだろうとのことだった。

　男たちの顔はまったく覚えていない。当時も刑事さんから人相風体をしつこく訊かれたけれど、何も答えられなかった。時間にして十秒足らずのことだったはずだし、こちらは必死で暴れていたわけだから、当然だろう。

　覚えているのは、わたしの口をふさいだ男の手にしみついていた、タバコの臭い。何度顔を洗ってもその臭いがとれていない気がして、数日間吐き気が続いた。そして、わたしの腕をつかんで車内に引きずり込もうとした男の、血走った目。欲望に乗っ取られたかようなあの日を思い出すと、今も震えが止まらなくなる。

たて続けに起きたこの二つの出来事によって、わたしは男の性というものを本当に知った気がした。ときに卑劣な暴力もいとわないほど、衝動的。かと思えば、わけもなく一方的に倦んだりもするのだ。そんな、自分でコントロールできないものを男たちが抱えていると思うと、とても怖くなった。その後十年以上に及ぶ空白期間を自らの手でつくってしまったのは、それが大きな原因だろうと思う。


家のドアを開けると、煮物の匂いがした。母が廊下に顔だけ出し、「おかえり。早いじゃない」と言う。わたしは「ちょっと調子悪くて。風邪かも」と答えて洗面所で手を洗い、そのまま二階の自分の部屋に入った。

こう言っておけば、しばらくそっとしておいてくれるだろう。わたしはコートをベッドの上に放り出し、それに寄り添うように体を横たえた。

さして裕福でもない平凡な家庭だ。父は寡黙で、母は苦労性。三つ下に弟がいるが、今は一家でバンコクに駐在している。昔から、互いにずけずけものを言い合う家族ではない。とくに、わたしが三十をいくつか過ぎた頃からは、母はわたしに何かと気を使うようになった。

わたしのほうでも、両親の気持ちは痛いほどわかっている。弟に子どもが二人いるので、孫がどうのという気持ちはもうないかもしれない。それでも、独り身の娘を残したままでは心配で死にきれないと思っているはずだ。いっそのこと、結婚相談所にでも入って、誰でもいいから結婚してしまうのはどうか。少なくとも、両親は安心してくれるかもしれない——。

目が覚めると、体に布団がかけられていた。コートはハンガーに掛かっている。枕もとの時計を確かめた。夜十時二十分。四時間も眠っていたらしい。中学生のときから使っている学習机の上に、母が書いたメモがあった。

〈食卓におにぎり置いてあります。冷蔵庫に煮物もあるので温めて食べなさい〉

涙があふれてくる。

ちがう。わたしは、間違っている。両親のせいにしてはいけない。わたしは、ごまかしている。両親のためだとか言ってはいけない。

わたしは、さびしいのだ。もう一度、ちゃんと誰かを愛し、愛されたいのだ。洟をすすりながら、スマホを手に取った。ツイッターを開く。奥平さんの新しいツイートがあった。

〈#首都圏雪結晶　来週の後半、上空の寒気に加えて、南海上に低気圧が発生しやす

い条件がそろいそうです！　関東地方もこの冬初の降雪となる可能性があります。皆さん、撮影の準備をお忘れなく！〉

わたしは、なんでこの人を好きになったんだろう。たった二回しか会っていない、よく知りもしない人のことを。

目じりにしわを寄せて笑う奥平さんの顔が浮かぶ。

どの瞬間を切り取っても、彼の目には恐怖を感じなかった。科学の素養があるから、人より抑制的なのだろうか。いや、そんなわけはないだろう。でも、彼ならきっと、欲望に振り回されたりしない。理性でそれをコントロールできる。彼となら、何年、何十年と、穏やかに互いを思いやり続けることができる——そんな気がしていた。

もう、彼に洗いざらいぶちまけようと思った。結果はわかりきっているが、構わない。ここで逃げたら、わたしはもう二度と前に進めない。

さっきのツイートの投稿時刻は十分ほど前だ。今ならすぐ返事がもらえるかもしれない。わたしは深呼吸して、メッセージを打ち込んだ。

〈今日はありがとうございました。もう打ち合わせは終わりましたか？〉

一分もしないうちに、返信が届く。

〈はい、みんなで食事をして、今帰りのつくばエクスプレスです。予報官と話をしま

したが、やっぱりクリスマス頃に降る可能性がありそうですよ〉

〈みたいですね。ツイッター拝見しました。でも、やっぱりそれまでに傘はお返ししたいです〉

〈どうしてですか？〉

〈持っているのが、辛くなりました〉

反応がない。ためらいながら、まず〈たぶん〉と入力した。消そうか消すまいか迷ったあと、消さずに続きを書く。

〈たぶん、わたし、奥平さんのことが好きです〉

送信してから二、三分、間があった。

〈すみません。やっぱり僕は、あの食事会に行くべきではありませんでした。岸本にどうしてもと頼まれて参加したのですが、きちんと断るべきだった〉

〈今は結婚する気がないからですか〉

〈今は、ではありません。この先もずっとです〉

〈どうしてですか？　まさか、高校のときに好きだった人のことをどうしても忘れられないから、とか〉

〈さすがにそういうわけじゃありません。ただ〉

そこでメッセージが途切れた。しばらく待っても何も来ないので、しびれを切らして訊き返す。

〈ただ？〉

さらに二分ほどの沈黙のあと、続きが届いた。

〈こう言えばすべてわかっていただけると思うのですが、僕の高校は、男子校です〉

*

夜八時半の北の丸公園は、街を彩るクリスマスイブの華やぎとは無縁だった。たまに通りかかるのは犬の散歩に来た人ぐらいで、カップルなどの姿は見当たらない。ここと敷地がひと続きの日本武道館ではロックバンドのコンサートがおこなわれているようだが、終演後も観客たちがこちらまで流れてくることはないだろう。

奥平さんとわたしは、芝生に面した東屋のベンチに並んで座り、体を縮こまらせていた。ニット帽、手袋、ムートンブーツと、防寒はしっかりしてきたつもりでも、湿り気を帯びた冷たい風が肌まで染み込んでくる。

「お、ついに都内でも雪の報告が出始めましたよ」

スマホでツイッターを確認していた奥平さんが言った。わたしは使い捨てカイロを頰に当てながら、画面をのぞき込む。

「いよいよですか。それにしても、みなさん熱心ですね。こんな夜に」

「僕たちだって人のこと言えませんよ」奥平さんが笑う。「チキンもケーキもないこんなところで、震えながら雪を待ってる」

予測されていたとおり、南岸低気圧が発生した。積もるかどうかは別として、関東地方の太平洋側では、今夜、ある程度の雪が見込まれている。朝の情報番組では、キャスターと気象予報士がついに東京でもホワイトクリスマスだと大げさに騒いでいた。

あれから一週間、わたしと奥平さんはメッセージのやり取りを続けた。短い文面だし、深い話をしたわけではない。他愛ない話題の中に、少しずつ互いの思いを吐き出した。気持ちが落ち着くのは思ったより早かった。奥平さんの性愛が女性に向いていれば、こうはいかなかったかもしれない。おかしな言い方だが、わたしの中にもちゃんと女の性があるのだなと、今さらながら思った。

一緒に雪結晶の撮影をしませんかと誘ってくれたのは、奥平さんだ。この場所も、彼が指定してきた。気象庁からほど近いここ北の丸公園は、東京の気象観測点になっているそうだ。「露場（ろじょう）」といって、温度計や雨量計などの観測機器が設置されているらしい。快適な場所や雰囲気のいい場所ではなく、純粋に科学的な理由でここを選ぶあたりが、奥平さんらしいと思った。

　仕事終わりの六時半に九段下のファミレスで待ち合わせ、しばらくそこで待機していた。神奈川でみぞれが降り始めたという情報が三十分ほど前に入ったので、この東屋まで移動してきたというわけだ。

「普段はどんな風にクリスマスを過ごすんですか」わたしは訊いた。

「何もしませんよ。とくに最近はね。富田さんは？」

「わたしも、母が買ってきたケーキを食べるぐらいですかね」苦笑いを浮かべて言う。「もう、それがさびしいとすら思いません。外に出ませんし」

「僕、地元が横浜なんですよ。あっちに住んでた頃は、クリスマスに一人で港のほうまで出かけたりしましたね。ライトアップされた運河沿いを散歩したりするの、好きでした」

「へえ、きれいなんでしょうねえ」景色を想像しつつ、訊ねる。「横浜には、いつまでいたんですか」

「大学三年のときにこっちで一人暮らしを始めたんで——二十歳までかな」

　奥平さんは、すっかり冷えた缶コーヒーを両手で包み、視線を遠くにやった。

「僕、気象少年だったって言ったじゃないですか」

「ええ、ベランダを気象台にして、天気図を描く少年」

「一時期、気象から離れていた期間があるんですよ。高校に入ってから、二十歳のときまで」

「何かあったんですか？　あ、運動部に入ったとか？」

「いえ。高校で、彼と出会ったんです」

「ああ……」

「経験ありません？」奥平さんは屈託のない声で訊いてくる。「色気づいて好きな子ができたりなんかすると、それまで夢中だったことが、どうでもよくなる。それが急に幼稚に思えたりして」

「わかります」わたしも微笑んだ。

「まさにそれですよ。でも」奥平さんはわずかに目を伏せた。「僕は、すごく苦しみました。自分の……欲望に。どこにぶつけたらいいか、本当にわからなかった」

「――はい」小さく言うしかできなかった。

それを気にしたのか、奥平さんはことさら明るく続ける。

「まさに悶々とするってやつですよ。もう気象どころじゃありません」

「その彼とは、親しかったんですか」

「ええ。彼と僕とあと二人、四人でいつもつるんでて。でも、高二の夏にね、彼に彼女ができたんです。近くの女子高に通う、本当にきれいな子でね。まさに、誰もがうらやむ美男美女のカップル」

「――そうですか」

「ちょうど同じ頃に、生物の授業で教師がこんな話をしたんです。『昆虫が花粉を媒介する被子植物では、他のどの器官よりも、花においてその遺伝的多様性が顕著になっている』」

「えっと……」

「ちょっと言葉が硬すぎますよね。要するに、植物は、花粉を運んでくれる昆虫に対して自分を目立たせるために、色とりどりの美しい花を進化させてきたということです」

「ああ、なるほど」

「それを聞いて、十七歳の僕は考えました。結局のところ、美しさなんてものは、まやかしじゃないかって。美しい花も、美しい鳥も、美しい人も、生殖のためにそうなっているにすぎない。よく言うじゃないですか。美人というのは、遺伝的に生存率の高い平均的な顔のことだって。つまり僕たちは、自分の遺伝子を効率よく残すのに有利な対象を、美しいと感じているにすぎない。美という感覚は、錯覚のようなもの。ただの方便――」

そこで奥平さんは首をのばし、空を見上げた。雪もみぞれもまだ落ちてきていないことを確かめてから、続ける。

「それから僕は、美しいものを美しいと思わないことにしました。むしろ、エゴが姿を変えた薄汚いものだって。もし僕が絶世の美男子だったとしても、それは僕が子孫を残すことに何の意味もなさないでしょ。つまり僕という人間は、生殖の原理の埒外にいる。だから僕には、美しいものを美しいと認めない権利があるんだ――ってね。高二にもなって、中二病丸出し。ほんと、バカですよね」

「バカだなんて思いませんよ」それどころか、十七歳の彼を抱きしめてやりたい衝動に駆られたほどだ。

「そんな風に自分をなぐさめたところで、苦しさから逃れられるわけじゃありません。僕も彼も東京の大学に進んだので、友だち付き合いは続きました。で、忘れもしません、一九九九年の大晦日。日本中が盛り上がってたじゃないですか」

「そうでしたね。懐かしい」

「高校のときつるんでた四人で横浜港のカウントダウンイベントに行こうってことになりましてね。待ち合わせ場所に行ったら、彼が新しい彼女を連れてきてたんですよ。バイト先で知り合ったとかいう一つ年上の、これまた目が覚めるような美人。肩寄せあって歩く二人を後ろから眺めながら、決めたんです。彼と会うのはこれで最後にしようって」奥平さんはこちらに顔を向け、冗談めかして付け足す。「なんたって、いい区切りだし」

「ミレニアムだし」とわたしも返した。

「人ごみに紛れて、そっとその場を離れました。はぐれてしまったことにしてね。その日以降、彼とは連絡を絶ちました。悪いと思いましたが、一方的に」

「もしかして、東京で一人暮らしを始めたのも――」

「まあ、いろいろリセットする意味でね。彼が今どこで何をしているのかはわかりませんが、結婚したということだけは人づてに聞きました」

「――そういうことでしたか」

「で、ちょっと話は戻りますが」

奥平さんは立ち上がり、一歩屋根の外に出た。

「そのミレニアム前夜、みんなの前から黙って消えたあとのことです。僕は家に帰る気分にもなれなくて、一人で横浜の街をさまよってました。でも、赤レンガ倉庫も山下公園も、当たり前ですが人がいっぱいでね。山手のほうまで歩いていって、小さな児童公園に入ったんです。ゾウの形をした置き物というかベンチがあって、そこにぼんやり座ってました。たぶん、泣いてはなかったと思うんですが」

「泣いたっていいじゃないですか」

　奥平さんは「今なら泣けたと思います」と目尻にしわを寄せ、続ける。

「で、しばらくするとね、雪がちらつき始めたんです。あとで調べたところによると、その日の気圧配置は強い冬型だったんですが、北西の風と、北東から回り込む風とが東京湾あたりでぶつかって、収束帯に雪雲が――って、そんなことどうでもいいか」

　わたしは笑ってうなずき、先をうながした。

「その日、僕は今日みたいに紺色のコートを着ていて、袖にどんどん雪結晶がくっついていく。きれいな、ほんとにきれいな樹枝状六花がたくさんあってね。見事な形の結晶が溶けていくのを見ているうちに、気づいたんです。気づいたというか、思い出した」

「思い出した？」

「い、いや、知ってたってことをです。雪の結晶は、雲の中で、完全に物理プロセスのみによって生まれます。何の意図も意味もなく、ただの偶然によって、あの完璧(かんぺき)な立体や幾何学模様が形成されている。性とも欲望とも遺伝子とも、関係ありません。なのに雪結晶は、誰が見たって、掛け値なしに、ただ美しい。そんなこと、僕は子どものときから知ってたはずなんです」

胸がつまって、言葉が出てこなかった。唾(つば)を飲みこみ、やっとのことで「――本当に」とだけ発した。

そうだ、確かに。この世界で、美を誇っているのは、花や鳥や人だけではない。雪の結晶、雲や空が垣間見(かいまみ)せる、無機質の美。見つけられることを望んですらいない、ただそこにある美。潔(いさぎよ)く、はかない美。わたしだって、それはよく知っている。知っているのに――。

「それを思い出したおかげで、僕は気象少年に戻れたんです。いや、もう少年じゃないですね。立派な気象オタクだ」

目を細める奥平さんと顔を見合わせていると、今度は鼻がつんとしてきた。

この人は、欲望をたやすくコントロールできる人などではなかった。誰よりも欲望に苦しんできた人だった。美しいものを憎みながら、それでもまた、美しいものを見つけられる人だった。やっぱり素敵な人だと、あらためて思う。

奥平さんが「あ」と声を上げ、さらに二、三歩進み出た。空を見上げ、両手を広げる。

「降ってきた」

「ほんとですか」わたしも慌てて立ち上がり、芝生に出る。

確かに白いものがはらはらと舞い落ちてきている。みぞれではなく、雪らしい雪だ。空を仰ぐと、頬の上で冷たいものが溶けた。

雪はみるみるうちに勢いを増していく。わたしたちはベンチまでスマホと折りたたみ傘を取りに戻った。外灯の近くまで移動し、撮影を始める。

開いた傘に付着した雪の粒を、カメラモードにしたスマホでまず観察してみる。スマホにはマクロレンズが取り付けてある。百円ショップで買った安物だが、驚くほどズームが利(き)いた。レンズを結晶に近づけると、細かな構造までよく見える。

レンズの位置をずらしていくと、きれいな六花を見つけた。

「これ、樹枝状六花ですよね?」横からのぞき込んでいた奥平さんに確かめる。

「そうですね。結晶のまわりに、もやもやしたものが付着しているでしょう。雲粒っていうんです。雲粒の有無も、大事な情報になるんですよ」

レンズ越しに見る樹枝状六花は、まずその雲粒から溶け始めた。雲粒が消えていくとともに、白っぽかった結晶が透明になっていく。結晶はやがて、ほとんど完璧な形の六花になった。だがそれも一瞬のことで、六本の枝は見る間に短くなり、いびつな形のかたまりと化して、最後には一粒の水滴になってしまった。

わたしは夢中になって結晶を探し、写真を撮った。素人（しろうと）だからだろうが、どうしても六花にばかり目がいく。樹枝状の他に、広幅六花や十二花らしきものは見つかった。だが、六本の針だけからなるシンプルな六花——星六花はどこにも見当たらない。

となりの傘で撮影していた奥平さんに訊ねてみる。

「ありますか、星六花」

「うーん、見当たらないですね」奥平さんは自分の観察を続けながら答える。

「そっか……今日の雲では作れないんですかねえ」

「それより、これ見てください。角板付きの六花ですよ」

「わたし、どうしても星六花の写真が撮りたいんです。今日一番のお目当てなんです」

「またスマホの待ち受けにでもするんですか」

「はい。いや、もちろんプロジェクトのために投稿もしますよ」

そんなことを言い合っているうちに思い出した。「そうだ、わたし、奥平さんにもう一つ告白しなきゃ」

「え、何ですか」奥平さんが顔を上げる。

「ほんとはわたし、気象オタクの素質なんてないんです。雲とか空の写真を集めてるっていうのは、嘘です。奥平さんに気に入られたくて」

「なんだ、そうだったんですか」

「でも、星六花だけは絶対見つけますよ。なんせわたしの結晶ですもん」

「あの、これ、一応データ収集ですから」奥平さんがあきれ顔をつくる。「本来的には、見つけるんじゃなくて、見つかるものを撮ってほしいんですけどね」

「あ、なんかそれ辛い。結婚相手のこと言われてるみたいで」

声をたてて笑う奥平さんを見て、思った。

この人に出会えてよかった。

わたしは今、素直に笑えている。

アンモナイトの探し方

キンキンキン、キンキンキン。

近づくにつれ、音はどんどん大きくなる。金づちか何かで硬いものを叩いている音。もうはっきりわかる。やはり、すぐ左の谷を流れる川——まだ上流のほうからだ。

どうにかたどれていたけもの道が、太いエゾマツにぶつかってついに途絶えた。谷側の斜面に目を落とすと、土がそこから下に向かって黒くえぐれている。音の主が下っていった跡かもしれない。

朋樹は、青いキャップを深くかぶり直し、慎重に一歩目を踏み下ろした。湿った土に落ち葉が混ざった、やわらかな感触。滑り落ちるようなことはなさそうだ。

目の前の幹に手をついた拍子に、頭上でセミがギッとひと鳴きし、飛び去った。東京では見ない種類だが、名前は知らない。密に繁る木々につかまりながら、高さにして四、五メートルある急斜面をゆっくり下りていく。

無事に川原に下り立つと、白いスニーカーについた土を払った。左のかかとに泥染みができているのを見て、思わず舌打ちする。このコンバース、買ってもらったばかりなのに。

気を取り直し、上流に向かって歩き出した。大小の石が敷きつめられた川原は、全体的に白っぽく見える。よけて通らなければならないほどの巨岩はない。

川幅は十メートルほどか。澄んだ流れはゆるやかだ。川の中ほどでも、底の石がはっきり見えるほど浅い。

キンキンキン、と乾いた音が谷間でこだまし、朋樹の鼓膜を震わせる。音の出どころは川をはさんで反対側。もうすぐそこなのに、ちょうど対岸の斜面から水際(みずぎわ)まで崖(がけ)が突き出ていて、その先が見えない。

さらに行くと、崖の向こうの川原にやっと姿が見えてきた。男が一人、こちらに背を向けてしゃがみ込み、右手で金づちを振るっている。足もとの石を叩いているらしい。長袖(ながそで)シャツの上に、ポケットがたくさんついた釣り人が着るようなベスト。カーキ色の帽子からのぞくえりあしが白い。間違いない。あれが戸川とかいうおじいさんだ。

対岸から様子を眺める。しばらくすると、戸川が手を止めた。ひと息つき、腰をのばそうとして、初めて朋樹に気がついた。眼鏡の奥からいぶかしげな視線を寄越しただけで、また作業に戻る。

さらに数分間石を叩いたあと、戸川は金づちを置いた。おもむろに立ち上がり、地面に転がしてあった水筒に手を伸ばす。朋樹を見据えたまま喉をうるおすと、無言で川面を指差した。どういう意味かは察しがつく。浅いのだから、見たいなら渡ってこい、と言っているのだ。

それが朋樹を思い切らせた。コンバースを脱ぎ、靴下を中に突っ込むと、片方ずつ両手に持った。つま先でそっと水に触れ、驚いて引っ込める。想像以上の冷たさだ。勢いをつけてくるぶしまで突っ込み、そのままじゃぶじゃぶ進む。半分まできても、水はひざ下までしかない。ぬらつく石に足を滑らせながらも、転ばずに渡りきった。濡れたのはハーフパンツの裾だけだ。

戸川はその様子を見届けることもなく、また金づちを振り始めている。叩いているのは、ラグビーボールをひと回り小さくしたような石。朋樹は裸足のままそこへ歩み寄った。二メートルほどまで近づいたとき、戸川がこちらに首を回した。

「そこまでだ」左手を上げて低く命じる。「破片が飛ぶ」

朋樹はその場で固まった。戸川がさらに数回金づちを振り下ろすと、鈍い音がした。石が割れたのだ。首だけのばす朋樹に、その中身を見せる。黒っぽい断面が螺旋状に盛り上がっている。巨大なカタツムリの殻のような、お馴染みの物体。

「マンテリセラス——」戸川は呪文でも唱えるようにつぶやくと、軍手をはめた手でひだの部分をこすった。

「アンモナイトですよね」朋樹は数歩進んで言った。

戸川は眼鏡を下にずらした。あごを引き、上目づかいにこちらを見つめてくる。朋樹は思わず、キャップの上から後頭部を押さえた。

えらの張った四角い顔に、太く白い眉。目もとの深いしわを見て思う。歳はたぶん、じいちゃんと同じぐらい——。ベストの胸には三色ボールペンが二本挿さっていて、その下のポケットからは小さな緑色のノートがのぞいている。

「この辺の子じゃないな」戸川はにこりともせず言った。

「じゃないです」

「都会だろう。札幌か」

「東京」

「そんなところから来た子が、よく知ってるな」

「アンモナイトぐらい知ってますよ。中生代の示準化石」

「ほう。好きなのか」

「別に。でも、受験に出ることあるんで」中学受験のことだ。理科対策として、地層や化石についても最低限のことは押さえておく必要がある。

「受験か」とつぶやいて、戸川が化石を握らせてきた。見た目以上に重さがある。細部まで見事な立体感を保っているが、渦巻きは三分の一ほどが欠けていた。

「なら訊くが――」戸川は朋樹の手のそれを指差す。「アンモナイトとは、いったい何だ？」

「何って、海の生物でしょ。貝みたいな」

「貝か。じゃあ、海のどの辺りに暮らし、どんなものを食べていた？」

「いや、そこまでは。テストに出ないし」

戸川が鼻息をもらす。「それが君の〝知っている〟か。示準化石云々など、アンモナイトたちにとってはどうでもいいことだろう」

「まあ、そうかもしんないですけど」いきなり説教かよ。朋樹はしらけた顔で応じた。

「テストにも出ないことのために、こんなところまで来たのか」

「ていうか、さっき町の博物館に行ったんですけど、何げにアンモナイトの化石見てたら、掃除のおばさんみたいな人が来て。自分で化石を採ってみたいなら、ユーホロ川に行くといいよって。ミサワ橋ってところから上流にしばらく行くと、戸川っていうおじいさんが化石採りしてるはずだから、教えてもらえって」

「ヨシエさんか……」戸川は息をつき、続ける。「博物館に行ったのに、何も読まなかったのか。アンモナイトの生態について書かれたパネルがあっただろう」

「あー、読んでないです」

ほぼアンモナイトしかない小さな博物館だった。小学生以下は無料だったのでふらっと入ってみたが、展示室は無人。ひと回りもしないうちに退屈になり、もう出ようと思っていたところへ、バケツを下げたゴム手袋の女性が声をかけてきたのだ。

ユーホロ川というきれいな川があることは、母親からも聞いていた。いったん祖父の家に戻って納屋（なや）の古い自転車を借り、スマホの地図を頼りに二十分ほど走ってミサワ橋に向かった。ちょっとした気晴らしのつもりで、川を見て何もなければそのまま引き返そうと思っていた。

ミサワ橋に着き、上から川を眺めていると、上流からかすかに音が聞こえてきた。キンキンキンという例の音だ。化石採りの音かもしれないと思うと、どんなものか見てみたくなった。橋のたもとから細い山道に入り、ここまで来た。好奇心といえば好奇心、暇つぶしといえば暇つぶしだ。

「で、結局どうしたいんだ」戸川は眼鏡を持ち上げた。「採ってみたいのか、みたくないのか」

「まあ……やってみてもいいかなって。他にやることないし」

「都会っ子には退屈な町だろうからな」

「ぶっちゃけ、そうですね」

肩をすくめて答えつつ、ヨシエとかいうあの女性に心の中で文句を言う。おばさん、人選おかしいよ。にこにこ優しく教えてくれる子ども好きのおじいさんがいるんだろうって、普通思うじゃん。

戸川はリュックサックの中から、金づちと軍手、それに全体が透明なプラスチックでできた水中メガネのようなものを取り出した。まず差し出された金づちは、柄まで金属の一体型で、ゴム製のグリップがついている。かなり使い込んだらしく、頭の打撃部分が丸くちびていた。いったいどれだけ打てば、こんなことになるのか。

「これ、化石用の金づちですか」その重みを確かめながら、手のひらを軽く叩く。

「岩石ハンマーだ。石を叩くときは、必ずゴーグルをつけろ」戸川は自分の眼鏡のレンズを指でつついた。

「で、何からやれば」軍手をはめながら訊く。

「まずは、ノジュールを探す」

「ノジュール？」

「こういう丸っこい石だ」戸川は、さっき二つに割った石の片割れを拾い上げ、外側のなめらかな曲面をひと撫でした。「正しくは石灰質ノジュール。大きさは数センチから数十センチ。炭酸カルシウムが二次的に濃集して固結したもので、たいてい球状やレンズ状をしている。生物の死骸が分解されるとき、水中の炭酸カルシウムが死骸をおおうように沈殿して、ノジュールを形成することがある」

「えっと……つまり、中に化石が閉じ込められてるってことですか。カプセルみたいに」科学用語はともかく、イメージはなんとなくできる。

「無論、すべてのノジュールに何か入っているわけではない。ただ、ノジュール中の化石は保存状態が良いことが多い」

「でも……」川原を見回して言う。「そういう丸っこい石ばっかですけど」

「外見だけで見分けるのは初心者には難しい。このあたりに露出している岩石は、蝦夷層群中部の泥岩と砂岩だ。比較的やわらかいから、ハンマーで叩くと簡単に割れたり崩れたりする。それに比べて、ノジュールは緻密で硬い。だから、まずはノジュールを叩いたときの感触と音を知ることだ」

朋樹はさっきまでここに響いていた音を思い出した。要は、あんな風にキンキン鳴る石を探せばいいわけか。

戸川は足もとを示して続ける。「川原にもノジュールは転がっている。ただし、川原の石には上流から運ばれてきた火成岩や変成岩が混ざっているから注意が必要だ。そういう石も丸く磨かれていて、ノジュール同様に硬い。崖や斜面に埋まっている石、あるいはそのきわに落ちているものの中から探すほうが確率が高い」

戸川はそれだけ言うと、石の上にあぐらをかいた。さっきのアンモナイトを厚手のビニール袋に入れ、マジックで数字を書きつける。それが終わると、小さな緑色のノートを開き、何やら記録をつけ始めた。

え、もう終わり？　朋樹は戸惑った。仕方なく、「あのう……」と声をかける。戸川は眉根を寄せてこちらを見上げ、無言のままボールペンの先で崖のほうを指した。四の五の言わずにやってみろということらしい。

朋樹はハンマーを手に、崖に近づいた。川が増水したときに削ったのだろう。高さ二メートルあたりまで植生はなく、岩とも土ともつかない地層がむき出しになっている。

真下の地面に視線を走らせ、ソフトボール大の石を一つ手に取った。なるべく丸いものを選んだだけだ。それを平らな場所に置き直していると、背後から戸川が「おい、何か忘れてないか」と言った。

ゴーグルだ。慌てて引き返し、それを受け取って崖に戻った。戸川がこっちを見ていないことを確かめてからキャップを取り、素早くゴーグルをつけて、またすぐにかぶる。

さっきの丸い石の前に膝をつき、ハンマーのグリップを短く握った。当然ながら、石を割ったことなどない。釘を打った経験もせいぜい二、三度だ。どれほどの力が要るのか、見当もつかない。

まずは、軽く叩いてみる。コン、と音がした。もう少し力を込めてみる。表面に傷はついたが、割れない。頭の上まで振りかぶり、勢いをつけて打ちつける。今度は割れた。というより、砕けたというほうが近い。小さなかけらをつまみ上げると、薄茶色の粉が軍手の指先についた。

「泥岩だな」戸川が言った。ノートにまだ何か書き込みながら、だ。「ノジュールではない」

「……だと思いましたけど」朋樹は平静を装いつつ、手をはたく。「音が違ったし」

「泥岩は、海底にたまった泥が固結したものだ」

「わかります、それは」塾で習った。堆積岩の一種だ。

数メートル移動し、別の石を拾い上げる。さっきと同じぐらいの大きさで、やや平たい。地面に置いて、ハンマーを振り下ろす。今度は、カン、という音がした。徐々に力を増しながら五回、六回と叩くと、真ん中で二つに割れた。ややざらついた断面が露わになる。

「砂岩だ」戸川があぐらのまま言った。「同じく堆積岩だが、泥岩より粒が粗いだろう」

「……ですね」

違うとわかってるなら、割る前に言えよ。毒づきたくなるような気持ちとともに、石を投げ捨てる。

朋樹は半ば投げやりな気分で、丸みのある石を手当たり次第に叩き始めた。鈍い音がしたら、一打ですぐ次へいく。少し甲高いと感じたら、割れるまで叩いてみる。

三十分近くかけて、八個の石を割った。どれもノジュールでないということは、朋樹にもわかっていた。化石らしきものはもちろん見当たらない。

日差しの厳しさも暑さの質も、東京の八月とはだいぶ違う。それでも、休みなく動けば汗がゴーグルの中まで流れ込んでくる。ゴーグルを首まで下げ、Tシャツの袖で顔をぬぐっていると、そばで「どうだ」と戸川の声がした。いつの間にか、すぐ後ろに立っている。

「まあ。ハズレばっかですけど」

「ハズレ、か」

戸川は自分のハンマーを握ると、崖に向き合った。打撃部分の反対側、くさびのようになったほうを、腰の高さに叩き込む。先端がめり込み、崖の表面がぼろっとはがれて落ちた。

「この高さに沿って、こんな風に削っていくんだ」

戸川から少し離れて立ち、同じようにハンマーのくさび側を打ち込んでみる。乾きかけた粘土のような感触。差し込むようにコンコンと叩くと、ブロック状に崩れた。戸川を真似て浅く掘り崩しながら、その領域を横方向に広げていく。

二人並んでしばらく続けていると、朋樹のハンマーの先が硬いものに当たった。と同時に、崖の表面が大きくはがれる。その奥に、丸みを帯びた石が現れた。

「ノジュールかもしれん。掘り出してみろ」戸川が横から言った。

朋樹は周囲の粘土をさらに削り、ハンマーをてこのように使って石を取り出した。手にずしりとくる。角はないが、朋樹が塾に持っていく弁当箱ほどの大きさだ。

地面に置き、軽く叩いてみる。キン、という音とともに、ハンマーが弾き返される。

今までにない手応えだ。戸川を見上げると、うなずき返してきた。やはりノジュールなのだ。

がぜんやる気が出てきた。グリップを握り直し、力を込めて打ちつける。五回、六回、七回。石はびくともしない。ハンマーがはね返されるたびに、手がしびれる。

「痛っ」

石を押さえていた左手の人差し指を叩いてしまった。指の腹をはさんだだけだが、軍手をとってみると、大きな血マメができている。くそ。やり返すようなつもりで、さらに高くハンマーを振りかぶる。

何分間叩き続けただろうか。少しずつ深くなる表面の傷めがけて打ち込んでいると、急に響きが変わった。やったか。とどめとばかりの次の一撃で、ついに石は三つに割れた。

投げるようにハンマーを置き、一番大きな破片をつかむ。断面に目を凝らした。表面近くは白っぽく、中心部はグレー。光沢さえ感じさせる緻密な質感は、明らかに他の石とは違う。だが、それだけ。どの破片にも、化石のような異物は見えない。

「残念だったな」戸川がとなりにしゃがみ込み、涼しい顔で言う。「ハズレというのは、こういうことをいうんだ」

「ケガまでしたのに……最悪」今頃になって人差し指が痛み出した。

「今日はここまでだ」

「え？」

「じきにひと雨来る」

空を見上げた。いわれてみれば、いつの間にか太陽が隠れている。

「気が向いたらまた来ればいい」戸川は言った。「私は明日も明後日もここにいる」

北の空から、黒い雲が山におおいかぶさるように迫ってきていた。


祖父の家には向かわず、町外れにある博物館へと自転車をとばした。まだ四時半すぎ。五時閉館だとしても、間に合うはずだ。

雨粒がぽつぽつと額を打ち始めている。寄り道をしている間にどしゃ降りになるかもしれないが、濡れたところでどうということはない。

駅前まで続く二車線の道道に入ると、両側にちらほら建物が見え始める。ほとんどは空き家か空き店舗で、歩道を行く人の姿もない。ゴーストタウンのようなこの光景を初めて目にしたときは、恐怖すら覚えた。ここへ来て一週間が経った今は、この過疎の町にも人々の日常が途切れずにあることが朋樹にもよくわかっている。

途中で右に折れ、丘を立ちこぎで上っていく。二つ目のカーブの先に、目的の施設が見えてきた。箱型の二階建てで、くすんだクリーム色の外壁は長らく塗り直された形跡がない。〈富美別(とみべつ)町立自然博物館〉と看板が出ていなければ、公民館のようにも見える。

玄関のひさしの下に自転車を停めていると、ガラス扉が開いた。ヨシエという名の、例の女性だ。帰宅するところなのか、小さな布のバッグを下げている。

「あら、さっきの」

「どうも」

「ユーホロ川、行ってみた？」

「あ、はい」

「戸川館長には、会えた？」

「館長？」驚いて聞き返す。「え、あの人、ここの館長なんですか？」

「ああ、元ね。前の館長」ヨシエは建物の中の様子をちらりとうかがい、舌を出した。「あたしの中では、ここの館長は戸川さんだけだからさ」

そうだったのか。まるで学者のような彼の言動には納得がいった。と同時に、あの無愛想さで一般人相手の施設のトップがよく勤まったな、とも思う。

「ま、いろんなこと言う人がいるけどね」

「それは――」どういう意味か確かめる間もなく、ヨシエが訊いてくる。

「で、化石は採れた？」

「いえ」

「あらら。そりゃ気の毒なことしたわね、無責任にすすめたりして」ヨシエは申し訳なさそうに眉尻（まゆじり）を下げる。「やっぱりもう、難しいのかねえ……」

独り言のようにつぶやくヨシエに会釈（えしゃく）だけして、朋樹は博物館に入った。閉館作業でもしているのか、受付には誰もいなかった。展示室も相変わらずしんとしている。ガラスケースに入ったアンモナイト標本を尻目に、壁に並ぶ古ぼけたパネルに歩み寄った。〈アンモナイトの町、富美別〉〈ユーホロ川と蝦夷層群〉〈富美別に産出するアンモナイト化石〉などの表題で、色あせた写真とともに解説が書かれている。

足を止めたのは、〈アンモナイトとは？〉というパネルの前。冒頭の一文を読んで、「え……」と声を漏らしてしまった。

〈アンモナイトは、しばしばサザエなどの巻貝と混同されるが、分類学的にはイカやタコの仲間である――〉

＊

富美別町は、三笠市と夕張市にはさまれた小さな町だ。

この一帯がかつて炭鉱で栄えたという話は、塾でちらっと聞いたことがある。夕張などは今や財政破綻の状態だということも。ただ、塾の講師はこうも言っていた。覚えておくべきなのはそんなことではなく、日本の石炭の輸入先第一位がオーストラリア、二位はインドネシアだということ——。

富美別にも仕事はなく、人口は相当な勢いで減り続けているらしい。この町で生まれ育った朋樹の母親も、おそらく迷いなく地元を離れたクチだ。東京の大学に進み、そのまま都内の食品会社に就職して、神奈川出身の朋樹の父親と結婚した。今ではもとから東京の人間だったような顔をして、仕事を続けながら豊洲のタワーマンションで朋樹と暮らしている。

母親は少なくとも二年に一度は里帰りをしているが、朋樹が富美別に来たのは三年半ぶりのことだ。前回は小学二年の正月で、両親と三人で訪れた。町営スキー場で祖父にスキーを教わったことをよく覚えている。

祖母が食卓の真ん中に大皿を置いた。鶏（とり）の唐揚げが山のように盛られている。

「唐揚げならどうかなと思ったんだけど」祖母は朋樹の顔色をうかがいながら言う。

「朋ちゃん、前来たとき喜んで食べてくれたじゃない。今も好きでしょ？」

「うん、まあ、好きだよ」

「しっかり食べてね」

　好物だから食べられるってわけじゃない。母親にならともかく、滅多に会わない祖母にそんな台詞（せりふ）が吐けるはずもない。朋樹は、勉強疲れの静養という名目でここに滞在している。涼しくて空気のいい北海道に来てもなかなか食欲が戻らない孫を見て、祖母はやきもきしているに違いなかった。

　唐揚げをちびちびかじっていると、風呂（ふろ）から上がった祖父がランニングシャツ一枚でやってきた。町役場を定年退職してからは、知り合いの土地を借りて毎日畑仕事をしている。台所のかごに盛られたトマトやとうもろこしは、祖父が作ったものだ。

「お、ザンギか」祖父は冷蔵庫から瓶ビールを取り出し、食卓についた。キャップをかぶったままの朋樹を見て、眉をひそめる。

「なんぼお気に入りか知らんが、いい加減、家の中では脱いだらどうだい」

「いいんだよ、これで」朋樹は祖父のほうを見ずに答える。

祖父はしぶい顔でコップにビールを注ぎ、ひと息に飲み干した。満足げなうなり声をもらすと、表情を和らげて訊いてくる。「今日は、何してた?」

夕食時恒例の質問。スマホのゲームぐらいしかしていない日は、答えるのに苦労する。

「博物館に行った」今日は正直に報告できることがあるので、気が楽だった。

「あすこか。建物は古いが、アンモナイトは立派だべ」祖父は二杯目を注ぎながら言う。

「まあ。で、そこの掃除のおばさんに言われて、化石採りに行った」

「化石採りって、一人でか」

「ううん。ユーホロ川にいた戸川って人に教えてもらった」

「戸川?」祖父が眉をひそめる。「あの戸川さんか?」

「その人——」食卓に味噌汁を並べていた祖母が言う。「眼鏡かけた、四角い顔のおじいさん?」

「うん。博物館の元館長だって。知り合いなの?」

「知り合いっていうか、ね……」祖母が祖父と顔を見合わせた。二人とも、何ともいえない表情を浮かべている。

「朋樹、お前、自分の名前言ったか」祖父がコップを置いて訊いてきた。

「そういえば、言ってない」

「言ってもわからんでしょ」祖母が横から口をはさむ。「うちとは名字が違うし」

「じゃあ、じいちゃんのことは言ったか」祖父は自分の顔を指差した。

「言うわけないじゃん」朋樹はいら立って箸を置く。「何？　あの人がどうしたの？」

　祖父は朋樹の顔を見つめたまま、深く息をついた。

「朋樹、化石採りに行くのは、もうやめとけ」命令というよりは、懇願に近いような言い方だった。

「なんで？　あの戸川って人、危険人物か何かなわけ？」

「そんなんじゃない」祖父はビールをあおった。「いろいろ、事情があるんだ」

「ふうん」朋樹は冷めた声で応じる。「大人の話ってやつですか」

「そうだ、朋ちゃん、明日はおじいちゃんの畑でも手伝ってみたら？」祖母が無理やり話題を変えた。「たまになら楽しいもんよ。お腹だって空くし」

「自転車で出かけるなら、ユーホロ湖もいいんでないかい」今度は祖父が言う。「サイクリング用のきれいな道もついてるしな」

　ここから車で十分ほどのところにあるその湖は、朋樹が今回富美別に来た初日に見ていた。新千歳空港まで車で迎えにきてくれた祖父が、家に向かう途中に立ち寄ってくれたのだ。観光スポットにしたいのだろう。湖畔には公園やキャンプ場が整備されていたが、人の姿はほとんどなかった。

朋樹は生返事をしながら、唐揚げを味噌汁で流し込んだ。

心ここにあらずのまま祖父母とテレビの前に座っていると、スマホが震えた。夜九時ちょうど。母親からの定時連絡だ。電話に出ながら二階へ上がり、朋樹にあてがわれている和室に入った。

「調子はどう？　夕飯は何だった？　食べられた？」母親が矢継ぎ早に訊いてくる。

「食べたよ。唐揚げ二個と、ご飯半分と、味噌汁」

「そう、まあまあだね。でも——何だか声に元気がないみたいだけど」

「ああ……ちょっと考えごとしてたからかな」

「ホームシック？」

「ちげーよ。そっちこそ大丈夫なの？　もう一週間経つけど」

「そうだね。ママのほうがヤバいかも。寂しくなってきちゃった」母親は短く笑い、続ける。「で、何なの？　考えごとって」

「大したことじゃないよ」と答えて、ふと思いついた。「お母さんさ、戸川って人、知ってる？　ここの博物館で館長やってた人」

「戸川？　知らないけど、その人がどうしたの？」

朋樹は今日の出来事を話して聞かせた。母親は、一人息子が田舎で元気を取り戻しつつあると感じたのか、大げさに感心してあいづちを打っていた。

「戸川って人のこと、じいちゃんは知ってるみたいだったけど」朋樹は最後にそう付け足してみた。

「ああ、それはそうかもね。おじいちゃん、町役場では長い間教育委員会の事務局にいたから。学校だけじゃなくて、博物館のこともそこの仕事だったみたいだよ」

「――そうなんだ」

「実はママもね」母親は得意げに言った。「アンモナイトの化石、採ったことあるんだよ。ちょうど朋樹ぐらいのときに、子ども会の行事で」

「へえ。あんな硬いノジュール、割ったんだ」

「ノジュールって何？」

「丸っこい石だよ。中に化石が入ってる。ハンマーでがんがん叩かないと割れない」

「そんなことした覚えないな。スコップみたいなので崖の土を掘ったら、出てきたよ。

ちっちゃなかけらばっかりだったけど」

「ふうん、そういう場所もあるんだね」

風呂には入ったか、服や下着は足りているか、と止めどなく続く母親の質問を、「あのさ」とさえぎった。ここへ来てからずっと気がかりだったことがあるのだ。

「塾から何か連絡あった？」

「……うん、一昨日かな」母親はわずかに躊躇（ちゅうちょ）した。「田中先生が電話くれたよ。夏期講習の最終クール、来られそうですかって」

「八月十八日からだよね」

「もちろん返事はしなかったけど。いつ復帰するかは、病院で先生に診てもらってからにしないと――」

病院というのは、心療内科のことだ。

七月に入った頃から、朋樹は塾に行けなくなった。勉強は嫌いではないし、模試の成績は上位をキープしている。塾の講師や友だちともうまくやっていた。今だって、塾に行きたい、行かなければ、という気持ちはある。だが、いざ家を出ようとすると、腹痛に襲われたり、吐いてしまったりするようになったのだ。それだけではない――。

電話を切り、キャップを脱いだ。左の後頭部に手をやり、十円玉大にはげた部分に触れる。円形脱毛症。髪に隠れているから大丈夫と母親は言うが、キャップなしでは人前に出られない。小学校はすぐ夏休みに入ったからよかったものの、塾の友だちにこのことを知られるのは、絶対に嫌だった。

大きな病院で検査を受けても、異常は見つからない。皮膚科で円形脱毛症の薬を出してもらったあと、心療内科に回された。担当した医師は、胃腸の不調も脱毛も、受験のストレスによるものだろうと言った。朋樹のいないところでは、両親の別居が影響している可能性もあると言ったらしい。

しかし、父親が家を出たのは一年以上前のことだ。とにかく多忙な父親で、一緒に暮らしていたときでさえ、平日はほとんど顔を合わさなかった。別居後も朋樹とは毎週末食事に行っているので、生活にそこまで大きな変化はない。

原因が何であれ、精神的な不調となると、とれる対策は限られている。医師の助言で、しばらく受験勉強を中断し、環境を変えて過ごしてみることになった。朋樹が参考書も持たず、一人でここ富美別までやってきたのは、そういうわけだ。

＊

昨日と同じルートで川原に下りた。キンキンキン、と例の音が聞こえる。

バックパックには、水のペットボトル、タオル、防寒着、そして板チョコを一枚入れてきた。万が一のことがあったとき、北海道の大自然をなめていた東京の小学生として報道されるのは避けたい。

祖母にはユーホロ湖までサイクリングに行くと言ってある。嘘をついてまでここへ来た理由は二つ。一つはもちろん、リベンジだ。昨日湯船につかりながら、左手人差し指の血マメと右手にできたハンマーのマメを見て、あらためて悔しさがこみ上げてきた。アンモナイトのかけらも採れないままでは終われない。

もう一つの理由は、戸川という人物に対する興味だ。なぜ祖父は、戸川に朋樹を近づけたくないのか。あの口ぶりからして、祖父と戸川の間に確執めいたものがあるのは間違いない。二人が現役だった頃に、仕事上のトラブルでもあったのかもしれない。

昨夜布団に入ってから、スマホで博物館のサイトをチェックしてみた。スタッフは、館長、学芸員一名、非常勤職員一名——おそらく受付の若い女性——の三人だけ。年に数回、化石鑑定会や自然観察のイベントを催しているらしい。わかったのはそれぐらいで、戸川に関する情報は何も出てこなかった。

施設名に〈戸川〉の名前を加えて検索すると、十年以上前に開かれた町民講座の案内がまだ残っていて、当時館長として講演した戸川のプロフィールが載っていた。〈一九四八年、富美別町生まれ。北海道大学大学院修了後、北海道立科学博物館研究員を経て、一九九六年より現職〉。つまり、五十歳を前に大きな博物館を辞め、生まれ故郷の博物館に館長として帰ってきたということらしい。

朋樹にはもう一つ引っかかっていることがある。ヨシエが口にした、「いろんなこと言う人がいるけどね」という言葉だ。戸川が町の人々から疎(うと)まれるようなことでもしでかしたのかと思って調べてみたが、ネット上にそのような書き込みは見当たらなかった。

いずれにせよ、朋樹が戸川についてあれこれ詮索(せんさく)する必要はまったくない。興味本位といえばそれまでだが、反発もあった。何の説明もなくただ戸川に近づくなといわれても、納得できない。大人の事情だといって遠ざけられることに対して、反抗心がわいたのだ。

なんで別居することになったの？　離婚するつもりなの？　親権はどうなるの？　何を訊いても、「それは大人の話だから、そのうちね」。そうやって除(の)け者にされるのは、うんざりだった。もう十二歳。そこらの小学生より知識はある。幼稚な駄々をこねたりもしない。話してさえくれれば、何だってわかるのだ。

例えば。自分や両親のことをあの大人に——戸川に話してみたら、何と言うだろう。もちろん自分からペラペラしゃべるつもりはない。あれこれ訊かれてもうざったい。ただ、あの人なら、他の大人たちとは違うことを言いそうな気がした。

キンキンキン。もうすぐそこで響いている。崖の向こうに、戸川の姿が見えた。

昨日と同じ場所を一時間近く掘ったが、ノジュールは出てこなかった。

少し離れた斜面にはりついていた戸川は、その間に二つノジュールを叩き割り、アンモナイトを一つ手にしている。

戸川はノジュールを見つけても、朋樹に譲ろうとはしなかった。大人げないジジイ。こちらを気づかう素振りさえ見せない戸川に、ついそんな悪態をつきたくなる。

ハンマーを置き、ペットボトルの水を喉に流し込んだ。斜面の前で小さなノートを開いていた戸川に、うしろから声をかける。

「あの、ちょっといいすか」

「何だ」戸川は振り向きもしない。

「僕の母が子どもの頃に化石を採ったときは、もっと簡単だったみたいなんですけど。ノジュールなんか割らなかったって」

「お母さんは、ここの出身なのか」

「はい」

「昔は、子どもでも気軽に化石採りが楽しめる露頭が、いくつもあった」

「ハンマーも使わずにですか」

「ああ。無論、状態のいい化石は出ないが」

「そういうイージーな場所、もうなくなっちゃったんですかね」

つかの間の沈黙のあと、戸川は億劫そうに言った。「博物館に行けば、そのことについて書かれたパネルがある」

「いや、昨日帰りに寄ってみたんですけど。そんなパネル、なかったような……」

「あると言ったらある。パネルを作った本人がそう言ってるんだ」

「あ、ヨシエさんて人から聞きました。あそこの館長さんだったって」

戸川がやっとこちらに首を回した。「君、名前は何というんだ」

「内村朋樹です」ここでジャブを打ってみることにした。「母の旧姓は、楠田っていうんですけど」

「楠田？」戸川が眉を持ち上げる。「もしかして君は、楠田重雄さんの、親戚か」

「楠田重雄は、僕の祖父です」

「そうだったのか」戸川はこちらに近づいてきながら、眼鏡に手をやった。「言われてみれば、どことなく似ているな。重雄さんは、お元気か」

「ええ、元気ですけど……」

想像していた反応と違う。戸川の表情にも声にも、険のようなものは感じられない。祖父との間でいざこざがあったというのは、思い過ごしなのだろうか。

そのまま二人とも川のほうを向いて座り込み、休憩するような形になった。

「何年生だ」戸川が水筒のふたを開けながら言った。

「六年」

「中学受験するんだろう。夏休みの間も塾があるんじゃないのか」

「ありますけど……今ちょっと休んでて」

「——そうか」

見透かすような戸川の視線を受け、無意識にキャップの後頭部に手をやった。無理に声を明るくする。

「でも大丈夫ですよ。僕、これでも結構成績いいんで。どれぐらい休んだらヤバくなるかは、自分でわかります。そう簡単には追いつかれない」

「上に追いつくこともできないんじゃないのか」

「いや、偏差値の高い学校ならいいってわけじゃないんで。やっぱ、偏差値と校風のバランスっていうか。ほら、人に聞いたりネットで調べたりしたら、その学校のリアルな校風って、わかるじゃないですか」

　言っているうちに、胃のあたりに不快感が広がった。

「大人びてるな」戸川は水筒の中身をひと口含んだ。「いい学校を出て、将来は何になりたいんだ」

「母は、医者か弁護士ってずっと言ってますね。でもこの先、弁護士は生き残り競争が厳しくなるってこと、わかりきってるし。リスクが少ないのは、やっぱ医者かな。父も同じ意見だと思いますよ。具体的な話まではしませんけど、父が考えてそうなことはわかるんで」

「私が訊いているのは――」

「僕自身はどうなのかってことですよね？」朋樹は先回りした。「でもそれって、今決めることじゃなくないですか。大学に入るまでの間に考えだって変わるだろうし。とにかく、今から勉強しとけば将来の選択肢が増えるってことはわかってるんで。でも母はそこがよくわかってないんですよね。自慢できるような職についてほしいって気持ちは、わかりますけど」

言い訳でもするようにまくしたてる朋樹を、戸川はじっと見つめていた。

「君は、何でもわかるんだな」

不意の言葉に、胃がぎゅっと締めつけられた。戸川に悟られぬようわずかに身をかがめ、浅い呼吸を繰り返す。

痛みが和らぐにつれ、胸の奥底に沈めていたことが、あぶり出しのように浮かび上がってくる。塾に行けなくなった本当の理由だ。

朋樹は今、泥の中にいる。海底の泥にとらわれたアンモナイトのように、身動きがとれないでいる。何が問題かということは、全部わかっているはずなのに。

朋樹には、ずっと憧れている学校がある。鎌倉にある中高一貫の私立男子校だ。父方のいとこが通っていて、以前から学内の様子を詳しく聞かされていた。伝統校でありながら、自由な雰囲気。教師陣は個性的で、受験一辺倒の授業はしない。それでも進学実績は素晴らしく、最近ではアメリカの一流大学に進む生徒も増えている――。

そんな話を刷り込まれていれば、当然自分もその学校に、と思うようになる。朋樹は何ら疑問を抱くことなく、四年生から進学塾に通い始めた。成績は順調に伸び、すぐに最上位のA1クラスに上がることができた。

五年生になると、状況に二つ変化が起きた。一つは、両親の別居。父親が帰宅しない日がだんだん増えていたので、その気配は感じていた。父親のことは好きだったし、父親も多忙ながら朋樹には精いっぱいのことをしようとしてくれていたと思う。だから、「明日からパパとは別々に暮らすんだよ」と母親に告げられたときの衝撃は、今なお残響として朋樹の胸の奥にある。二、三カ月は勉強が手につかず、もう少しでA2クラスに落ちるところだった。

もう一つ変わったのは、鎌倉の学校の受験資格だ。来春の入試から、「通学時間が片道九十分以内であること」という制限が設けられることになったのだ。豊洲の自宅から学校まで、どんなに急いでも百分以上かかる。他の学校が眼中になかった朋樹は、愕然とした。

それを知った父親が、ある提案をしてきた。高校を卒業するまで、自分と一緒に暮らせばいいというのだ。家を出た父親は、川崎市内の賃貸マンションから品川の会社に通勤していた。確かに川崎からなら、鎌倉の学校まで一時間もかからない。

母親は反対した。あの人には栄養管理ができない、毎晩帰りが遅すぎる、マンションが手狭だ――などと難点を並べ立てていたが、それらはみな些末なことだ。母親の頭の大半を占めているのは、息子と離れて暮らすことへの不安と寂しさだろうと朋樹は思っていた。朋樹としても、母親を一人にするのは心配だ。二人の反応をみた父親は、週末だけ豊洲に帰ればいいじゃないかと、新たな提案をしてきている。

そして、二カ月ほど前。母親がもっと大きな懸念を抱えていることを、朋樹は知った。ある晩リビングで母親が祖母と電話で話しているのを、偶然聞いてしまったのだ。食卓に頬づえをついた母親は、こう言っていた。「——ただね、あの人が、朋樹と一緒に住んでるってことを理由にして親権を主張してくる可能性は、あると思うんだよね——」

意味はすぐにわかった。そんな話を祖母としているということは、離婚はもう避けられないのだろう。それは朋樹も覚悟していた。だが、自分が鎌倉の学校に入ることが両親の間にさらなる争いを引き起こすかもしれないなんて、想像もしていなかった。

眠れない夜が続いた。自分はどうするべきか、母親にも父親にも訊くことはできない。追い討ちをかけるように、塾から通知がきた。夏期講習の最終日までに第一志望を決めて届け出るように、というのだ。九月からいよいよ志望校別の試験対策が始まるからだ。

朋樹の頭と心は、中に泥でもつまったかのように、機能を停止してしまった。あふれ出した泥は、とうとう体まで侵し始めている。朋樹が化石になってしまうのは、もはや時間の問題だった——。

ハンマーの音で我に返った。見れば、戸川が手近な石を拾っては叩き割り、断面を確かめている。どれも似たような川原の丸石で、ノジュールではない。ある石は捨て、ある石はテーブル状の岩の上に並べていく。

並んだ石が七つになったところで、戸川は言った。

「わかった気になるというのは、危険なことだ」

「え……」かすれた声しか出なかった。

「君みたいに頭のいい子にとっては、とくに。親の話でも授業でもニュースでも、耳で聞いただけですんなり頭に入ってくるだろうからな」

「それのどこが、危険なんですか」それ以上聞きたくないのに、確かめずにいられない。

「たとえば君は、ここにある石を分類することができるか?」戸川は七つの石を示した。どれも一部が割り取られ、中の新鮮な面が見えている。「名前はどうでもいい。同じ石はどれとどれだ。幼稚園でやる、仲間にわけてみましょうというやつだよ」

試される苦痛を感じながら、端から順に断面に触れていく。まず二個をよりわけた。「この二つは……」喉を絞るようにして答える。「たぶん、泥岩だと思います」

「そうだな」戸川がうなずく。

他の五つはやや粒が粗く、それぞれ微妙に色合いが異なっていた。同じだと言われればすべて同じに見えるし、違うと言われたらすべて違って見える。決め手がなかった。しばらく悩んだ末、半ば投げ出すように言う。

「あとは……全部砂岩」

「違う。砂岩と呼べるのは、これとこれだけだ」戸川は二つの石をわきにどけた。「残り三つのうち、この二つは安山岩。火山岩の一種だな。最後の一つは、私にもよくわからない。おそらく変成岩の一種だと思うが」

「いや、だってそんなこと――」

「習っていないから仕方ないか。だが、私が訊いたのは石の種類ではない。同じ石どうしにわけろと言っただけだ。それさえできないのなら、岩石の名前をいくつ知っていても分類など無理だろう」

「そうかもしれないけど、こんな曖昧な違い――」

「わかるは、わけるだ。正しくわけるというのは、人が思うほど簡単ではない」

戸川は、安山岩と呼んだ石と砂岩を一つずつ握り、断面を朋樹に向ける。

「わけるポイントを知っていれば、うまくいく場合もある。安山岩などの火山岩は、溶岩が冷え固まったものだ。だからよく見ると、結晶の――粒の形が角ばっている。

かたや砂岩は、陸地で削られた砂粒が海まで運ばれてできたものだ。だから粒子は角が取れていて、丸い」

　戸川はベストのポケットから小さな金属製のルーペを取り出し、朋樹に手渡した。使い方を教わって、二つの石を見比べる。

「……ほんとだ」戸川の言ったとおりだった。

「だがまあこんなこと、君にはできなくて当然だ」戸川は平然と言う。「私は大学で地質学を専攻したが、大学四年になっても、今の君と同じようなものだった」

「そんな、嘘でしょ」

「嘘ではない」戸川はきっぱりと言った。「昔の地質系の学生は、三年か四年になると、ある地域の地質図を独力で描かされるのが普通だった。まあ、実地のトレーニングだな。一人で何週間も山の中を歩き回り、岩石を採取して、地質の分布を地図にするわけだ。私に割り当てられたのは日高のほうだったが、民宿に泊まり込んで、来る日も来る日も山に入ったよ」

　戸川は、体を川のほうに向けてあぐらをかき直し、続ける。

「私は、それなりにやれると思っていた。構造地質学も岩石学も堆積学も学んでいたし、岩石薄片の偏光顕微鏡観察もマスターしていた。君と同じで、すべてわかっているつもりだったわけだ。ところが、ハンマーとルーペだけ持っていざ野外に放り出されてみると、まるで歯が立たん。実際の自然は例外に満ちていて、混沌としていた。岩石の面構えだけを見る限り、同じものなど一つもないように思えたよ」

朋樹は、さっきの安山岩と砂岩にあらためて目を向けた。この二つは、まだわかりやすいものを戸川が選んだのだろう。川原にある無数の石を細かく見ていけば、それこそ無限のバラエティがあるのかもしれない。

「とりあえず、採ってきた石を宿に持ち帰り、毎晩ひたすら眺めた。八畳間を調査区域に見立てて、歩いたルートに沿って毎日並べていったんだ。畳の上にずらーっとな。ところが、石が増えていけばいくほど、わけがわからなくなった。しまいには布団を敷く場所がなくなって、廊下で寝たよ」

民宿の一室で石に囲まれ、途方に暮れる戸川。その姿が、川原を埋めた名も知れぬ石の上にいる自分と重なった。

「そんなある晩のことだ。相変わらず部屋でうんうん唸っていた私は、何気なく一つの石を手に取った。正体がわからず、放ったらかしにしてあった石の一つだ。それをじっと見ているうちに、ふと、似たような石が他にもあったような気がしてきた。私は、今まで考えに入れていなかった正体不明の石たちを、あらためて観察した。種類を同定しようってことじゃない。ただ単に仲間わけしてみようと思ったわけだ。そして、気がついた。その石たちは、ある特徴で二つのグループにわけられる。それだけじゃない。そいつらを畳の元の位置に戻してやると、二つのグループの分布の境界が、見事に一本の線になっていることがわかったのさ。

　夜中だってのに、思わず叫んだよ。次の瞬間には、調査区域の三次元の地質構造が、八畳間全体にぼんやり浮かび上がってきた。あの不思議な感覚は、今も忘れられん」

　ずっと川面を見つめて話していた戸川が、視線を朋樹に向けた。話に引き込まれていたので、何の反応もできない。朋樹は身じろぎもせず次の言葉を待った。

「私はそのとき思い知った。わかるための鍵は常に、わからないことの中にある。その鍵を見つけるためには、まず、何がわからないかを知らなければならない。つまり、わかるとわからないを、きちんとわけるんだ」

　帰り道、また閉館間際の博物館に立ち寄った。

　美しいアンモナイトが鎮座するガラスケースのわきを通り過ぎながら、恨めしい気持ちになる。あのあとノジュールは一つ見つけたが、化石は入っていなかった。

　まっすぐ壁の前まで行き、五枚ある解説パネルをもう一度端から見ていく。が、目当てのものはやはり見当たらない。

うしろで足音がしたかと思うと、「毎日熱心ねえ」と声をかけられた。帰り支度をしたヨシエが微笑(ほほえ)んでいる。

「もしかして」ヨシエは朋樹のバックパックを見て言う。「今日も行ったの？　化石採り」

「はい。今日もダメでしたけど」

「あらら」ヨシエは眉根を寄せた。「ついてないねえ」

「戸川さんは、しょうがないって言ってました。あの場所で化石がざくざく出るようなことはないって」

「やっぱりそうなんだ。そりゃここも閑古鳥が鳴くはずだわ」ヨシエは丸い肩をすくめて展示室を見渡す。「昔はね、この博物館にも少しはお客がいたのよ。全国各地から富美別まで化石採りにきた、マニアの人たちとかね」

「採れる量が減ったんですか？」

「まあ、ユーホロ川もずいぶん変わっちゃったからね」

「そのことについて書かれたパネルがあるって戸川さんに聞いて、さっきから探してるんですけど……」

「ああ、あのパネル——」

一瞬考えるそぶりを見せたヨシエは、短い首をのばして玄関ホールの様子をうかがった。人の気配がないことを確かめて、手招きする。

ヨシエのあとについて、玄関を出た。そのまま博物館の裏手に回る。するとそこに、もう一つ建物があった。こちらは平屋だが、広さは本館とさほど変わらない。コンクリートの壁に大きなシャッターが付いていて、倉庫のようにも見える。

「ほんとはダメなんだけど、今回は戸川前館長のお許しがあったってことにしよう。でも内緒だよ」ヨシエは人差し指を唇に当て、建物脇（たてものわき）のアルミのドアに鍵を差し込んだ。

先に入ったヨシエが、電灯のスイッチを入れる。朋樹の目にまず飛び込んできたのは、床に転がされた直径一メートル近くあるアンモナイトだった。うっすらほこりをかぶっている。教室の半分ほどのこのスペースは、物置として使われているらしい。他には、ダンボール箱やプラスチックのコンテナ、巻かれた大判の紙などが乱雑に置かれていた。

ヨシエは左手の壁に近づき、「これこれ」と言って隅に立てかけられたパネルを指差した。タイトルは、〈富美別の化石産出地とユーホロダム〉。

「ユーホロダム？」そんなものがあるとは知らなかった。

「見たことないかい？」ヨシエが言った。「町の南のほうに、ユーホロ湖ってあるでしょ。あれは、ユーホロ川をダムで堰(せ)き止めてできた湖なのよ。富美別ユーホロダムっていってね、三年前に完成したの」

「もしかして……」朋樹はパネルの内容に目を走らせながら言った。

「そう。こんな風に、ダムのせいで化石の出る場所がのきなみ沈んじゃったわけ」

パネルに描かれた地図には、ダムによって水没する領域が水色で示されていた。星印がつけられた川沿いのおもだった化石産出地は、その三分の二ほどが水色で上塗りされている。

「で、戸川さんもあんなことにね――」

そう言ってヨシエが教えてくれたのは、こういうことだった。

富美別ユーホロダムの建設計画が持ち上がったのは、今から二十年前。戸川が館長に就任して二年が過ぎた頃のことだそうだ。高さ百メートルを超えるそのダムの目的は、水力発電、灌漑(かんがい)、治水。北海道開発庁と道が主導する一大プロジェクトとして始まったという。

事業計画が固まっていくにつれ、富美別町に何が起きるかが明らかになってきた。

もっとも直接的で深刻な問題は、ダム湖の底に沈む世帯が三百戸近く存在すること。そして、一部の関係者に大きな衝撃を与えたのが、アンモナイト化石の良好な産出地もその多くが水没してしまうという事実だった。

水没予定地の住民を中心に、反対運動が巻き起こった。戸川も館長としての立場で国と町に意見書を提出し、運動に加わった。町から給料をもらっているくせにけしからん、反対するなら館を辞めてからにしろ、などという声も一部ではあったらしい。

そのさなかにおこなわれた町長選挙では、ダム推進派の候補者が当選した。今の町長だ。ダムさえできれば、建設や電力関係の雇用が生まれるだけでなく、巨額の固定資産税と電源立地の交付金が町に入ってくる。ユーホロ湖を観光地化して人を呼び込むこともできる。ダム建設は、今や瀕死の富美別に残された最後の希望。そんな訴えが町民に響いたわけだ。

町長にしてみれば、〝アンモナイトの町〟などというイメージは邪魔でしかない。博物館は目障りだし、町の職員でありながら反対派の中枢にいる戸川館長にいたってはもはや憎悪の対象だった。町長は卑劣な手段に出る。財政難のため博物館の閉鎖を検討するということを、町役場の担当者を通じて戸川に伝えたのだ。それは明らかに脅しだった。博物館を存続させたければ、館長を辞めろ――。担当者は申しわけなさそうな顔で、そんな町長の真意を匂(にお)わせたという。

戸川は結局、自ら身を引いた。当時まだ五十七、八歳。本来ならあと十年は館長を続けられたはずだったという。その頃には戸川自身、ダム建設はもはや止められないものと覚悟していたらしい。最後の仕事として、この〈富美別の化石産出地とユーホロダム〉というパネルを作り、博物館を去った。

その翌年には、反対運動の火がほぼ消えた。水没世帯に対する補償額がかさ上げされ、全戸が移転に合意したのだ。工事はすぐに始まり、八年という歳月をかけて、ダムは三年前に完成した――。

「このパネル」すすけた戸川の置き土産を見つめて、朋樹は言った。「なんでこんなところにあるんですか」

「以前はちゃんと展示室の壁にかかってたの。でも、二年ぐらい前かねえ、町長にはずさせられたのよ。館のイベントに来賓で来た町長が、たまたまこのパネルを見つけて、怒っちゃってさ。戸川さんはもう何年も館に来てないから、知らないんだよね」

展示室から撤去され、裏の物置に捨て置かれたパネル。それに戸川の姿が重なった。

朋樹はパネルを見つめたまま、訊(たず)ねるともなく「でも」とつぶやく。

「なんでそんなに、ここが……」この古くて面白みのない博物館が、大切なのか。

ヨシエは、そんな本音を見透かしたかのような目で、「ちょっとおいで」と手招きした。物置の奥にあるもう一つのドアに近づくと、それを押し開けて照明をつける。

照らし出された光景に、朋樹は息をのんだ。展示室よりも広い空間に、同じ形の木製の棚がずらりと並んでいる。何列もの幅広の引き出しが、上から下までぎっしり詰まっている。高さは大人の背丈ほど。棚が背中合わせになった細長い島は、部屋の奥まで十はあるだろう。静けさとも相まって、図書館の書庫を思わせるような雰囲気だ。

「ここは、標本収蔵庫なの」ヨシエが言った。「戸川さんが言うにはね、博物館の本体は、むしろこっちなんだって」

「これ全部、アンモナイトが入ってるんですか」朋樹は中に一歩踏み入れた。

ヨシエは棚のほうにあごをしゃくり、いたずらっぽく口角を上げる。「あたし、しばらくよそ見してるからさ。あ、標本に触ったりするのはダメだよ」

朋樹は一番手前の棚に歩み寄った。十段以上ある引き出しには、〈BA20031～〉などと書かれたラベルが付いている。胸の高さの引き出しを、試しに開けてみた。

握りこぶし大のアンモナイト化石が十数個、それぞれふたのない紙箱に入った状態で隙間(すきま)なく詰め込まれている。完全な形のものから欠片(かけら)まで、状態はさまざまだ。

続けてその右どなりを開ける。やはり紙箱が並んでいるが、中のアンモナイトはどれもほんの三、四センチ。おかげで、箱の底に黄ばんだカードがしかれているのがよく見えた。青インクの手書き文字もあれば、タイプライターで印字されたものもある。英数字の試料番号の下に、アルファベットと片仮名の種名。地名と地層の情報らしき単語があとに続き、一番下に人名と年月日。化石が採れた場所と、採った人物だろう。

順に見ていって気がついた。この引き出しのアンモナイトはすべて同じ種類で、〈デスモセラス〉とかいうらしい。ただし、採取地や採取者が標本ごとに違うのだ。つまり、同じアンモナイトをいろんな場所でいろんな人が何十年も集め続けていることになる。

「一九四九年て……」朋樹は思わず声に出した。もはや茶色くなったカードにある採取年だ。

「昭和二十四年だね」ヨシエがうしろから言って、自分で笑う。「余計わかんないか。あたしが生まれるちょうど十年前。歳がバレちゃうけど」

朋樹は引き出しをしまい、島の間をぬうようにして、部屋の奥へと進んだ。深海を思わせる静謐(せいひつ)に包まれて、背の高い棚がただ延々と、整然と続く。

どこで引き出しをのぞいても、螺旋状の化石ばかり。〈戸川康彦〉と、館長の記名がある標本も一つ見つけた。島をいくつか過ぎると、棚のつくりが変わった。引き出しはなく、棚板に箱が置かれていて、その中にアンモナイトが入っている。どれも三、四十センチある大きなものだ。

いったいいくつあるのだろう。朋樹は静かに息をついた。千や二千ではとてもきかない。一万か、あるいはもっと――。

入ってきたドアのほうへ戻ると、ヨシエが腕組みをして言った。

「まあ、これだけの化石を集めるのは、並大抵のことじゃないよ」

うなずく朋樹に、ヨシエはどこかしんみりした口調で続ける。

「こんなカタツムリのお化けみたいなもん、何が面白いのかわかんないけどさ。大勢の学者さんが人生を懸けてきたんだってことだけは、よくわかるよね」

＊

まだ昼前だというのに、ぐんぐん気温が上がっている。朝の情報番組では、今日はこの夏一番の暑さになりそうだと言っていた。

ここへ来るまでに大汗をかいたので、川を渡る冷たさがいつもより心地よい。向こう岸にいる戸川は、道具をリュックサックから取り出しているところだった。彼もまだ着いたばかりらしい。

「今日は早いじゃないか」戸川は朋樹を一瞥して言った。

「早いんです」朋樹もその横でバックパックを下ろす。

「念のために訊くが、君は、家の人に行き先を伝えた上で、ここへ来てるんだろうな」

「あー、昨日と今日は言ってません」

「なんでだ。心配するじゃないか」

「だから、化石が一個採れたら、もう来ません。ていうか、東京に帰ります」

戸川が手を止めた。何か言いたげにこちらを見つめてくる。

「コンビニで弁当も買ってきたし、今日中に絶対ケリをつけようと思って。イージーな——」と口走って、すぐ言い換える。「いい化石が出る場所がダムに沈んじゃったのなら、ここでやるしかないし」

「パネルを見たのか」

「あのヨシエさんて人が見せてくれました」わずかにためらって、言い添える。「博物館の裏の建物で」

「裏の建物？」戸川が白い眉を持ち上げた。

「町長さんが……展示室からはずせって言ったって」

怯むような気持ちもあるが、この件について戸川本人の口からも何かを聞きたかった。

「まったく」意外なことに、戸川はあきれた顔をした。「あの小心者の言いそうなことだ。もういい加減、堂々としていればいいものを」

「怒ってないんですか?」

「何にだ。町長にか」

「だって、町長のせいで館長をやめることになったって、ヨシエさんが。普通、許せないでしょ。町長のことも……うちのじいちゃんのことも」

「許すもくそもない」戸川は静かに言って、その場にあぐらをかいた。「化石の産出地を守りたいなどというのは、私のようなごく少数の人間のエゴだ。富美別の存続や、町の人々の暮らしとはとても比べられん」

「だったらなんで――」ダム建設反対に回ったのか。

「君は、環境アセスメントというのを知っているか」

朋樹はうなずく。「何となくですけど」

「私がまだ自分の行動を決めきれずにいたときのことだ。環境アセスメントの報告書が私のもとに回ってきた。そこには〈地質〉の項目があって、こう書かれていた。

〈アンモナイトの化石産出地が一部消失するが、湛水区域外にも広く分布しており、影響は限定的である〉」

戸川はそこで息をつき、眉間のしわを深くした。

「さすがに読む手が震えたよ。〈一部消失〉などという言葉で片付けられるようなことではない。中でも、白亜紀後期チューロニアン期の露頭にいたっては、一つ残らず水没してしまったんだからな。四百万年にわたる一つの地質時代を丸ごと消し去っておいて、〈影響は限定的〉。そんな言われ方をされて私が黙っていたら、彼らに申しわけが立たんじゃないか」

「彼らって――」昨日見た光景が浮かぶ。「昔の研究者の人たちですか」

戸川はかぶりを振った。「その時代のアンモナイトたちに決まっているだろう」

「ああ……」朋樹は低くもらし、告げる。「昨日、倉庫の奥も見せてもらいました。化石がいっぱいしまってある。何ていうか……ヤバいですよね、あそこ」

あのとき感じた驚きを伝えたいのだが、気恥ずかしさもあって、素直に言葉にできない。

「だって、どの引き出し開けても、アンモナイトばっか。全種類コンプリートしたいのかと思ったら、同じ種類のやつがメッチャあるし」

　言葉じりを軽くしようと必死な朋樹を、戸川は黙って見つめている。

「それが『研究』ってやつなんですか？　それとも、埋まってる化石は一つ残らず見つけ出してやろう、みたいな？　だいたい、なんでみんな必死になってアンモナイトなんか――」もはや質問という形でしか、思いを口にできなかった。「仕事だからですか？　でも戸川さん、もう博物館はとっくに辞めてるし」

　数秒間を置いて、戸川はふんと鼻を鳴らした。おもむろに腰を上げながら言う。

「ただ単に、中毒みたいなものさ」

「中毒？」

「土を触って地層を調べ、ハンマーを振るって化石を採り、記録をつけて考える。それを毎日のように続けてるとな、病みつきになるんだよ。単なる肉体労働ではないし、机に向かってうんうん唸っているのとも違う。頭と体を同時に使うってことが、人間という動物の性に合ってるのかもしれん」

「楽しいんですか」

「やってみれば、誰にでもわかる。疲れまでが心地いいんだから、不思議なもんだよ。一度その味を知ってしまうと、歳をとったからといって、家でじっとなどしておれん。

幸い――」

　戸川は体を反転させ、崖のほうを見渡した。

「やることはまだいくらでもあるからな」

「いくらでもって……」朋樹もそちらに顔を向ける。「いい場所はもう水没しちゃったんでしょ？　それとも、ここは見込みがあるんですか？　何かすごい発見がありそうとか」

「そんなことは誰にもわからん。わからんからやるんだろうが」戸川は渋い顔で言った。「やるのは誰でも構わんが、何年、何十年かけてでも散々やってみて、それでもダメなら、ここはダメだということがわかる。そして、次の場所へいく。わかることではなく、わからないことを見つけていく作業の積み重ねだよ」

　戸川は地面のハンマーを二本拾い上げると、一本を朋樹の目の前に差し出した。

「科学に限らず、うまくいくことだけを選んでいけるほど、物事は単純ではない。まずは手を動かすことだ」

　コンビニ弁当をかきこむと、石を枕に寝そべる戸川を尻目に、崖へと戻る。

　不発に終わった午前中とはうって変わって、掘り始めて五分もしないうちにハンマーが目当てのものを引っかけた。今までで一番の大物。ドッジボールのようなノジュールだ。

両手で抱えて小石の上に据え、表面の土をはらう。その大きさと形からして、かなり手強そうだ。ゴーグルを装着し、ハンマーを握りしめた。

キンキンキン、キンキンキンキン。

ハンマーは勢いよく弾き返される。ノジュールには傷もつかない。手のマメが痛むが、もっと力を込める。

キンキンキン。あごをつたう汗が、ノジュールの上に落ちた。いったん手を止め、Tシャツの袖で顔をぬぐう。

ハンマーの音が止んだ途端、やかましいセミの声が谷間に鳴りわたる。昨日スマホで調べてみた。エゾゼミというらしい。

北の空に目をやると、絵に描いたような入道雲が見えた。今日も夕立があるかもしれない。急がないと——。

キンキンキン、キンキンキンキン。

ノジュールをにらみつけ、声にならない言葉とともに、力いっぱい打ちつける。

わかんねーよ、何もかも。

志望校のことも、塾に行けるかどうかも、自分の本当の気持ちさえ。

ここへ来てわかったのは、ただ一つ。

このまま化石になってたまるかってことだ。

時おり浮かぶそんな思いも、ハンマーを振り続けているとすぐに消え去る。代わって頭を埋めつくすのは、いずれ目の前に現れる、見事なアンモナイトの姿――。

キンキンキン、キンキンキンキン。

暑い。頭からキャップをもぎ取って、放り出す。

キンキンキン。腕がだるくなってきても、叩くリズムは緩めない。

戸川が近づいてくるのが視界の隅に見える。だが朋樹は、地面のキャップを拾おうとはしなかった。

「叩けるようになってきたじゃないか」

そばで戸川が言ったが、顔も上げない。

キンキンキン。

「夢中だな」戸川がにやりとする。

キンキンキンキン。

「ていうか、僕は――」

朋樹はハンマーを振り下ろしながら、ノジュールに向かって言った。

「アンモナイトがほんとにイカやタコの仲間なのかどうか、この目で確かめてやろうと思ってるだけです」

次の瞬間、ハンマーがめり込むような手応えとともに、鈍い音が響いた。

天王寺ハイエイタス

それは、聞き捨てならない話だった。

「お前んとこの兄貴、今こっちに帰ってきてる？」

松虫商店街の純喫茶「りりあん」で、センパイがそう訊いてきたのだ。

「ああ、帰ってますよ。昨日から」コーラフロートのアイスをつつきながら答えた。

「今日、高校時代のツレの結婚式があるとかで」

うっとうしい梅雨空の中、朝からスーツにネクタイをしめて出ていった。七夕結婚式だそうだが、参列する側にとっては蒸し暑いだけだろう。

「でも、なんでですか？」

「実はな、昨日の晩、この店で見たんや」センパイはミックスジュースのストローを抜き、それで出入り口のほうを指した。「バイト帰りにここで茶飲んでたら、ふらっと入ってきた」

「よう兄貴ってわかりましたね。だいぶ前にうちの店先で一回会うただけでしょ」

「お前ら兄弟は、お前が思てる以上に、よう似てる。お前の顔を三十分ぐらい氷水でシメたら、たぶん兄貴の顔になるわ」

「氷水に三十分て、スイカちゃうねんから」

「お前の頭なんて、スイカみたいなもんやろが。なんぼキンキンに冷やしたところで、脳みそまでは兄貴に似せられへん」

「当たり前でしょ。向こうは京大出の学者ですよ」

　六つ上の兄貴は、つくばにある国立環境研究所というところに勤めている。地球温暖化を研究する部署にいるらしいが、詳しいことは何回聞いても頭に入ってこない。

「でも、兄貴がここへ来るなんて珍しいです。誰かと一緒やったんですか」

「そこや」センパイは前のめりになった。「お前、兄貴の交友関係、把握してるか?」

「いや全然。あ、まさか——」こっちも身を乗り出す。「女と待ち合わせやったとか?」

　兄貴は三十五歳独身だ。彼女がいるなどという話は、今まで聞いたことがない。

「そんな色っぽい話ちゃう」センパイはかぶりを振り、店の隅のテーブル席を指差した。「お前の兄貴は一人であの奥に座った。十分ほどしたら、おっさんが入ってきてな。その向かいに座った」

「おっさんて、どんな？」

「六十ぐらいの、怪しいおっさんや。何の話かまでは聞こえへんかったけど、二人で真面目な顔してしゃべってたわ」センパイはそこで声をひそめた。「そしたらな、お前の兄貴、かばんから茶封筒出して、おっさんに渡しとんねん。おっさん、その中身を引っ張り出して、確かめた。金や」

「いくらぐらい？」

「たぶん二、三十万はあったと思うぞ」

もしかして。慌てて確かめる。

「そのおっさん、どんな格好してました？」

「派手なアロハに、白いハンチング。色の薄いグラサンかけとった。な、怪しいやろ」

「ああ……」やっぱり――。

「あれは絶対ただごとやない。強請られてるんか、たかられてるんか――」

「ちゃいます」無理に笑おうとして、頰が引きつった。「それ、うちの伯父さんですわ」

「伯父さんて、あれか？　昔、バンドやってたとかいう」

「そうです。元ギタリストの、哲おっちゃん」

「笹野家の長男は、突然変異ばっかりや」

ここ十年ほど、家族が集まるたびに、おとんの口から。かまぼこと阪神タイガースのことしか知らないおとんの口から、「突然変異」。初めて聞いたときは、「そんな言葉、どこで仕入れてきてん」とツッコんでしまった。おとんは「今朝、本場でや」とボケをかぶせてきたが、もしかしたら、兄貴が自分でそう言っていたのかもしれない。ちなみに、本場というのは大阪市中央卸売市場本場のことだ。

おとんの言わんとすることは、よくわかる。「笹野かまぼこ店」を始めたじいちゃんは、次男。じいちゃんが死んでそれを引き継いだおとんも、次男。このまま自分が店を継げば、三代続けて次男が店主ということになる。

「笹野かまぼこ店」は、阿倍野の松虫商店街に小さな店を構えている。自家製のかまぼことてんぷら——さつま揚げのことだ——を売る個人商店は、今や大阪でも珍しい。手作りにこだわり続け、地元のファンを頼りに、真面目に細々と五十五年。経営が苦しい時期も何度かあったようだが、じいちゃんもおとんも、唯一の取り柄である我慢強さで耐え抜いてきた。ある意味、フツーの人間だからこそできたことだろう。

かたや長男たちは、みなフツーではない。じいちゃんの兄貴は、子どもの頃からとにかく絵ばかり描いていて、十五になると「紙芝居作家になる」といって家を飛び出し、有名な先生のもとに弟子入りしたそうだ。行動力は大したものだが、変わり者には違いない。気の毒なことに、独り立ちする前に召集令状が来て、フィリピンで戦死してしまった。

おとんの兄貴は、名前を哲治（てつはる）という。子どもの頃から呼び名は「哲おっちゃん」。おとんとは確か三つ違いなので、今年六十三歳になるはずだ。商店街のはずれにある、つぶれたスナックの二階を借りて一人で住んでいる。

哲おっちゃんは、元プロのブルース・ギタリストで、元ライブハウスの店長で、元バーテンで、元キャバクラの呼び込みで、その他諸々（もろもろ）の「元〇〇」を経ての、現プータローだ。だが本人はこんな肩書きを認めていない。新世界あたりの立ち飲み屋でとなりの客に「あんた、何してはんの」と訊かれたら、ニンマリ笑ってただひと言、「ブルースやってますねん」と答えるのがお決まりだ。音楽をやっているという意味ではない。自分の生き方そのものがブルースだと言いたいらしい。

純喫茶「りりあん」でセンパイと別れ、店舗兼自宅に向かって商店街を歩いていると、向こうから当人がやってきた。ボロボロのママチャリに足を広げてまたがり、蛇行しながらゆっくりこちらに走ってくる。ワゴンにセール品を並べていた「ブティックたなか」の奥さんが、その姿を見て露骨に顔をしかめている。

目の前までくると、哲おっちゃんは嫌なブレーキ音を立てて自転車を止めた。

「健やんけ」サングラスを鼻まで下げて言う。「修業中の分際で、何油売っとんねん。さっさと帰って、仕事せんかい」

「なんや、えらそうに」舌打ちして言い返す。「哲おっちゃんこそ、ちょこちょこ店に顔出すんやったら、たまには手伝っていけや。ヒマなくせに」

「どアホ。忙してしゃあないわ」

「明るいうちから飲むのに忙しいんか」

錆だらけのカゴを指差して言った。安い焼酎が一本に、うちの「蓮根しょうが天」――おとんが考案した人気商品だ――が一パック入っている。しょうが天は店の冷蔵ケースからくすねてきたに違いないが、さっきおとんからせしめたのはたぶんこれだけではない。

そんなことより、訊かなければならないことがあった。

「なあ、哲おっちゃん」真顔になって言う。「兄貴のことやねんけど――」

「優がどないしたんや」

そこで躊躇した。先に兄貴に確かめたほうがいいような気がしたのだ。

「いや……」とっさに言い繕う。「兄貴、もう帰ってきてたか？」

「いや、まだみたいやったぞ」

「そうか。ほな二次会にでも行ってるんかな」

哲おっちゃんは白いハンチングを取り、白髪頭をうしろになでつける。「しかし優も、呑気に人の結婚式に出てる場合ちゃうで。彼女の一人でもでけたんかいな」

「そんなこと、兄貴も哲おっちゃんには言われたないわ」

哲おっちゃんは、ひひひっとヤニで黄ばんだ歯を見せると、ハンチングをかぶり直して走り去った。


「何考えてんねん！」

店の前までくると、おかんの怒鳴り声が聞こえてきた。

「今月これで四回目やで！」奥の調理場からだ。その剣幕に、築五十五年の建物が震えている。「うちは大金持ちなんか？　赤十字か？　救世軍か？　還暦過ぎた不良にやる金が、どこにある！」

「そんなこと言うたかて……」おとんが蚊の鳴くような声でいつもの言い訳をしてい

る。「しゃあないやないか。無銭飲食でもされたらどないするねん」

　やっぱり。また哲おっちゃんに金を渡してしまったらしい。短く息をつき、調理場をのぞいた。おとんがほっとしたように眉尻を下げる。

「外まで丸聞こえやで」二人に言った。「お客さん、ビビって逃げてまうわ」

「あんた、どこほっつき歩いとったん」おかんが太い首をこちらにねじる。急に矛先が向かってきた。「そこの銀行まで両替に行くだけで、なんで一時間もかかるんや」

「しゃあないやないか」おとんと同じ台詞が無意識に出てきて、嫌になる。「途中でセンパイにつかまってしもてん。着替えたらすぐ店出るから」

　調理場脇の土間でスニーカーを脱ぎ、逃げるようにして二階に上がった。

　三年ほど前から、哲おっちゃんはおとんに金を無心しにくるようになった。去年、完全に無職になってからは、その回数が増えている。月に何度か、ふらっと店に現れては、一万円、二万円とせびっていく。おかんが言うには、未遂に終わったものの、こっそりレジの金に手をつけようとしたこともあるらしい。言うまでもないが、金を返しにきたことはない。

　それだけではない。飲み屋で他の客ともめごとを起こしたり、酔いつぶれて道端で眠り込んだりして、毎月のように警察のお世話になっている。その度に身柄を引き受けに行くのは、おとん。おとんは昔から哲おっちゃんに強く出られない。子どもの頃からずっと手下のように扱われていたようで、その関係を今も引きずっているのだ。当然ながら、おかんは哲おっちゃんをダカツのごとく嫌っている。

哲おっちゃんがプロのギタリストとして活動していたのは、本当のことだ。二十代の頃はバンドを組んでいて、関西のブルース・シーンではかなり注目されていたらしい。アルバムも三枚出している。

バンドが解散してからは、腕を買われて他のアーティストのバックやスタジオミュージシャンとして弾いていた。本人はそんな仕事で満足していたわけはないだろう。もう一度表舞台に立ち、メジャーなレーベルからアルバムを出したいという思いは強かったはずだ。

だが、その夢は叶(かな)わぬまま哲おっちゃんは四十歳になり、鰻谷(うなぎだに)のバーで知り合ったミチコさんという人と三度目の結婚をした。余談になるが、一度目の結婚は二十二歳、二度目は二十九歳のとき。哲おっちゃんの女遊びのせいで、どちらも一年ももたなかったらしい。

ミチコさんとは一度だけ会ったことがある。まだ七歳か八歳だったので、顔までは覚えていない。記憶に残っているのは、おかんが「やっぱり東京の人はシュッとしてはるわ」とお世辞を言っていたことだけだ。あとで聞いたところによると、ミチコさんは公認会計士で、当時は堂島の大きな会計事務所に勤めていたらしい。堅い世界で生きてきた女性だろうから、哲おっちゃんのような男が新鮮に映ったのかもしれない。

ミチコさんとの間には、初めて子どもができた。女の子で、名前はミカちゃん。そのいとこの顔は、自分も兄貴も見たことがない。というのも、ミチコさんは実家のある東京で出産したあと、大阪には戻ってこなかったからだ。これもあとになって知ったことだが、原因は例によって哲おっちゃんの女性問題。ミチコさんの妊娠中に浮気を繰り返していたというから、同情の余地はない。

哲おっちゃんは、このとき初めて生き方をあらためようとした。ろくに収入にならない音楽はすっぱりやめ、ライブハウスの雇われ店長になった。ミチコさんのいる東京へ何度も出向き、これからは家族のために生きる、もう一度やりなおしたい、と頭を下げ続けたそうだ。どうしても娘と暮らしたかったのだろう。

結局、ミチコさんの心は変わらず、二人はそのまま離婚した。最後には、「もう二度とわたしたちの前に現れないでください」とまで言われたらしい。哲おっちゃんは、たぶんそれから一度も東京に行っていないと思う。

とにかくそんなわけで、哲おっちゃんは笹野家随一のトラブルメーカー、もっというと厄介者だ。赤ん坊のときから親の次に身近な大人ではあったが、遊んでもらった記憶も、お年玉をもらった覚えもない。

それでも、自分たち兄弟が直接被害をこうむるようなことは、これまでなかった。だから、哲おっちゃんがついに兄貴にまで金をせびり始めたということが――それが本当だとすればだが――ショックだった。

＊

赤信号で止まると、助手席の兄貴が「あーあ」と声をもらしてあくびをした。

その横顔をうかがう。眠そうだが、赤らんではいない。酒は乾杯のシャンパンに口をつけただけのようだ。兄貴も自分も、まったくといっていいほどアルコールを受けつけない。兄弟で似ているのはそこだけだと自分では思っている。

「悪いな、疲れてるとこ」

「そう思うんやったら、誘うなや」兄貴はあきれたように笑った。

兄貴が帰ってきたのは、夜九時前。新郎新婦不在の三次会まで参加したそうだ。明朝の新幹線でつくばに戻るとのことなので、あのことを訊くなら今夜しかない。三部屋が襖で仕切られただけの家で話をする気にはなれず、南港まで夜釣りに行こうと誘った。

幸い、雨は夕方に上がっている。店の軽トラに釣り具を積み、風呂上がりの兄貴を半ば強引に乗せて、家を出た。あべの筋から住之江通を西へと走る、二十分ほどのドライブだ。

「釣りなんて、十年、いや、たぶん十五年ぶりぐらいやな」兄貴がフロントガラスを見つめて言った。「お前はちょくちょく行ってんのか」

「俺も長いことやってなかってんけど、半年ぐらい前から、またときどきな」

バンドをやめて、時間を持て余すようになったからだ。それを見透かしたのか、兄貴は何気ないふうを装って訊く。

「最近はおとんにひっついて真面目にやってるそうやないか。音楽はもう全然やってへんのか」

「――うん。ベースもほこりかぶっとるわ。でも、三十になる前に見切りをつけて、更生したわけやし。哲おっちゃんとはちゃうで」

無理に軽口にしたが、哲おっちゃんと比べること自体おかしいというのは自分でもよくわかっている。向こうはれっきとした元プロ。自分がいたのはただのアマチュアロックバンドで、自主制作のアルバムを一枚、ライブハウスで手売りしたことがあるだけだ。

　五人いたメンバーのうち、曲作りを担当するリーダーだけは、いつか自分たちがメジャーデビューできると根拠のない自信を持っていた。他のメンバーは、彼の勢いに乗っかっていただけ。そんな連中にぼんやり五年間もくっついていた自分が、一番どうしようもない。去年の年末、ドラムがもう抜けたいと言い出したことをきっかけに、それぞれが抱いていた不満が一気に表面化。バンドは空中分解してしまった。

　だから、夢に見切りをつけたかのような言い方は、正しくない。音楽で成功する夢など見ていなかったし、それに見合う努力もしていなかったのだから。それでもこの兄貴の前では、自分も真剣にプロを目指していたことにしておかないと、どうにも気まずかった。

　南港口を過ぎると、道路の左右は巨大な倉庫ばかりになる。明かりはまばらなオレンジ色の街灯だけで、薄暗い。車の通りこそ少ないものの、路肩にトレーラーや大型トラックが数珠繋ぎ（じゅずつな）に停まっている。窓の外を見ていた兄貴が、またあくびをした。

　兄貴の突然変異ぶりは、哲おっちゃんとは正反対だ。小学校に上がったころから、「ほんまにうちの子か？」と両親が顔を見合わせることがよくあったらしい。家に帰るとさっさと宿題をすませる。テストはいつも満点。誕生日にねだるのは、子ども向けの科学本。一番のお気に入りだった『宇宙と地球のひみつ』シリーズ全五巻が、兄貴が使っていた本棚に今もある。

歳が離れていたせいもあって、兄弟げんかをした記憶はほとんどない。勉強はよく見てもらった。「もうわからん」と鉛筆を投げ出しても、「わからんのやない。考えてへんだけや」と根気よく教えてくれた。底辺高校に行かずにすんだのは、兄貴のおかげだ。

兄貴は地元の公立中学から府立天王寺高校に入り、ストレートで京都大学に合格した。この辺のボンボンではない子どもが進み得る、最高のエリートコースだ。さらには、大学院に進んで博士号を取り、アメリカに留学。つくばの国立環境研究所に採用が決まったので、四年前に帰国した。

おとんもおかんも自分も高卒で、哲おっちゃんにいたっては高校中退。近い親戚にも大卒はほとんどいない。そんな笹野家にとって兄貴は希望の星、というわけでもないのだ。むしろ、異物感のほうが強い。京大、博士、地球温暖化。そんな言葉を羅列されたところで、高層ビルを真下から見上げたときのように、めまいがするばかりだ。兄貴が帰省するたび、おとんは話題を探してまごついているし、おかんも兄貴には妙に気を使っている。

気がつけば、かもめ大橋にさしかかっていた。目的地の突堤は、ここを渡った埋め立て地の先にある。


小さな折りたたみ椅子を堤防のふちに二つ並べながら、兄貴が言った。

「よう見つけたな、こんなとこ」

「穴場やろ。いつ来ても貸切りや」

埋め立て地の先端にちょっとした緑地があり、植え込みをかき分けた奥の低いフェンスを乗り越えると、五十メートルほどの突堤が海に向かって伸びているのだ。今夜も他に釣り人の姿はない。

辺りは暗いが、完全な闇というわけではない。突堤の中ほどまでは、緑地の常夜灯の光がわずかに届く。重く蒸した空気がぴくりとも動かないからだろう。潮の香りに混ざり込むヘドロと油の臭いが、いつもよりきつい。

持ち込んだランタンのもとで、兄貴の分も仕掛けを作ってやる。

「ルアーか。あんまりやったことないな」兄貴が言った。

「最近はワームでアジを狙うのが流行ってんねん。サビキはおもんないし、エサ釣りは面倒くさいやろ」

最初に釣りを教えてくれたのは、実は兄貴だ。小学生のころは、兄貴がよく南港の海釣り公園に連れて行ってくれた。

十数年ぶりに、兄弟並んで竿を振る。闇の中をルアーがどこまで飛んだかわからないが、ぽちゃん、ぽちゃんと水音が二つ聞こえた。竿の動かし方を兄貴に教えながら、ゆっくりリールを巻く。

大阪湾という巨大な水たまりは、いつ来ても、何かを溜め込んでいるように黒く濁って見える。ここが青い外洋とつながっているとはとても思えない。海面の見えない夜でさえ、ねっとりとした海水の不透明さを感じ取ることができる。

遠く正面に見えるのは、神戸の夜景。右手の光の群れは、南港ポートタウンだ。湿気のせいか、街明かり全体がにじんで見える。

どちらの竿にもアタリは来ない。どのみち釣りには集中できないし、そろそろ切り出そうかと思っていると、兄貴が先に口を開いた。

「何か、話があるんとちゃうんか」

「ああ……バレとったか」さすがは兄貴だ。

「お前は考えてることがすぐ顔に出るからな。で、何の話や。店のことか」

「いや——哲おっちゃんのことや」

「また何かやらかしたんか」

　竿を動かす手を止め、体ごと兄貴のほうに向ける。

「兄貴、昨日『りりあん』で哲おっちゃんと会うたやろ。知り合いが見かけたって。兄貴が金を渡してたって言うねんけど、ほんまか？」

　兄貴は無言でリールを巻き、ルアーをたぐり寄せた。そのまま折りたたみ椅子に腰を下ろすと、海を見つめたまま言う。

「先月な、ミカちゃんに会うたんや」

「ミカちゃんって……あのミカちゃん？」驚いた。哲おっちゃんの娘だ。

「突然、つくばの研究所まで訪ねてきてん。びっくりしたわ。顔も見たことなかったからな。僕の勤め先は、ミチコさんがおかんから聞いてたらしい」

　ミチコさんは、ミカちゃんの母親。哲おっちゃんの最後の元奥さんだ。

「何でまた急に」慌てて竿を置き、折りたたみ椅子を引き寄せる。

「ミカちゃん、東京で音大に通ってんねんて。今、声楽科の四年生。卒業したら、イタリアで歌の勉強を続ける言うとった」

「すごいな。哲おっちゃんの血を引いたわけか」

「ミカちゃんは、物心ついてから父親に会うたことがない。でも、父親がそこそこ名の通ったギタリストやったということは、知っとった。二十歳になったときに、離婚当時のことを母親から聞いたそうや。ミカちゃん、父親は自分のために音楽を捨てたと思い込んどる」

「まあ、ことはそう単純やないと思うけど。きっかけになったのは確かやろな」

「うん」兄貴も同意する。「同じ音楽を愛する者として、それが辛いっちゅうことやろう。ミカちゃん、父親に会う勇気はまだないから言うて、僕に訊きにきてん。父親はもうギターを弾くつもりはないのか。娘のことはどう思っているのか。そして、父親はそれで後悔していないのか。海外に出てしまうまでに、答えを知りたいそうや」

「兄貴は何て答えたん？」

「『僕にはようわかりません。弟に訊いときます』って」

「おい、無茶言うなよ」

口をとがらせて言うと、兄貴は声を立てて笑った。

「ほんまのところ、健はどう思う」すぐ真顔に戻って訊いてくる。「哲おっちゃんは、もうギター弾かへんと思うか」

「俺、それ本人に訊いてみたことあんで」

「ほんまか？」
「うん、俺がバンドやめたとき。哲おっちゃんが、『健のロックはもう終いか』って
ニヤニヤしながら言うもんやから、腹立って訊き返したってん。『そっちこそ、ブル
ース、ブルースって、口だけやんけ。ギターは弾かへんのか』って。そしたら、『弾
きとうても、もう弾かれへん。ひひひ』やと」
「どういう意味や。腕が錆びついたってことか」
「それもあるし、ギターもないし、やろ。もう、一本も持ってない」
「らしいな。それは僕もおとんから聞いてる」
「ギターどころか、哲おっちゃんの部屋にはもう何もない。あの大量のレコードも、
CDも、楽譜も、音楽雑誌も。すっからかんや」
「僕らが小さいころは、部屋が埋まるほどあったやないか。全部捨ててしもたんか」
「――まあな」
歯切れが悪くなったのは、環境と名のつく研究所に勤める兄貴には話しづらいこと
だったからだ。これは哲おっちゃんと自分しか知らないが、内緒にしろと言われてい
るわけでもない。この機会に打ち明けておくことにした。
「哲おっちゃんが持ってた音楽関係のもんは――」さっきまで釣り糸を垂れていた、

目の前の海面を指差す。「全部、ここに沈んどる」

「ああ?」兄貴が眉を寄せる。「海の底っちゅうことか?」

「うん。この突堤のことを教えてくれたんは、実は哲おっちゃんやねん。まさに今おるこの場所から、海に放り込んだんや。ここ十年ほどは、俺も毎年手伝わされた」

「毎年って、どういうことや?」

事情が飲み込めない様子の兄貴に、まず確かめる。

「兄貴、最後に哲おっちゃんの部屋行ったの、いつ?」

「さあ。少なくとも、中学に上がってからは一回も行ってへんな」

「せやろな。俺は結構行ってんねん。おとんの使いで、ときどき天ぷら持っていかされたからな。玄関先で渡すだけやし、部屋の中までは見いひん。せやから、初めて異変に気づいたのは中一か中二のときや。何年かぶりに部屋まで上がったら、ぎょうさんあったギターやらアンプやらが、明らかに減っとんねん。本棚もスカスカ。どないしたん、て訊いたら、ニヤニヤしながら『大阪湾に沈めたった』って」

そのとき哲おっちゃんが話してくれたのは、こういうことだ。はじまりは、ミカちゃんが生まれた翌年のことだそうだから、二十一年前。音楽をやめた哲おっちゃんは、ある決心をした。音楽に関係する持ちものを、毎年少しずつ捨てていく。決まって十二月三十日の夜中に南港まで運んで、海に投げ込んでいるというのだ。

最初の年に捨てたのは、昔組んでいたバンドの三枚のアルバムと、その記事が載った音楽雑誌の束。翌年以降は、それ以外の雑誌と楽譜、アンプやエフェクターなどの周辺機器と続き、ついにギターを捨て始めたという。

だが、哲おっちゃんの言うことだ。捨てているのは本当だとしても、その場所が大阪湾だというのは冗談だとずっと思っていた。それが嘘でないと知ったのは、高校二年のとき。膨大な数のレコードの廃棄に取りかかるというタイミングで、哲おっちゃんの腰痛が悪化した。重いものは持てないということで、その年末に初めてこの突堤まで運ばされたのだ。

それ以来、毎年黙って片棒を担いできた。よくないことだというのは重々承知している。だがその一方で、ゴミ集積所に出したり、二束三文で売り払ったりはしたくないという気持ちもわかる気がした。幸いにというか、誰かに見咎められたことは一度もない。

「――最後の廃棄は、一昨年の年末。やっと捨てるもんがなくなってな。捨て始めてちょうど二十年やとか言うて、一人で悦に入ってたわ」

静かに聞いていた兄貴が、息をついた。海面に目を落としたまま、細切れにつぶやく。

「堆積(たいせき)してるわけか。ここに。二十年分」

「堆積って、それ、兄貴の世界の言葉か」

兄貴が顔を上げ、答える代わりに「なあ、健――」と訊いてくる。

「お前、僕がどんな研究してるか、知ってるか」

「地球温暖化。海の底の泥の研究。それぐらいしか頭に残ってへんけど」言い訳がましく言い添える。「いや、海を汚してしもたことについては、悪いと思てるねんで。でも――」

「そういう意味やない」兄貴は頬を緩めてかぶりを振った。「僕がやってるのは、古気候の研究や。海とか湖の底にたまった堆積物は、過去の環境を記録したテープレコーダーみたいなもんでな。船や櫓(やぐら)から掘削して、円柱状の長いコア試料を採ってくる。それを実験室で分析して、昔の気候を調べる。今おるのは確かに地球温暖化問題を扱う部署やけど、僕の仕事は未来予測やない。その逆や。過去数千年、数万年の気候の変遷(へんせん)を復元して、今起きてる温暖化がどれほど異常なものかということを検討してる」

「堆積物っちゅうのは、泥とか土やろ？　そんなもんで、昔の気候がわかるんか？」

「例えば、湖の堆積物の中には、きれいな細かい縞模様が見られるものがある。季節ごとにちょっとずつ色の違う層になってるからや」

「木の年輪みたいなもんか」

「まさにそうや。堆積物の場合は『年縞』と呼ぶねんけどな。縞の数を地道に数えていくと、何年前にたまった泥かがわかる。いわば年代の目盛りやな。縞々がない場合は、放射性炭素年代とか酸素同位体比を使って——」

　こちらの渋い顔に気がついて、苦笑を浮かべた兄貴が説明を端折る。

「とにかく、堆積物の年代を決める方法はいくつかあるわけや。で、今度は、縞の中にどんな物質が含まれているか調べてやる。これもいろいろあるけど、一番わかりやすいのは、花粉やろな。泥の中から花粉を探し出して、植物の種類を同定する。その時代にどんな植物が繁茂していたかがわかれば、当時の気候——気温や降水量がわかる」

「そういうことか。初めてピンときたわ」

「ピンとはきたけど、それの何がオモロいねん、ちゅう顔やな」

「まあ、正直」

　小さく笑い声をたてた兄貴が、視線を海の向こうへやる。

「福井の若狭湾のそばに、水月湖っちゅう湖があってな。そこの堆積物は、過去七万年分ものほぼ完璧な年縞を保存してることで、世界的に有名やねん。まだ学生のとき、そのコア試料の分析を手伝うたことがある。縞の読み方を教わりながら年縞を数えてたら、ある日を境に、縞々以外のもんが見えるようになったんや」

「目の使い過ぎで妖精でも出てきたか」

「そう遠ないわ」兄貴がまた笑う。「人間や」

「あ？　どういうことや？」

「僕がそのとき担当してたのは、三万年前の試料でな。後期旧石器時代やから、日本列島にも人間が住んどった。三万年前から今まで、だいたい千世代ぐらいか。生まれて、子どもつくって、死ぬ。それを単調に繰り返してきただけやないで。暑さに苦しんだ年もあれば、寒さに凍えた年もある。洪水があったり、干ばつがあったり。僕らの身にいろんなことが降りかかるように、彼らの一生にもいろんなことが起きたはずや。年縞は、それを一年ごとにちゃんと記録してる」

「ただの目盛りやないっちゅうことか」

「当時の人々がどんな時代を生き抜いたか想像できるようになると、コア試料の縞々が、まるで日記みたいに見えてくる。愛しなってくる。誰かの大事なもん、見せてもろてるみたいな気がしてきてな。古気候の世界にはまり込んでしもたのは、それがきっかけや」

「兄貴らしい話やな」

そう言うと、兄貴は初めて照れくさそうに鼻のつけ根にしわを寄せ、漆黒の海面をのぞき込んだ。

「ここに積もった哲おっちゃんの堆積物も、調べてみたら何かわかるかもしれへんな」

「何かって?」

「哲おっちゃんの頭の中や。もしお前があの人の立場やったら、どういう順番で捨てる?」

「そら、思い入れのあるもんとか、値の張るもんは、あと回しにするやろな」

「最初に捨てたのは、自分たちのアルバムと、取り上げられた雑誌なんやろ? 思い入れはあると思うけど、過去の栄光はどうでもよかったたってことか」

「それか、まずそこから吹っ切らなあかんと思たんか」

「なるほどな」兄貴が真面目な顔で腕組みをする。「値の張るもんといえば、ギターや。それもわりと早い段階で捨ててしもてる。ギターならまた買えばいいっちゅうことかな」

「どうやろ。一本、哲おっちゃん自慢の名器があったみたいやけど、それも楽器類の最後に捨ててしもたらしいからな」

「名器って、どんなギターや」

「ギブソンのフルアコ。それしか聞いてない。俺が手伝うようになったのが高二の冬やろ。ちょうどその前の年に、その最後の一本を捨てたそうや。せやから、どんなモデルやったかは俺にもわからん」

「——ふうん」兄貴は何か考え込むように、遠くに目をやった。

「もったいない話やと思うやろ。俺、そのことをおとんに話したことがあんねん。捨てた場所は伏せといたけど。おとんが言うには、そのギターはパチもんや」

「ギターに偽物(にせもの)なんかあるんか」

「いや、名器といわれるモデルに形を似せた安物ちゅうことや。おとんは、『高う売れるようなもんやったら、ポイっと捨てるわけないやろ』って。俺もそう思うけど、なんせ哲おっちゃんのやることやからな」

「うん」兄貴がまた気の抜けた声を出した。

「で、その次が、レコードとCDのコレクションや。廃盤になってるのもあるやろうから、すぐ捨てる気にはならへんかったのかもしれん」

しばらく黙っていた兄貴が、暗闇を見つめたまま、ぽつりと言う。

「――ハイエイタスやな」

「ハイエイタス？　何やそれ？」

「何でもない。こっちの話や」兄貴がこちらを向いた。「ほんで、レコードのあとは？」

「古いノートの束。それで終いや。何十冊とあってな、めくってみたら、コード進行と歌詞が汚い字で書き散らされとった。レコーディングできる日を夢見て、曲とかモチーフを書き溜めとったんやろな。あれを最後までとってたのは、ようわかるわ」

「それが、一昨年のことか」

「そう――あ、ちゃうわ、ちゃうちゃう」急に思い出した。「それは三年前や。一昨年は、音楽と何の関係もない不燃ゴミを捨てるのに付き合わされたんやった」

「不燃ゴミ？」

「空きビンや。十本ぐらいあったかな。部屋が空っぽになったら、隅っこに置きっ放しにしてたゴミが出てきたんやと。ラベルはなかったけど、どうせ酒ビンやろ」

「そんなもん、わざわざここまで捨てにきたんか」

「うん。最後のあれだけは、ほんまにただの不法投棄やで」

結局、その夜はボウズだった。哲おっちゃんに金を渡していた件について答えを聞いていないことに布団(ふとん)の中で気づいたが、翌朝目覚めたときには兄貴はもう家を出てしまっていた。

*

梅雨明け十日とはよくいったもので、カンカン照りの猛暑が続いている。

商店街のアーケードは、日よけというより、通りに熱気をためる蒸し風呂のふたになってしまっている。一分と歩かないうちに、こめかみを汗がつたった。

あれから哲おっちゃんの顔を見ることはなく、兄貴と連絡をとる機会もなかったので、例の金の問題もミカちゃんの件も、宙ぶらりんのままだ。

ハイエイタス。

あの夜兄貴がつぶやいたこの言葉だけはどうしても気になって、ネットで調べてみた。無料のデジタル辞書によれば、〈①中断、小休止　②地球温暖化による気温の上昇が一時的に停滞する現象〉。兄貴の専門から考えて、②の意味だろう。

そこはわかっても、兄貴が何を言いたかったのかはわからない。上り調子だった哲おっちゃんの人生が一時的に停滞しているとでもいうのだろうか。だがそれはあまりに事実と違う。調子がよかったのは二十代のころだけで、あとはひたすら右肩下がりの人生だったはずだ。

手押し車を押して歩くおばあさんに、「暑うてかなわんねえ」と声をかけられた。見覚えがある顔なので、うちのお客さんかもしれない。そしてそのとき、店のエプロンをつけたまま出てきたことに気がついた。慌ててそれをはずしながら、エプロン姿をまだ恥ずかしいと感じている自分を恥じる。

半年ほど前から店頭に立つようになって、商店街の人やお客さんから「秀才のお兄ちゃん、元気にしてはる?」としょっちゅう言われるようになった。「はい、おかげさんで」と作り笑いで返すことには慣れたが、比べられているようで気分はよくない。

兄貴にコンプレックスがないといえば、嘘になる。だがそれは、兄貴の優秀さに対する劣等感ではない。その証拠に、同じような気持ちを哲おっちゃんに対しても抱いている。フツーでありたくないと願いながら、フツーでしかない自分。典型的な、笹野家の次男。それがコンプレックスなのだ。

ベースを始めたのは高校生のとき。中学からの友だちに誘われて軽音楽部に入った。

哲おっちゃんはとっくに音楽をやめていたので、その影響を受けたわけではない。とりたててロックが好きというわけでもなかった。女の子にモテたいという下心が、控えめにいって八割。当時副部長をつとめていたのが、センパイだ。

とくにモテることもなく、文化祭だけが晴れ舞台の安穏とした三年間を過ごし、進路未定のまま卒業した。ロッカー気どりの十八歳に、かまぼこ作りが一生の仕事だと思えるはずもない。同じくフリーターとなっていたセンパイがバンドに誘ってくれたので、とりあえず音楽を続けることにした。

バイトに行き、練習して、深夜のファミレスでアホな話で盛り上がり、たまにライブに出る。そんな気楽な日々は四年ほどで唐突に終わった。ある日、センパイが「ギターロックはもう古い。これからはミクスチャーや」と言い出して、一方的にバンドを解散してしまったのだ。センパイは今もヒップホップ系の連中とつるんでいるようだが、家が近所ということもあって、付き合いは続いている。

そのあと加入することになったのが、半年前に解散した例のバンドだ。ライブハウスで知り合ったリーダーに、ベースが急に辞めたから次のライブまでつなぎで入ってくれ、と頼まれたのがきっかけ。買われるような腕はないが、音楽性がどうのと主張することもない。そこがリーダーには扱いやすかったのだろう。なしくずし的に正式メンバーになっていた。

　こうして振り返ると、情けなくなる。自分で決めたことが何一つない。もし友だちに吉本の養成所に誘われていたら、お笑い芸人を目指す羽目になっていただろう。強い意志などなくても、ギターケースを背負って歩いてさえいれば、フツーのフリーターではないと自分をごまかすことができる。ただそれだけのことだ。

　いや、もっと正直に言おう。かまぼこ屋なんてご免だと思っている一方で、いざとなれば家業を継げばいいと思っていた。矛盾した、甘ったれた考えだと我ながら思うが、それが本音。だからこそ、のん気にバンドなどやっていられたのだ。あれは、ただの遊びだった。

　来年、三十になる。兄貴のように迷いなく進んでいける道は、とうとう見つからず終い。哲おっちゃんのように、ワイルドサイドを歩く勇気もない。こうしてかまぼこ屋の三代目に落ち着こうとしている現状に、心のどこかで安心している。そんな自分のフツーさが、ときにたまらなく嫌になる。

　細い階段を上がり、純喫茶「りりあん」のガラス扉を押し開けると、体が冷気に包まれた。

センパイがいつもの席でスマホをいじっている。レジにいた顔馴染み(かおなじ)みのウェイトレスにミックスサンドセットを頼み、そのテーブルへ向かった。

「ゆっくりしてる時間はないんです」向かいに座るなり言った。「メシだけ食ったらすぐ戻らんと。またおかんにどやされます」

「なんや、昼休み一時間ないんか。労働基準法違反やぞ」

センパイにしては小難しいことを言う。バイト先の清掃会社では長年リーダーを任されているそうなので、スタッフのシフトを組んだりもするのだろう。

「うちはおかんの独裁国家なんで、チガイホーケンです」負けじと乏しい知識から絞り出した。

「確かに、お前んとこのおかん、労基署の監督官より怖そうや」センパイは、うすくなったミックスジュースの残りを音を立てて吸い込む。「でも、あの店をそのまま継げるんやもんなあ。うらやましい限りやで。忙しいっちゅうことは、繁盛(はんじょう)してんねやろ?」

「ちゃいますよ」何も知らないくせにそう言われると、ついむきになる。「うちで働くようになって、初めてわかりましたわ。おとんは大変です。苦労してます。売れまくってるから忙しいんやのうて、零細なりに企業努力せなやっていかれへんから、忙しいんです」

「……おお、まあ、そうなんやろうけど」

気まずそうに目をそらすセンパイを見て、ふと思った。そもそもさっきの言葉は、いつも夢ばかり語るこの人らしくない。

「もしかしてセンパイ、就活でもしてるんですか？」最近バンド活動をしていないということは、知っていた。

「まあな。でも、正直厳しい。三流でもどこでもええから、大学行っといたらよかったわ」

「そんな、今さら……」

実は、高校三年になったばかりのころ、自分も一瞬だけ大学進学を考えたことがある。やりたい勉強があったわけではもちろんない。兄貴から「大学で何か見つけるのもええと思うぞ」と言われて、その気になりかけただけだ。当時、センパイにもその話をした。するとセンパイはせせら笑うようにして、「大学なんて、何の才能もないやつがいくところやろ」と言い放ったのだ。カッコええ、とそのときは思ったが、あとで聞いたところによると、忌野清志郎(いまわのきよしろう)の名言をパクっただけらしい。

そんなセンパイが十一年後の今、後悔を口にしている。目を伏せてストローで氷を弄ぶセンパイの姿が、哀しくもあり、腹立たしくもあった。自分はセンパイとは違う――そう思いたかったが、思えるだけのものがどこにも見つからない。

気が滅入ってきたところに、ちょうどサンドイッチが運ばれてきた。タマゴサンドをひと口かじり、話題を変える。

「見せたいものがあるって言うてましたけど、何ですか？」

「おお、そうや」センパイはトートバッグの中からＬＰ盤のレコードを取り出した。それを差し出して得意げに笑う。「どや、見たことあるか？」

手に取って、ジャケットの文字が目に入った瞬間にわかった。

「これって、哲おっちゃんの――」

「『ザ・マリーズ』のセカンドアルバムや」

四人のメンバーが思い思いのポーズをとっている。左端が二十代の哲おっちゃんだ。アンプに腰掛けて足を組み、ギターを構えている。ハンチングにサングラスというスタイルは今と同じだが、黒い髪が肩まであった。

「バンド名は知ってましたけど、アルバムは初めて見ました。本人ももう持ってないし。どないしたんですか、これ」

「最近よう行くソウルバーが南堀江にあって、そこで貸してもろた。マスターが半端やないレコードコレクターやねん。ソウルだけやなくて、ロックもブルースも大好きな人でな。笹野哲治というギタリストを知ってるか訊いてみたら、すぐに棚からそれを出してきた。伝説のブルースバンドらしいやんけ」

「なんでセンパイが哲おっちゃんのことなんか」

「本人の顔見たら、気になるやん。どんなミュージシャンやったんか。お前、あの人のギター、聴いたことあるか？」

「いや、聴いてたとしても、記憶にはないです」哲おっちゃんが音楽をやっていたのは、自分が七、八歳のころまでだ。「センパイはもう聴いてみたんですか、このアルバム」

「もちろん聴いた。俺はブルースみたいな辛気臭いもん、別に好きちゃうねん。そんな俺でも――」センパイが上目づかいににらんでくる。「さぶいぼ出まくりや」

「え、そんなに？」

センパイも一応ギタリストなので、耳はそこそこ確かだろう。

「えげつないぞ、あの人のスライドギター。マスターも言うてた。『笹野哲治はスライド奏法の名手やった』って」

スライドギター、またはスライド奏法。ギターの演奏技法の一つだ。身近にこれをやるギタリストはいなかったが、聞きかじった知識はある。スライドバーという円筒形の道具を指にはめ、それを弦の上でスライドさせながらピッキングする。弦をフレットにつけないので、音程を連続的に変えることができるわけだ。ブルースやカントリーでは必須(ひっす)の技術だという。

「そこまで言うんなら、俺も聴いてみたいです」中のレコード本体を取り出してみる。

「ええぞ。貸したる」

「でも俺、レコードプレーヤー持ってませんわ」

「ああ？　ほな、今度うちまで聴きに来い」

センパイは身を乗り出し、荒っぽくジャケットを取り上げた。表側をこちらに向け、哲おっちゃんを指差して言う。

「ほんで、このギターがまたすごい。ギブソンのL－5ＣＥＳ」センパイは、腕前こそ十人並みだが、ギターの知識だけは豊富だ。

「自慢の名器が一本あったらしいんですけど、それのことですかね」

「しかも、一九六〇年代の限られた期間にだけ作られた、フローレンタイン・カッタウェイ。超レアなヴィンテージギターや。今売りに出たら、百万――いや、状態によっては二百万以上するな」

「二百万⁉」小さく叫んだ拍子に、白身のかけらが口から飛び出た。

そこまで高価なものを、海に捨てたりするだろうか。やはり、形を似せただけの廉価品——。いや、そんなギターを持ってジャケット撮影に臨むとも思えない。

食後のアイスコーヒーをひと息に飲み干し、センパイを置いて先に「りりあん」を出た。

急ぎ足で店に向かっていると、尻ポケットでスマホが震えた。兄貴からだった。

「健、今ちょっとええか」兄貴が言った。

「うん、どないしたん」

「お盆な、十三日の昼に帰るわ。おかんにそう言うといて」

わざわざそんなことをと思いつつ、「わかった」と答える。

「それからな」兄貴がひと呼吸置いた。「お前に一つ、探しものを頼みたいねん」

「え、何?」

「サイダーってあるやろ」

「飲み物のか」

「飲み物のや。フクヤサイダーって知ってるか?」

「フクヤ? 三ツ矢とちゃうんか?」

「ちゃう。フクヤサイダーや。昔、東大阪にフクヤ飲料ちゅう会社があってな。関西ではわりとメジャーなサイダーやったらしい。四十年ほど前に、会社ごとなくなってしもたそうやけど」

「そんな昔のこと、知るわけないやろ。で、それがどないしてん」

「あのな――」

その探しものは最初、突拍子もないものに思えた。だが、兄貴の説明を聞いているうちに、なぜあのとき気づかなかったのだろうと、自分のアホさ加減に愛想がつきた。

*

夜十時の突堤には、やはり誰の姿もなかった。

神戸の夜景と南港ポートタウンの街明かりがくっきり見える。相変わらず湿気はひどいが、そこまで不快ではないのは風が出てきたからだろう。

前回と同じ場所まで来ると、兄貴が紙袋をそっと地面に置いた。この探しものは結局、兄貴が東京で見つけてきた。こっちでも松虫商店街の竹宮酒店をはじめ、可能性のある場所を何カ所か回ってみたのだが、一本も見つからなかった。

ハードケースからギターを取り出す。センパイから借りてきた、ごく普通のアコースティックギターだ。コンクリートに直接あぐらをかき、チューナーを使ってチューニングを始める。同じギターでも、ベースギターとは勝手が違う。ぎこちない手つきで音程を確かめながら、兄貴に訊いた。

「ほんで、こないだの『ハイエイタス』っちゅうのは、結局何やったん?」紙袋のほうにあごをしゃくる。「これとも関係あんねやろ?」

「あるような、ないような」兄貴は横に突っ立ったまま、暗い海を見つめている。

「調べたら、地球温暖化が一時的に停滞する現象って書いてあったけど。だから何やねん、っちゅう感じや」

「ネットで調べると、最近はそれしか出てけえへんみたいやな」

「他にも意味があるんか」

「大もとの意味は、『中断』や。地質学でもよく使われる用語でな。日本語にすると、『無堆積』。堆積物の中に、堆積が中断していた期間がある場合、それをハイエイタスという」

「ということは……どういうことや」考えながらつぶやいた。

「哲おっちゃんの堆積物の中にも、ハイエイタスがある。二十年間のうち、一年だけ」

「要するに、何も捨てへんかった年があるっちゅうんか？　あ、もしかして——」思い当たるのは一つしかない。「ギブソンのL－5CES？」

「お、モデルまでわかったんか。いくらぐらいのもんや」

「センパイが言うには、軽く百万以上」

「まあ、せやろな」

「せやろなって」兄貴を見上げて確かめる。「捨てんと売ったたってことか？　なんで兄貴がそんなこと知っててんねん」

「その、ギブソンとかいうのを捨てたことになってるのは、お前が高一、僕が大学四年のときやろ。その当時、うちの店が大変やったの、知ってるか？」

「まあ、何となくは」

「両親もお前には詳しい話をしてへんやろうけど、かなりヤバかったんや。長年使てきた調理場の機械にいっぺんにガタがきて、買い替えのためにえらい借金してな。間が悪いことに、ばあちゃんが脳梗塞で倒れたやろ」

「うん。おかんはばあちゃんに付きっきりになってたな」

「店はうまいこと回らんのに、返済はせなあかん。貯金も底をついて、もう店をたたもうかいう話まで出たらしい」

「――そうやったんや」ため息まじりに言う。「そこまでとは知らんかったわ」

「僕は大学院に進むつもりやったけど、入学金と授業料をおとんに出してもらう気にはならへんかった。奨学金を借りるなんて言うと、おとんは絶対嫌がる。僕の学費のために、また借金を増やしかねへん。だから、いったん学習塾にでも就職して、金を貯(た)めようかと思った。大学四年の、確か秋ごろかな。たまたまその話を、哲おっちゃんにしたんや」

「ああ……」そこまで聞くと、さすがにその先は察しがついた。

「哲おっちゃん、『しょうもない回り道すな。金はわしが何とかしたる』言うてな。その翌週、ほんまに金を持ってきた。現金で百五十万。『親父(おやじ)には黙っとけよ』って。おとんには、大学院入試の成績がよかったから入学金と授業料は免除になった、と説明した。今もそれを信じてるはずや」

「じゃあ、『りりあん』で哲おっちゃんに渡してた金は、その返済か」

「いや、あの人は最初から、『この金は返さんでええ』の一点張りや。『ブルースマンが金貸したりするか、どアホ。金は借りるか、くれてまうかじゃ』とか言うてな」

「ほんなら、こないだのは何やったん？」

「だから、ミカちゃんと会うたからや」

兄貴がやっとコンクリートに腰を下ろした。立てた両膝（りょうひざ）を軽く抱えて、続ける。

「哲おっちゃんが楽器を売って金をつくってくれたんやろうということは、当時から察しはついとった。あの人に貯金なんかあったはずないし。ギターがないから音楽が再開できへんというわけやないとは思てたけど、やっぱり、ずっと引っかかっててな。先月のあの日、『りりあん』にあの人を呼び出して、ミカちゃんの話をした」

「哲おっちゃん、何て？」

「何にも」兄貴がかぶりを振る。「ひと言、『ミカは、ミチコさん似やったか？』と訊いただけや」

ふと興味がわいた。「実際、どうなん？」

「眉毛の形が哲おっちゃんそっくりやったけど、そこ以外は全部母親似みたいやな」

「それは何より。眉毛は剃（そ）ったらええもんな」

兄貴も目を細めてうなずき、話を戻す。

「ほんで、無駄やろうとは思たけど、話の最後に三十万渡してみた」

「ええギターを一本買（こ）うたらどうや、とでも言うたわけか」

「うん。でも、『しょうもないことすな』って怒られたわ。受け取ってくれへんかった」

「ああ……そうやったんや」つまりセンパイは、哲おっちゃんが封筒を突き返すところを見逃していたというわけだ。

黙り込んだ兄貴の横で、左手の小指に金属製のスライドバーをはめ、弦を鳴らした。

弾き始めたのは、一九五〇年代を中心に活躍したブルース・ギタリスト、エルモア・ジェームスの「ダスト・マイ・ブルーム」。スライドギターを多用する名曲だ。弾くといっても、まだイントロだけ。一週間これればかり練習してきて、少しはサマになってきたと自分では思っている。

同じフレーズを何度も繰り返していると、突堤の付け根のほうでフェンスが音を立てた。哲おっちゃんだ。暗い、海に落ちてまう、などとわめく声が聞こえるので、兄貴がランタンを持って迎えにいった。

兄貴のあとについてやってきた哲おっちゃんが、タバコに火をつけて言う。

「盆は水場に近づいたらあかん。お前らのばあちゃんも、そう言うてたやろが」

「霊が出るってか」兄貴が鼻で笑った。「大丈夫や。今まで何回かお盆の時期に海底の掘削をやったけど、霊が引っかかってきたことは一度もない」

「味も素っ気もないのう、科学者いう人種は」

「僕なんかまだロマンチストなほうや。海や湖の泥をいじりながら、古に想いを馳せてるわけやからな。コンピューターで温暖化のシミュレーションやってる連中なんか見てみい。身もふたもないこと言うやつばっかりやで」

　哲おっちゃんは煙を吐きながら、細めた目で二人の甥の顔を見比べた。

「ほんで、今日は何や。わしにプレゼントがあるそうやないか」ギターに一瞥を投げ、口の端をゆがめる。「言うとくけど、ギターやったらいらんぞ」

　兄貴が紙袋を手に取り、「これや」と哲おっちゃんの面前に突きつける。

　哲おっちゃんは中身を取り出した。透明の空きビンが一本。すっかり変色したラベルを見て、ニヤリと黄色い歯をのぞかせる。

「どないしたんや、こんなもん」

「海の底で拾てきた」

「アホぬかせ」

「あのあと、ミチコさんに会いに行ってな。そこで教えてもろた。哲おっちゃんのスライドギターには、フクヤサイダーのビンが不可欠やって。それがないと、哲おっちゃんの音にならへんて」

　哲おっちゃんは、鼻から短く息を漏らした。「海の泥だけ掘ってたらええもんを、余計な人の過去まで、掘り出してきよる」

「言うたやろ」兄貴が不敵な笑みを見せる。「僕は研究者のわりに、ロマンチストやねん。ほんで研究者だけに、しつこい」

哲おっちゃんはひひひと笑い、下卑た顔で「それにしても」とあごを撫でた。「ミチコさん、そんなことまで覚えとったか。さては、まだわしに気があるな」

スライド奏法には別名がある。ボトルネック奏法だ。これは、昔の黒人ブルースマンたちが酒ビンの首を切り取ったものを指にはめて弾いていたことに由来する。市販のスライドバーを使うのが一般的になった今も、ビンの首を愛用しているギタリストはいる。

哲おっちゃんもそんな一人で、プロになる前からずっとフクヤサイダーのビンを使い続けていたそうだ。フクヤ飲料がつぶれたときは、市内の酒屋という酒屋を回って、在庫の品を買い占めたらしい。

一昨年の年末、二人で最後にこの海に捨てたのは、そのビンだった。哲おっちゃんが現役時代にかき集めた、一番大事な商売道具の使い残し。十本ほどのデッドストック――。

「苦労したで、ほんま」兄貴が言った。「健にも頼んで酒屋を何軒も回ったけど、どんな老舗の倉庫にもそんな昔の空きビンは残ってへん。それでも、世の中にはいろんなマニアがおるもんでな。東京に、その道では有名なビンのコレクターがいるっちゅうことがわかった。その人に訳を話したら、特別に一本だけ譲ってくれてん。ビンに対するこだわりに、共感するものがあったらしいわ」

哲おっちゃんは海に向かってタバコをはじき、堤防のふちにしゃがみ込んだ。コンクリートの角の具合を確かめると、ビンの首をしっかり握り直し、肩の部分をそこへ当てる。

「ちょっと、何する気や？」

驚いて声を上げたが、哲おっちゃんはそのままビンを振りかぶった。躊躇なくコンクリートの角に打ちつける。ガラスの砕ける音が響き、胴の部分だけが海に落ちた。

「無茶しよんな」呆れて言った。

「これが一番手っ取り早いんや」

掲げて見せたビンの首は、根もとで驚くほどきれいに割れていた。荒れた割れ口をコンクリートでガリガリと削りながら、哲おっちゃんが語り始める。

「高校辞めて、ギターばっかり弾いとった頃のことや。阿倍野のロック喫茶で、あるブルースバンドのライブをたまたま聴いた。ギタリストがべらぼうに上手でな。歳はわしとそう変わらんのに、見事なスライドギターを弾きよる。その男こそ、若き日の内田勘太郎や」

「それもミチコさんに聞いた」兄貴が含み笑いを浮かべた。「誰かさんとは違て、向こうは今も第一線で活躍中らしいやないか」

哲おっちゃんはふんと鼻を鳴らしただけで、顔も上げずに続ける。

「何とか技を盗んだろう思て、そのバンドが出るたびに店に通うてたら、常連客が『彼が使てるスライドバー、カルピスのビンやねんで』と教えてくれた。うちに帰るなり、『カルピスないか?』って、おかんに――お前らのばあちゃんに訊いた。ばあちゃんが『あらへん』言うて冷蔵庫から出してきたのが、飲みさしのフクヤサイダーでな。試しに口に小指を差し込んでみて、びっくりや。もとから体の一部やったみたいに、しっくりくる。運命の出会いいっちゅうやつやな。――よっしゃ、こんなもんやろ」

割れ口の手触りを確かめ、ビンの首を握らせてくる。

「はめて弾いてみい」

「え、俺?」

「さっき、下手くそなエルモア・ジェームス弾いとったやないか。もう一回やってみい」

小指を差し込んでみると、あつらえたようにぴったりだった。手の形が哲おっちゃんと似ているのかもしれない。ビンの首を弦に当ててスライドさせながら、そのフレーズを弾いてみる。確かに弾きやすい。音もよくなった気がする。

「うわ、ええやん。なあ、めっちゃ上手なった感じせえへん?」二人の聴衆に訊いた。

「別に。さっきと一緒や」兄貴がかぶりを振る。

「まあ、それだけで上手になるんやったら、世話ないわな」哲おっちゃんはそう言って、右手をのばす。「もうええ。貸してみ」

ビンの首をギターと一緒に渡した。地面にあぐらをかいた哲おっちゃんが、ギターを抱えてペグに手をやる。

「まず、チューニングからしてちゃう。レギュラーやのうて、オープンEや」

六本の弦を順番にはじきながら、耳だけを頼りにペグを回していく。小指で器用にビンの首を引っかけるや否(いな)や、流れるように曲が始まる。同じく『ダスト・マイ・ブルーム』だ。

のっけから息をのんだ。

ビンの首が弦をすべるたびに響き渡る、艶(つや)やかで複雑な音色。歌声のようなビブラートと、心地よいわずかな不協和音。本当に同じギターなのかと耳を疑いたくなる。男の自分でも色気を感じるような指さばきは、激しいようで優しく、何より美しい。

センパイの家で聴いた昔のアルバムの演奏も素晴らしかったが、生で聴く音はまさに鳥肌ものだ。二十年ものブランクがあるとはとても思えない。となりの兄貴も文字通り目を丸くしている。

ひとくさり終わったところで、ようやく深く息をつくことができた。思わず「すげえ……」と声をもらしてしまう。

「あかんのう、指が思うように動いてくれへん」哲おっちゃんが両手を揉み合わせる。

「いや、ほんまにびっくりした」兄貴がしみじみと言った。「君のお父さんのすごいギターを聴いた――ミカちゃんにそう伝えるわ」

哲おっちゃんは何も言わずにまたタバコをくわえ、火をつけた。兄貴が続ける。

「ついでに、あとの二つの質問にも答えたってや」

「何やったかいの」

「一つは、娘のことをどう思っているのか」

「どうもこうも、世界で一番大事なもんに決まってるやろ。そばにはおられへんでも、大事に思うことはでける」

「もう一つは、父親はそれで後悔していないのか」

「後悔しとるわ。一から十まで後悔や」顔をしかめて鼻から煙を吐く。「こんな人生になるんやったら、かまぼこ屋でも継いどったらよかったで」

「かまぼこ屋でもとは何や。なめすぎやろ」たまらず横から口をはさんだ。「哲おっちゃんみたいな人間にできる仕事とちゃうわ」

　本気でムッとしていた。最近はなぜか、こんな言葉じりにも過敏に反応してしまう。

「何や、健」哲おっちゃんがニヤける。「お前も笹野家の次男らしゅうなってきたやんけ」

「次男をバカにしとんのか」声をとがらせて言った。「言うとくけどな、おとんも俺も、毎日毎日――」

「でもな、健」哲おっちゃんがさえぎる。「えらそうなこと言うんは、お前の親父なみの仕事を一つでもしてからや。蓮根しょうが天ぐらいのもんをこさえてからやぞ。あれはほんまにうまい。最高の酒のあてや」

「……わかっとるわ、そんなこと」

「今店に並んどる天ぷらの半分以上は、お前の親父が考え出した品や。試作はしたが商品にならへんかったもんは、その何倍あるかわからん。のんべんだらりと店を続けるだけでは、歴代の笹野家次男には追いつかれへんど」

　何か言い返してやりたいが、言葉がのどにつかえて出てこない。唇だけがひくついた。

「優――」哲おっちゃんが兄貴に顔を向ける。「さっきの最後の質問の答えは、冗談や。ミカに言うといて。人生に後悔はつきものや。でもそれでええやないか。そのために、ブルースがある。優には優の、健には健の、ミカにはミカのブルースがある。お父ちゃんは、機嫌ようお父ちゃんのブルースをやってますさかい――ってな」

「そんなキザなこと、自分で言うてくれへん?」兄貴はどこか嬉しそうに苦笑した。

　哲おっちゃんはひひひと笑い、短くなったタバコをコンクリートでもみ消した。ギターを構え直すと、手遊びのようにアドリブリフを弾き始める。

　哀しげな旋律が繰り返されるのを聴きながら、目の前の海を見下ろした。黒く濁った海面に、笹野かまぼこ店の色あせた暖簾が映る。

　そういうことなんやな――。ふと思った。あの店にも、堆積している。じいちゃんとおとんの五十五年分の泣き笑いが、年縞のように積もっている。

　そのブルースを歌い継ぐとしたら、やっぱり自分がふさわしいのかもしれない。誰よりも笹野家の次男らしい自分が。そう思うと、少しだけのどのつかえが取れた気がした。

やがて、哲おっちゃんが手を止めた。

顔を上げて、海の向こうの誰かに聞かせるように、優しく告げる。

「ほな次は、ロバート・ジョンソンでもいこか」

哲おっちゃんのブルースが、大阪の海に溶けていった。

エイリアンの食堂

カウンター席の端で、鈴花（すずか）が「あ！」と声を上げた。

パジャマ姿で計算ドリルをやっていた手を止め、出入り口のほうを見ている。引き戸のすりガラスに車のヘッドライトが映るやいなや、はじかれたように椅子（いす）から飛び降りた。

「来たよ！」と叫びながら厨房（ちゅうぼう）に駆け込んできて、謙介の腰にしがみつく。

謙介は壁の時計に目をやった。八時四十五分。今夜も時間ぴったりだ。テーブル三つとカウンターだけの小さな店内に、もう他の客は残っていない。

引き戸が音もなく開いた。〝プレアさん〟が、ノートパソコンを小脇（こわき）に抱えて入ってくる。プレアさんというのは鈴花が付けた呼び名で、謙介から見ればごく普通の日本人女性だ。顔を強張（こわば）らせた鈴花が、謙介のエプロンを引っ張る。

「らっしゃい」

謙介の声には何の反応も示さず、プレアさんはいつもの席についた。入ってすぐ左のテーブルだ。壁を背にして座るなり、パソコンを開く。

お冷やを持ってその席へ向かう。先月四十一になった謙介と歳はさして変わらないだろう。細身で長身、肩までの黒髪をゴムで束ねている。白いシャツに黒いカーディガンを羽織り、パンツはグレー。パソコンの画面を見つめる切れ長の目には、何の感情も読み取れない。あらためてその姿を見ると、鈴花がおかしな妄想をする理由が何となくわかる気がする。

コップを置く音で、プレアさんが顔を上げた。壁や卓上のメニューには一瞥もくれず、抑揚のない声で告げる。

「アジフライ定食、お願いします」

「アジフライ」

復唱したものの、本当はその必要はない。今日は月曜だからだ。

プレアさんが平日毎晩のように通ってくるようになって、三カ月。必ず八時四十五分きっかりに現れて、お決まりのオーダーをする。月曜はアジフライ、火曜はサバの味噌煮、水曜は豚の生姜焼き、木曜は刺身、金曜はレバニラ炒め。この三カ月間、彼女はこのローテーションで五種類の定食だけを繰り返し食べ続けているのだ。

この法則に最初に気づいたのは、鈴花だ。小学三年生にしては大した観察眼だと、自分の娘ながら思う。鈴花が言うには、この女性が初めて店に来たときから、ど、こ、か、怪、し、い、と注目していたらしい。

謙介も以前から、変わった客だとは思っていた。理由は単純。彼女が一度も日替わり定食を注文しないからだ。

ここ「さかえ食堂」の売りは、夜の日替わり定食だ。旬の食材を使い、定番の調理法にひと工夫加えて提供している。正直、税込み九百円ではほとんど利益が出ない。それでも、同じ定番メニューを出し続けるだけの定食屋にするぐらいなら、店をたたんだほうがいいと謙介は思っている。

評判は上々で、夜やってくる客の大半は日替わり定食が目当て。謙介一人で切り盛りするこの店では出せる数に限りがあるので、八時を待たずに売り切れてしまうことも多い。常連たちはそれをよくわかっていて、八時半を回ると客足はほぼ途絶える。

だから、プレアさんはだいたいいつも最後の客だ。日替わり定食が出せるときは、〈本日の日替わり〉と書いた小さな黒板をカウンターに出しているのだが、けっして注文しようとしない。ちなみに今夜の献立は、〈サンマの塩焼き（香味だれ仕立て）、秋の根菜炊き合わせ、むかごご飯、キノコ汁、納豆〉。まだ一食だけ残っている。

一方、プレアさんが頼んだ定食の品目は、アジフライ、日替わりと同じ炊き合わせ、ご飯、味噌汁、お新香だ。その五品をお盆に並べ、プレアさんのもとに運ぶ。彼女はすぐにパソコンを閉じ、テーブルにスペースを空ける。

きちんと両手を合わせ、つぶやくように「いただきます」。無表情ながら、食べる姿は美しい。スマホなどには目もくれず、黙々と箸を動かす。

鈴花は背伸びをして厨房とカウンターの仕切りから顔を出し、プレアさんの様子を観察している。向こうは目の前の皿に集中していて、鈴花の視線に気づく気配はない。

いつものように、二十分ほどで食べ終えた。「ごちそうさま」と手を合わせたのを確認して、膳を下げにいく。彼女は再びパソコンを開き、煎茶をすすりながら何やら打ち込み始める。これも毎度のことだ。

お盆を持って厨房に戻ると、鈴花が「もう！」と口をとがらせた。

「はやくしないと帰っちゃうよ？」

「わかってるって」

謙介は小さく息をついた。業務用の大きな急須をつかみ、プレアさんのテーブルへと向かう。

湯呑みに煎茶を注ぎ足そうとすると、彼女は驚いたようにこちらを見上げた。普段はしないサービスだからだろう。

「あのう」謙介は意を決して声をかける。「ちょっとだけ、いいですか」

「何でしょう」プレアさんはキーボードに手をのせたまま言った。表情こそかたいが、警戒している風ではない。

　笑顔が得意でないのは謙介も同じだ。今も眉間にしわが寄っているのが自分でわかる。

「実は——」と切り出して、ひるんだ。見つめ返してくる彼女の目が、あまりに真っすぐだったからだ。「ご存じかもしれませんが、うちには日替わり定食ってのがありまして」

　カウンターの黒板を指差そうとして、鈴花と目が合った。何やってんのとばかりにこちらをにらみつけてくる。まあ待て、と目だけで告げた。大人の会話には、順序ってものがある。

「ええ、知っています」プレアさんは平然と答えた。

「一応、うちのおすすめなんで。よかったら、またぜひ」

　プレアさんはしばらく黒板を凝視したあと、「そうですね。機会があれば」と言った。

　大人の会話はそこであっけなく途切れた。プレアさんは煎茶をひと口含むと、財布を手に席を立ってしまった。

　刺すような鈴花の視線を感じながら、レジで千円札を受け取り、釣り銭を渡す。パソコンを抱えて店を出ようとするプレアさんを見て、鈴花が謙介のエプロンを「ねえ！」と力いっぱい引っ張った。

「あの、すいません」反射的に声が出ていた。「もう一つだけ、いいですか」

　プレアさんは引き戸に手をかけたまま、振り向いた。「何でしょう？」

「えっと……お住まいは、この近くですか」

　鈴花に尻を叩かれた。確かに、「もう一つだけ」の質問がこれではまずい。

「そうですね。『近く』の定義にもよりますけれど」プレアさんはにこりともせず答える。「ここからの正確な距離は測ったことがありませんが、感覚的に申しますと、徒歩だとへとへと、車だとあっという間、という程度の距離です」

　硬いのか柔らかいのかわからない、独特な表現。やはり、ただ者ではないようだ。

「なるほど。で、二つ目の質問になっちゃうんですが……そのう、お客さんは、何をされている方なんでしょうか。お仕事とか」

「それは、どういった趣旨のご質問でしょうか」プレアさんの眉がわずかに寄った。

「必要があれば、お答えするのはやぶさかではありませんが」

「いや、必要ってわけじゃないんですが……何て言うか、その……」

しどろもどろになった謙介の横で、鈴花が甲高い声を上げる。

「プレアデス星！」

「おい、鈴花」

「プレアデス星でしょ！　ほんとのおうち」

鈴花は仕切りに手をかけて、プレアさんに言葉をぶつけた。母親の望美に似たのだろう。初めはもじもじしていても、いったん腹がすわるとぐいぐい行くタイプなのだ。

「プレアデスって」プレアさんは鈴花に向かって訊く。「すばるのこと？」

鈴花は首をかしげた。謙介にも何のことかよくわからない。

プレアさんは何も言わずに戸を引いた。大きく開け放したまま、店の前の駐車スペースに歩み出る。空を見上げて何歩か進み、立ち止まった。店のほうに振り返り、手招きする。

謙介は鈴花と顔を見合わせた。鈴花が小さくうなずき、謙介のエプロンをつかむ。そのまま引っ張られるようにして、一緒に外へ出た。

プレアさんは、道路に向かってやや左の方角――南東の空を指差していた。

十一月の夜空はよく澄んでいて、星がくっきり見える。つくば市でも中心部なら高い建物がたくさんあるが、ここは市の北のはずれだ。まわりは田んぼと民家ばかりで、ほぼ全天を見渡すことができる。

「あそこに星が集まってるの、見える？　ぴぴぴぴって」プレアさんは人差し指を小刻みに動かした。「五個ぐらい」

鈴花はしばらくそれを探していたが、結局かぶりを振った。謙介にも見つけられない。

「じゃあ、オリオン座はわかる？」

「わかる」鈴花が、低い空にあるその星座を指差した。

「オリオン座の真ん中に、星が三つ並んでるでしょ。一直線に。それを右上の方向にずーっと延ばしていくと――」

「あ！」鈴花が叫んだ。「あった！」

「あるでしょ。ぴぴぴぴって」

「ぴ、ぴ、ぴ、ぴ、ぴ、ぴ、ぴ」鈴花が言いながら指を折る。「七個ある！」

「七個。視力がいいんだね」

「どこにあるんだよ、そんなの」謙介も必死で目を凝らしているが、まるでわからない。

「あれが、プレアデス星団」プレアさんは謙介に構わず続ける。「日本では、すばるともいう。肉眼で見えるのは数個だけど、実際は百個以上の恒星があそこに集まってる。だから、プレアデス星という名前の星は、存在しない」

鈴花はプレアさんを見上げて固まっている。その表情は、半分怯えているようにも見えた。鈴花の中で、妄想が確信に変わりつつあるのかもしれない。

「でも」プレアさんが鈴花に訊いた。「どうしてわたしのうちがプレアデスなの？」

鈴花は半歩後ずさった。助けを求めるように謙介に身をすり寄せてくる。

「どうもすみません」謙介は仕方なく応じた。「こいつ、最近妙なこと言い出してまして。地球には、プレアデス星人とかいう宇宙人がたくさん住み着いてるとか何とか。友だちに借りたマンガに、そんなことが書いてあったらしくて」

「マンガじゃないよ」鈴花が小声で反論する。「『本当は怖い宇宙の秘密』っていう本」

「つまり、わたしがそのプレアデス星人の一人だと」プレアさんは顔色一つ変えない。

「プレアデス星人は、地球人そっくりだから」鈴花が言った。「毎日うちの店に来て、地球人がどんなものを食べてるか調べて、それをパソコンに記録して――」

「おい」謙介は慌てて鈴花の口をふさぐ。「ほんとすみません、失礼なことばっかり」

「それにしても」プレアさんは謙介と鈴花の顔を見比べた。「何か理由があるはずだと思うのですが。わたしがエイリアンだと考えるにいたった理由が」

不思議そうにあごに手をやるプレアさんに、鈴花が言う。

「だって、見たから」

「何を？」プレアさんが訊き返す。

「昨日の夕方、神社の前で。空に向かって『おーい』って言ってた。あのとき飛んでた黄色い光、仲間のＵＦＯでしょ」

補足すると、こういうことだ。昨日――日曜の夕方五時半頃。鈴花が友だちの家から帰る途中、近所にある鹿沼神社の前でプレアさんを見かけたのだという。道端に停めた車のそばに突っ立って、日の落ちた空を見上げていたらしい。鈴花はさりげなく近づきながら、プレアさんの視線の先に目をやった。すると、黄色い光がすーっと空を横切っていく。根拠はよくわからないのだが、鈴花は「あれは絶対に飛行機じゃない」と言い張っている。しかも、その光に向かって、プレアさんが「おーい」と呼びかけていたというのだ。

突拍子もない鈴花の主張にも、プレアさんは表情を変えない。むしろ納得したように二度ほどうなずき、「なるほど」と言った。

「推論としては筋が通ってる。今あなたが言ったことは、すべて事実だし」

「すべて事実って――」謙介は驚いて確かめる。「まさか、UFOってのも?」

「そうですね」プレアさんは鈴花から目を離さない。「未確認飛行物体ではないけれど、昨日のあれは確かに宇宙船」

「やっぱり」謙介のエプロンをつかんだ鈴花の手に、力がこもる。

「そして、プレアデス星人ではないけれど、わたしは確かに宇宙人」

鈴花が息をのむのがわかった。凍りついた鈴花を見て、プレアさんが初めて頰を緩める。

「あのときわたしが見てたのは、ISS。国際宇宙ステーション」

「宇宙ステーション?」鈴花が目を丸くする。

「高度四百キロの宇宙空間をぐるぐるぐるぐる周っている。宇宙飛行士だって乗ってるわけだし、宇宙船の一種だと考えても間違いじゃない」

「そんなのが、肉眼で見えるんですか」謙介は横から訊ねた。

「もちろん、そのときの軌道によりますが。時間帯としては、明け方か夕方。黄色い光が、空をすーっと横切っていくんです」

「飛行機と見間違えそうですけど」

「少し感じが違いますから。飛行機のように赤や緑の光は見えませんし、ゴーッという音もしない。静かにすーっと行くんです。だから――」

プレアさんは鈴花に視線を向け直し、うなずきかける。

「あの光を何か特別な飛翔体(ひしょうたい)だと考えたあなたの観察は、極めて正しい」

鈴花は嬉(うれ)しそうに、握ったエプロンの裾(すそ)を左右に振った。

「でも」鈴花が照れ隠しのように言う。「こんなところから『おーい』って言っても、宇宙飛行士には聞こえないと思う」

「確かに。でもそこは理屈じゃない。あそこに宇宙で働いてる人たちがいるんだと思うと、叫ばずにいられなくなる」

「あたしも、もう一回ちゃんと見てみたい」

鈴花の言葉に、プレアさんが動いた。立ったままノートパソコンを開くと、指をすべらせて何か調べ始める。

「JAXAのホームページでISSの軌道情報が公開されてるから、それを見れば、いつここの上を通るかわかる」

JAXAなら謙介も知っている。宇宙関係の研究機関だ。ここつくばにも、筑波宇宙センターという施設がある。プレアさんはそこの関係者なのだろうか。だが、このあたりは古い土地柄だ。よそから来た研究者や技術者の大半は、市の中心部——いわゆる研究学園地区——で都会的な生活をしている。こんな辺鄙なところに用はないはずだし、店の常連客にもそういう人種はいない。

「明日もいい条件で観測できそう。天気もいいみたいだし」プレアさんはそう言うと、謙介の顔を見た。「いいですか?」

「は?」

「メモの用意とか」

「あ、ああ」慌ててエプロンのポケットを探り、メモ帳とちびた鉛筆を取り出した。〈みりん、白みそ、チンゲンサイ〉と走り書きされた一枚目をちぎって丸め、「どうぞ」と告げる。

「明日、十一月十六日。観測地、つくば。見え始めは、十七時二十四分三十秒、南南西の空。最大仰角、つまり空の一番高い位置にくる時刻は——」

淡々と読み上げられる時刻と方角を、汚い字で書き留める。それをのぞきこんでいた鈴花が「ちがうよ」と言った。

「最後は北北東じゃなくて、東北東でしょ」

「あ、そっか」

書き直して最初から復唱すると、プレアさんは満足げにパソコンを閉じた。鈴花は謙介からメモ帳を奪い取り、目を輝かせて読み直している。

「もしかして、お客さんは」謙介はプレアさんに訊いた。「宇宙センターの研究員さんか何かですか？」

「いえ」プレアさんはかぶりを振った。「研究者には違いありませんが、職場は高エネルギー加速器研究機構というところです」

「ああ、あの国道沿いの」

謙介は南の方角を指差した。ここから市の中心部に向かって数キロメートル行ったところに広い敷地があって、看板が出ている。

「俺なんかには、何をしているところか見当もつきませんけど」謙介は無理に口角を上げた。

「いろんなプロジェクトが走っていますが、わたし自身は素粒子物理学の研究をしています」

「そりゅうしって、何ですか？」すかさず鈴花が質問する。

「素粒子の〝素〟は〝もと〟という意味。粒子というのは、小さな粒のこと」

プレアさんは、鈴花の表情を確かめながら、説明を付け足していく。サービス精神とは少し違う気がした。さっきのプレアデス星団の件といい、科学的なことがらを誤解されるのが嫌なのかもしれない。

「例えば、このパソコンのボディ」プレアさんはシルバーの表面を爪の先で叩いた。

「これは、アルミニウムという元素の粒――原子というんだけど――が規則正しく並んでできている」

「アルミニウムは、磁石にくっつかない」鈴花が自慢げに口をはさむ。

「うん。で、原子をバラバラにすると、電子と陽子と中性子になる。陽子と中性子はさらにバラバラにすることができて、それをクォークという」

「くぉーく」鈴花は惚けたように繰り返す。途中からは謙介にもお手上げだった。

「クォークにはいくつか種類があるんだけど、今のところ、それ以上バラバラにすることはできないと考えられている。クォークのように、物質のもとになっているような粒子のことを、素粒子というの」

「ってことは、つまり……」鈴花が一人前に思案顔をつくる。「世界で一番小さいものを研究してるってことですか?」

「そう。と同時に――」プレアさんはわずかに眉を持ち上げた。「世界で一番大きなものを研究しているということにもなる」

「え？」鈴花が目を見開く。「世界で一番大きなものって……」

プレアさんは細いあごをつっと上げ、夜空を見上げた。

「宇宙だよ」

*

午前一時過ぎの国道は、行き交う車もまばらだった。

ゆったりと造られた四車線の道路には、信号も照明もほとんどない。左右に広がる暗闇（くらやみ）はすべて田んぼだ。前方に車のライトが見えないと、建設途中の高速道路にでも迷い込んだかのような錯覚に陥る。

少しずつ民家が増えてくるが、窓明かりは少ない。信号を越えたところから、道路の右側に背の高い生垣が始まる。高エネルギー加速器研究機構の敷地だ。

謙介はハンドルを握ったままそちらにあごをしゃくり、助手席の鈴花に言う。

「ここだよ、あの人の研究所」

「――そうなんだ」

鈴花はぼそりと言った。パジャマの上にフリースの上着を着せてきたが、少し寒いのか、両手を太腿(ふともも)とシートの間に差し込んでいる。謙介はヒーターのスイッチを入れた。

「すごく広いね」鈴花は延々と続く生垣を見つめて言った。建物が見えるわけではない。

「ここの地下に、実験に使うでっかい機械が埋まってるらしいぞ。前にニュースでやってた」

「ふうん」

低く漏らした鈴花の横顔をうかがう。窓の外に向けられていたのは、この子が夜中にだけ見せる、あの目だった。景色を見ているようで、見ていない。この世ではないどこかに向けられているような、そんな目。普段明るく過ごしているように見える鈴花の本当の表情は、これなのかもしれないと思うことがある。

きっと今夜はドライブに出ることになるだろうとは思っていた。プレアさんとあんな話をしたからだ。

始まりは鈴花が二年生になった頃のことだから、もう一年半になる。自分の部屋で布団(ふとん)に入ったあと、夜中に起き出してきて、「眠れない」と訴えるようになったのだ。

それが、週に二、三度。多いときは四日続いたこともある。少しでも変わった出来事があった日の夜は、必ずだった。特段何事もなかったように思えるときでも、謙介にはわからないきっかけが必ず本人の中にあるのだろう。

そうなった鈴花を眠らせる方法は、一つしかない。こうして軽トラに乗せ、寝静まった町を走り回るのだ。小一時間もドライブすれば、たいてい鈴花はあくびをし始める。それを確かめてから家に帰ると、素直に布団に戻り、またまぶたを閉じてくれる。試行錯誤の上あみ出した対処法だった。

もちろん、これでいいと思っているわけではない。不眠の原因を突き止め、取り除く必要があることもわかっている。ただ、具体的に何をすべきかは、決めかねていた。

望美ならどうするだろう——。無意識にそんな想像をしている自分に気づいて、自嘲する。そもそも望美が生きていたら、こんなことになっていない。

今年の五月、家庭訪問があった。父一人、娘一人の家庭だ。新しく鈴花のクラスを受け持つことになった担任は、お宅ではじっくり時間を取りますよと言わんばかりの顔で、玄関先に座り込んだ。一応伝えておいたほうがいいと思ってその話をすると、担任は哀れむように何度もうなずき、「まずはスクールカウンセラーに相談して、場合によっては病院を紹介してもらったほうがいいかもしれません」と言った。

それでも謙介は、動かなかった。夏休み前に一度、担任が電話でその後の状況を訊ねてきたときも、「もう少し様子を見てみます」と言って切ってしまった。

よくない態度だというのは承知している。それでも、カウンセラーや医者に娘の何がわかるというのか、という思いが拭えなかった。鈴花が心の病だと決めつけているような口ぶりにも、反感を覚えた。

望美が亡くなって、もうすぐ四年。親として不足のないように、娘に寂しい思いをさせないようにと、謙介なりに必死にやってきた。望美さえいてくれたら――そう思わない日はなかったが、遺影の前で弱音を吐くこともせず乗り越えてきた。その苦労を、何も知らない他人に否定されているようで、ただただ気分が悪かったのだ。

でも――。謙介はそっと息をついた。もはやそうも言っていられないかもしれない。近頃、鈴花の興味がおかしな方向に向かっているようなのだ。どこで借りてくるのか、魔法や心霊、怪奇現象の類を扱った本やマンガが机に置いてあることが増えた。プレアデス星人の一件も然りだ。

神秘的なものに魅かれ始める年頃だとしても、あまりにそちらに偏りすぎている気がする。先日、居間に置いてあるタブレットをふと見ると、「輪廻転生」と「生まれ変わり」について検索したページが開いたままになっていた。自分が店に出ている間に鈴花が一人でそんなことを調べているのかと思うと、背筋が寒くなると同時に、胸が締めつけられる。

鈴花の頭の中をこの手の妄想が占め始めているとすれば、それはある種の現実逃避なのかもしれない。鈴花にとって現実は、それほどまでに辛いということなのか。この世ではないどこかに逃げ込んでしまいたくなるほどに――。

交差点を右折し、学園西大通りに入る。ここからつくば駅方面に向かうのが、ここ数カ月のお決まりのコースだった。右手には土木研究所の敷地がひたすら続く。左には店舗や社屋もちらほら見えるが、煌々と明かりを灯しているのはコンビニぐらいのものだ。

「父ちゃん、ちょっと調べてみたんだけどな」謙介は何気ない風を装って言った。

「――何？」

「うまく眠れない人のための病院ってのが、あるみたいなんだ。この近くにもある」

精神科や心療内科に行こうってことじゃないんだ――心の中で鈴花と自分にそう言い訳した。

「ふうん」

「試しにさ、一度診てもらって――」

「行かない」鈴花にさえぎられた。「あたし、別に病気じゃないよ。元気だし」

「でも、病気の前触れだったりしたら困るだろ？　だから――」

「やだ。絶対行かない」

こういう反応をするだろうとは思っていた。小児科だろうと歯医者だろうと、鈴花は病院と名のつくところへはとにかく行きたがらない。

それも無理のないことかもしれない。母親と祖母。誰より自分を慈しんでくれた二人を、この四年の間に立て続けに見送ったのだ。消毒液の匂いが漂う、似たようなつくりの病室で。鈴花にとって病院とは、人が死ぬ場所だ。

背の高いマンションやビルが視界に入ってきた。研究学園地区の中心部にさしかかったのだ。道が片側三車線に増えるあたりから、景色はますます大きく変わっていく。新旧ごちゃ混ぜの無秩序な田舎町から、寒々しくなるほど均整のとれた無機質な街へと。

交差点を左折し、学園中央通りに入る。ホテルと立体駐車場の間を通り過ぎると、右手にバスターミナル、左には中央公園。つくば駅はちょうどこの地下だ。その先にかかる歩道橋の手前で、軽トラを路肩に寄せた。

エンジンを止めるのも待たず、鈴花はドアを開けた。ここへ来ると、鈴花は必ず外へ出て歩きたがる。

一緒に車を降り、いつものように公園側からスロープを通って歩道橋のたもとへ上がった。六車線をまたぐ長い歩道橋は、横幅も十メートルほどある。この近辺が開発されたときにできたものだから、デザインも現代的だ。路面はタイル張りで、アルミ製の柵とともに、緩やかなアーチを描いている。

他に人影はない。橋の向こうにはショッピングセンターやホテルが建ち並び、わずかに残った明かりが建物の輪郭を浮かび上がらせている。つくば随一の繁華街とはいえ、この時間はさすがに静まり返っている。聞こえてくるのは、たまに下の道路を通りかかる車の音ぐらいだ。

数メートル先を歩いていた鈴花が、橋の真ん中で立ち止まった。柵に近づくと、一番上の部分をつかんでつま先立ちになる。鈴花はここから深夜の街を眺めるのが好きなのだ。

謙介もそのとなりへ行き、ひじ先を柵の上にのせて寄りかかった。

真下には、滑走路のように真っすぐ伸びる道路。その両側に等間隔に並ぶ黄色い照明は、さしずめ誘導灯だ。左に目をやれば、同じ形のマンション群。右に視線を転じると、オフィスビルがいくつもそびえ立つ。

いつ見ても、どこか現実離れした光景だ。街全体をよその場所で造って、田んぼの中にぽんと置いたかのような。しばらくこうしているだけで、夢でも見ているような感覚に陥る。

ビルの屋上に灯る赤いライトを見つめながら、「まるでさ」と謙介は言った。

「俺たちが、エイリアンみたいだな」

鈴花が首を回し、こちらを見上げてくる。

「なんで?」

「こうしてると、よその星に来たみたいな気分にならないか?」

「なんないよ」鈴花は冷たく言った。

「想像してみろよ。俺たちは、イナカ星人だ。イナカ星からオンボロ宇宙船ケイトラ号に乗って、ここツクバ星までやってきた」

「何それ」

「人目につかないよう、夜中にこっそり着陸して、宇宙船のドアを開ける。そして、初めてツクバ星の首都の景色を目の当たりにする。そのときのイナカ星人と同じような気分を、父ちゃんは今味わっている」

「わけわかんない」鈴花がやっと口もとを緩める。「別に初めて見る景色じゃないじゃん」

「——そっか。そうだな」

謙介は微笑み返しながら、自分の言ったことを噛みしめていた。

謙介と鈴花は、たった二人でこの星にやってきた、エイリアンだ。

そんな風に思うと、不思議なほどしっくりきた。ずっと抱えてきた言いようのない寂しさが、自分たち父娘が寄り添っている足もとの心許なさが、うまく説明できる気がした。

謙介の生まれは山梨で、石和温泉の温泉街で育った。物心つく前に両親は離婚していて、母親が旅館の仲居をしながら一人息子の謙介を育ててくれた。高校を出て上京し、調理師の専門学校に入った。夜間の学校で、昼間は学校が斡旋するレストランでアルバイトをし、学費と生活費を稼いだ。調理師免許を取ると、日本橋の料亭に職を得た。黙々と七年勤めて煮方を任されるようになり、そろそろ石和に帰って旅館の板場に仕事を探そうかと考えていた矢先、母親が急死した。くも膜下出血だった。

天涯孤独になった謙介を気づかってくれたのだろう。板長が、ある女性を紹介したいと言ってきた。見合いとまでは思わなくていいからと、銀座のレストランで半ば強引に引き合わされたのが、望美だった。板長の古い友人の一人娘で、謙介と同い年。その父親はすでに他界していたが、生前はつくばで小さな寿司屋を営んでいたという。

初対面のときは、もじもじするばかりで何を考えているのかわからない女だと思った。美人だともかわいいとも思わなかったが、微笑むとできるえくぼがやけに目を引いた。向こうは向こうで、謙介のことを、つまらないのか緊張しているのかわからない顔の男だと思っていたらしい。デートを二回ほど重ね、それが謙介の普段の表情だということがわかると、望美は別人のようにしゃべりまくるようになった。付き合い始めてひと月も経たないうちに、泊りがけで箱根に行こうと誘ってきたのは、実は望美のほうだ。

こちらが気を使って話題を探さなくても、望美は一人でしゃべり、一人で笑う。細かなところに気がつくタイプではないが、その分、こちらのアラを探して文句を言うようなこともない。大恋愛だったと言うつもりはない。ただ、望美となら、この先何十年と一緒に暮らしていけると思った。

一年後、身内だけでささやかな神前式の結婚式を挙げた。二人が三十歳のときだ。当初は式をやるつもりなどなかったのだが、板長がそれを許さなかった。亡き友人の代わりとばかりに自ら知り合いの神社に頼み込み、店を貸し切りにして祝いの膳まで用意してくれた。

西葛西のアパートで暮らし始め、二年後には鈴花が生まれた。何の不満も不安もなかった。いつか、夫婦で小さな料理屋を開く。そんな夢だけを二人で見ていた。

望美の乳がんが発覚したのは、鈴花が三歳になってすぐのことだ。すでにリンパ節と骨に転移があり、手術はできないと言われた。それを聞いて絶望した謙介のかたわらで、望美は明るさを失わなかった。いや、失ってはいけないと思っていただけで、本当は必死で絶望と闘っていたのだろう。鈴花がいたからだ。

治療を始めるにあたり、夫婦で話し合った末、望美のつくばの実家に頼ることにした。望美の看病と鈴花の世話をするのに、義母の手助けがどうしても必要だった。義母が一人で暮らす家は古い一戸建てで、一階の半分は閉店した寿司屋の店舗のままだったが、部屋数は十分ある。謙介は板長に事情を話して店を辞め、家族三人でここに引っ越してきた。

望美は大学病院で薬物療法を開始し、謙介は仕出し弁当屋の厨房で働き始めた。給料は安かったが、勤務時間も短かったからだ。義母は懸命に娘と孫のために尽くしてくれた。幼い鈴花もいろんな我慢を覚えてくれた。皆がそれぞれに頑張ったが、事態が好転することはなかった。

光の見えない闘病が二年続き、望美の体力と気力が日に見えて衰え始めた。謙介はそこで、ある決心をした。放置されていた一階の店舗を使って、定食屋を始めることにしたのだ。夫婦で店を持つというのは、望美の夢でもあった。これをその一歩にしようと言ってやれば、奇跡が起きるかもしれないと思った。

半年近くかけて自力で店内を改装し、中古の調理道具や食器を買い揃えた。義父が営んでいた「さかえ寿司」の名前を勝手に頂戴して、屋号も「さかえ食堂」に決めた。

病室で屋号のことを伝えたとき、望美は「何そのさえない名前」と久しぶりに声を立てて笑い、こう続けた。「暖簾で油断させて、料理でびっくりさせるようなお店にしようね。わたし、この人日本橋の料亭で修業したんですよって、お客さんに自慢したいの」——。謙介が採算度外視の日替わり定食にこだわり続けているのは、望美のこの言葉が胸にあるからだ。

だが、「さかえ食堂」の厨房に立つ謙介の姿を見ることなく、望美は亡くなった。開店予定日のちょうど一カ月前のことだった。

五歳だった鈴花がどんな風に母親の死を受け入れたのか、正直謙介には想像がつかない。受け入れないまま今に至っている可能性もある。望美が死んで半年もすると、鈴花は母親の話を一切しなくなった。

謙介自身は、悲嘆に暮れてばかりはいられなかった。鈴花の世話は絶え間なく続くし、三カ月遅れで開店した定食屋も軌道に乗せなければならない。だが今思えば、当時は必要以上に多くを自分に課していた気もする。思い悩む暇をつくらないことで、自分の心を守ろうとしていたのかもしれない。

忙しく振る舞う謙介とは対照的に、義母は一気に老け込んだ。鈴花には変わらず優しく接してくれていたが、自室にこもりがちになり、持病の糖尿病を悪化させた。娘を失ったストレスと糖尿病が抵抗力を奪っていたのだろう。望美が死んだ二年後の冬、風邪をこじらせて肺炎を起こし、そのままあっけなく亡くなってしまった。

そうして謙介は、親戚も友人もいないこの街で、鈴花と二人きりになった——。

「そろそろ行くか」鈴花の上着のファスナーを、あごの下まで上げてやる。

「——うん」

うなずいた鈴花に、謙介は左手を差し出した。鈴花は素直にその手を取った。手をつなぐのは久しぶりだ。

黙ったまま、歩道橋をゆっくり引き返す。左手が包んでいる温もりは、以前とわずかに感触が違っていた。鈴花の手は、確かに大きくなっている。信じられないほど小さかった鈴花の手が、いつの間にかこんなに。

ふと、望美と最後に交わした言葉を思い出す。十二月九日の夜、病室で二人きりだったときのことだ。

眠っているように見えた望美が、うわ言のように「ねえ」と言った。抗がん剤でむくんだ顔を天井に向け、目を閉じたまま唇だけ動かした。

「──鈴花、泣いてるんじゃない？」

「鈴花は来てないよ」謙介は言った。

「──おっぱいかな……オムツかな……」

鈴花が赤ん坊だった頃のことを夢に見ているのか、あるいは、鎮静剤のせいで幻聴が聞こえているのか。

「わかった、見てみるよ」と謙介は話を合わせた。「鈴花は俺が抱っこしてるから、大丈夫だ」

それを聞くと、望美は安心したようにうなずき、また眠りに落ちた。そしてそのまま昏睡状態に陥り、二日後、静かに息を引き取った──。

おい、望美。鈴花はこんなに大きくなったぞ。ほら、見ろ──。

握った手を思わず持ち上げようとしたとき、鈴花が声を上げた。

「ほら、見て」

目の前の路面に映る自分たちの影を指差す。歩道橋の柵に取り付けられた照明がつくる影だ。大小二つの黒い人がたが、手をつなぎ合わせている。

「ね、エイリアンみたいじゃない？」

「ほんとだ」

光線の加減だろう、二つの影は、どちらも異様に頭が大きい。

「ワレワレハ、宇宙人ダ」声色をつくりながら謙介が頭を小刻みに左右に揺らすと、影の大きな頭もカクカク動いた。鈴花がケタケタと笑う。

エイリアンの父娘は、手を取り合ったまま、また歩き出した。

＊

「パソコンは、くぉーくでできている」

テーブルの隅にやられたノートパソコンを見やり、鈴花は念を押すように言った。

「正確には、クォークとレプトン」サバの味噌煮を箸で割きながら、プレアさんが答える。「レプトンというのも素粒子で、電子はその仲間」

「れぷとん」鈴花は神妙な顔つきで繰り返し、さらに問いかける。「じゃあ、生き物は何でできてるんですか？」

「同じだよ。クォークとレプトン。この素敵に美味(おい)しいサバも——」プレアさんは白い身を一切れつまみ上げた。「マグロも豚も、わたしもあなたも。生き物だけじゃない。このテーブルも椅子も、コップもお水も。この世界に存在する物質は、全部がぜーんぶ、クォークとレプトンでできている」

「全部が全部……」鈴花は狐につままれたような表情で、他に客のいない店内を見渡した。

厨房で聞いていた謙介は、思わず頬を緩めた。クォークだの素粒子だのという単語がこのくたびれた食堂にはあまりに不似合いで、つい可笑しくなったのだ。

それにしても――食材を冷蔵庫にしまいながら思う。科学者というのは、何とも味気ない連中だ。サバもマグロも豚も、突きつめれば同じものでできている――科学的にはそうかもしれないが、メシ屋でそれを言われたら立つ瀬がない。料理人としては、それぞれの食材の個性を目一杯引き出そうと努力しているのだ。

そこでふと思った。もしかして、あの人がローテーションで同じ定食を頼み続けるのは、何を食べようがそのもとは同じだと考えているからだろうか。

謙介は厨房の仕切りから首をのばした。

「おい鈴花。質問ならあとにしろ。お食事の邪魔だ」

「わたしなら別に構いませんよ」

プレアさんが言うと、鈴花が勝ち誇ったようにあごをつんと上げる。謙介は、すみません、とプレアさんに頭を下げた。

今日の夕方、宇宙ステーションは確かによく見えた。謙介も仕込みを中断し、鈴花と並んでそれが現れるのを待った。当たり前だが、その黄色い光はプレアさんが教えてくれたとおりの時刻に南の空に現れると、数分かけて空を横切り、東の空に消えていった。鈴花は、これまたプレアさんの言葉どおり、「おーい！ おーい！」とぴょんぴょん飛び跳ねながら、飛び去る光に両手を振っていた。

プレアさんがいつもどおりに来店すると、待ち構えていた鈴花は興奮気味にそれを彼女に報告した。そして、そのままプレアさんのテーブルに居座って、あれこれ質問を続けているというわけだ。

箸を動かし続けるプレアさんをじっと見つめ、鈴花が訊く。

「おいしい？」

「おいしい。とても」

「なんでいつも同じのしか食べないの？ 月曜はこれ、火曜はこれって」

「ああ……」プレアさんが鼻の付け根にしわを寄せた。「そういう風に決めておかないと、選べなくて困るから。ここへ来るときは、まだ研究モードから切り替わってなくて、他のことが考えられない」

「飽きない？」

「ここのは全然飽きない。どれを食べてもおいしい。でもそろそろ三カ月経つし、新しいローテーションを組むつもり」

「うちの店のことは、誰かに聞いたの？」

プレアさんは口の中のものを飲み込み、かぶりを振った。「自力で探し当てた。新しい土地へ来たらまず、間違いのないごはん屋さんを探す。今回は手こずって、ここにたどり着くまで何カ月もかかっちゃったけど。わたしみたいな流れ者には、超重要なこと」

「流れ者って何？」

「いろんな土地を渡り歩いて生きている人のことだよ」

ということは――謙介は思った。この人は、研究所の正規の職員ではないのだろうか。あまりに無縁な世界のことなので、それが普通のことかどうかさえわからない。

「すると」謙介は厨房から言った。「こちらへは最近いらしたんですね」

「ええ、今年の春に」

「それまでは、どちらに――」

「小さいものを見るのは顕微鏡」鈴花が強引に割って入ってきた。「素粒子も顕微鏡で見るんですか？」

プレアさんはシャツの胸ポケットに指を入れ、銀色に光る小さなルーペを取り出した。首にかけた黒いひもにつながっている。サバの身のかけらを箸袋の上にのせると、レンズを引き出してのぞき込む。

「うーん、筋繊維の束しか見えない」

そう言ってルーペを鈴花に手渡した。鈴花は見よう見まねでレンズをのぞく。

「残念ながら、高性能の電子顕微鏡を使っても、素粒子は見ることができない。そもそも、素粒子に大きさや形があるのかどうかすら、よくわかっていないしね。でも、素粒子の存在やふるまい方は、特別な装置を使って観測することができる。それが、加速器」

「かそくき。研究所の名前に入ってる」鈴花はそこで、何か思い出したようにプレアさんの目をのぞき込む。「名前は？」

「名前って、加速器の？」

「ううん。あたしは、田辺鈴花です」

「ああ、わたしの名前。本庄聡子」

「ほんじょう、さとこ」はっきり声に出して繰り返した。

「加速器の話は、もういいの？」

「まだ」鈴花がかぶりを振る。「その機械が、研究所の地下に埋まってるの？」

「ああ、それは知ってるんだね」

「昨日の夜、あそこの横を通ったとき、お父さんに聞いたから」

「昨日の夜？」プレアさんが聞き咎めた。「わたしが帰ってからのこと？」

表情が曇っている。子どもが出歩くには遅い時間だと思ったらしい。

「そうなんすよ」謙介は口をはさんだ。声が上ずる。「車で、ちょっと通りかかって」

「――そうでしたか」

納得した様子ではなかったが、プレアさんは鈴花に視線を戻した。

「そう。あそこの地下に、加速器がある。粒子を加速するリングは、直径一キロ、一周三キロ。たぶん、あなたの小学校が百個ぐらい入るよ」

「百個⁉　ものすごく小さいものを調べるのに、そんな大きい機械が……」

「調べたいものが小さくなればなるほど、装置は大がかりになるし、実験も大変になる。このルーペで素粒子まで見えたら、最高に楽しいのに」

プレアさんは鈴花からルーペを受け取り、右目に当てた。

「あ、右巻きニュートリノだ。K中間子とミュー粒子も飛び出てきたぞ」おどけた表情は一切見せず、大真面目に言う。「おお、CP対称性の破れまでわかる……。ん？この見たことない粒子はもしかして、ヒッグス粒子？」

「それ、いつもは何に使ってるんですか？　素粒子なんて見えないのに」鈴花が訊いた。

プレアさんは手のひらにルーペをのせる。「わたし、子どもの頃から、小っちゃいものオタクでね」

「小っちゃいものって？」

「ミニチュアの人形とか家具はもちろんだけど、ちりめんじゃこの中に混じってる、小っちゃいタコとかカニをコレクションしてたり」

「あ、入ってるの見たことある」

「そんなわたしを見て、父がこのルーペを買ってきてくれたの。小学校一年のとき。そしたらもう、ハマったハマった。どこにでも持ち歩いて、花でも虫でも石ころでも、目につくものは片っ端から観察しないと気が済まない。学校からの帰り道でもそうだから、なかなか家にたどり着かない。両親に捜索願を出されそうになったこともある」

　プレアさんは味噌汁を飲み干し、続ける。

「十歳の誕生日には、安い顕微鏡を買ってもらった。それから数年間は、どっぷり微生物オタク時代。ミジンコとかゾウリムシとかボルボックスとか。でも、高校生になるとそれでは飽き足らなくなった。もっと小っちゃいものをー、小っちゃいものを見せてくれーって」プレアさんはのどをかきむしってみせた。「一日も早く大学に、最先端の電子顕微鏡があるような大学に入って、分子や原子の世界をこの目で見てみたいって、ウズウズしてた。ところが、忘れもしない高校二年の夏休み。ビッグバンが起きた」

　鈴花は口を半開きにして固まっている。

「わたしは高校で科学部に入っていてね。その活動で、今わたしが勤めている研究所を見学しに来たの。当時は高エネルギー物理学研究所っていったんだけど。で、そのとき初めて巨大な加速器の実物を見て、初めてプロの研究者の話を聞いた。そして、素粒子物理学が何を目指しているか知って、ものすごい衝撃を受けた。目からウロコどころか、脳みそがビッグバン」

「素粒子の話を聞いて、なんで脳みそが爆発するの？」

「素粒子がわかると、宇宙がわかる。ってことを知ったから。宇宙誕生直後は、素粒子だけの世界だった。だから、素粒子のことがわかれば、今の宇宙がなぜこうなっているのかがわかる。加速器というのは、その中で宇宙を創り出しているようなもの。世界で一番小さなものに目を凝らすと、そこには世界で一番大きなものが見える。そんな話を聞いて――」

プレアさんが顔を突き出し、両目を思い切り開いた。

「目の前が、ぶわっと広がった」

その迫力に、鈴花は気圧されている。プレアさんはもとの澄まし顔に戻り、ルーペのひもを首にかけた。

「今わたしが素粒子の研究をできているのは、このルーペのおかげ。だから、ずっと身につけてる。これさえあれば、わたしは、どこにいても大丈夫」

「どこにいても？」

「そう。ジャングルでも砂漠でも、工場のラインでもネオン街でも。このルーペをのぞけば、そこにわたしの本当の居場所が見える。これをもらった頃のわたしに戻れる。わたしがわたしでい続ける勇気をくれる」

意味もわからず「ふうん」ともらす鈴花を横目に、謙介は内心驚いていた。プレアさんには、工場やネオン街で働いたような経験が、実際にあるのだろうか。

プレアさんがお新香の残りを口に放り込んだ。箸を置き、両手を合わせる。

「ごちそうさまでした」

「食べ終わったあと、いつもパソコンで何書いてるの？」

「食事中にふと研究のアイデアがわいてくることがあって、食後にそれをメモしてる」

「おうちでごはん作らなくていいの？」

「おい、鈴花」慌てて厨房から止めた。

「作らなくていいんだよ」プレアさんは平然と応じる。「一人暮らしだし」

「子ども、いないの？」

「いない。今はダンナもいない」

「子ども、嫌いなの？　欲しくなかったの？」

「鈴花、いい加減にしろ。もうこっちに来い」

声に怒気を含ませたが、鈴花は謙介を見もしない。プレアさんもこちらに構うことなく、腕組みをして「うーん」とうなる。

「子どもは嫌いじゃない。欲しくなかったわけでもないけど、その時どきで自分にとって一番大事なものを選んでいたら、こうなってしまった。わたしが以前結婚していた人は子どもを欲しがったんだけど、当時わたしはすごく研究がうまくいっていて、ブランクを空けたくなかった。根なし草みたいな生活が、子どもにとっていいとも思えなかったし。そんな感じ」

「ふうん」

「今でもたまーに、子どもがいる生活ってどんなだろうって想像することはある。だけど、それは」プレアさんが細い肩をすくめる。「ないものねだりだよ」

「――ないものねだり」鈴花はつぶやくように繰り返した。

「そう。わたし、ないものねだりはしたくないの。わたしは今、自分が本当にやりたいことをやらせてもらっているんだから、それで十分」


閉店時刻を過ぎていたので、プレアさんに続いて店の外へ出る。鈴花はもう自分の部屋に帰した。暖簾をしまう前に、頭を下げる。

「ほんとに申しわけありません。あいつ、ずけずけと」

「子どもを持たない選択をする女性がいるということが、まだ信じられないのかもしれませんね」プレアさんはそこでわずかに目を細める。「きっと、彼女にそう思わせるような、素敵なお母さんなんでしょう」

「まあ……というか……」一瞬ためらってから、思い切って告げる。「あいつの母親、亡くなってまして」

プレアさんの眉がぴくりと動いた。「――そうでしたか」

「ええ、四年前に病気で」

こんなことを伝えても意味はない。それはわかっていた。ただ、子どももおらず、素粒子や宇宙にしか目が向いていないこの人になら、話してもいいと思った。

「母親がいないせいか、あいつ、そういう話に敏感で。つい自分の境遇と重ねるっていうか、比べるっていうか」

プレアさんは無言で見つめてくる。謙介は、胸を満たす不安があふれ出るに任せるように、早口で続けた。

「あいつも大きくなってきて、父親だけじゃ足りないところがいろいろあるんでしょうけど。前言ったみたいに、何だか最近、宇宙人とか魔術とか生まれ変わりとか、そんなことにばっか興味を持つようになっちゃって。娘がおかしくなりかけてるなんて思いたくはありませんけど、不眠も治らないし」

「不眠?」

「昨日の夜もそうで、寝かせるためにドライブに」

「そういうことでしたか」

目を伏せて黙り込んだプレアさんを見て、我に返った。

「いや、すみません。お客さんにこんな余計な話」

「わたし――」プレアさんがあごに手をやる。「ひどいことを言ってしまいましたね」

「え?」

「ないものねだり、なんて」

＊

畑にのしかかる闇を抜けると、右前方に研究所の敷地が見えてきた。

黄色の点滅信号を過ぎたところで、助手席の様子をうかがう。鈴花はいつものように、窓の外の生垣に虚(うつ)ろな目を向けている。

研究所の入り口に立つ信号を越え、すぐ左に入る。農協の施設の駐車場だ。謙介は一瞬口を開きかけたが、結局何も言わずに軽トラのエンジンを切った。鈴花も黙って車を降りる。

駐車場を出て横断歩道を渡ると、入り口は目の前だ。門はなく、広い道路が敷地の奥に向かって真っすぐのびている。外灯が照らすのは、遮断機の黄色いバーと無人の詰所だけ。左右に見えるのは木々の影ばかりで、物音一つしない。まるで深夜の公園のようだ。

角の植え込みに石造りの立派な表札が据えられていて、〈高エネルギー加速器研究機構〉と金文字が光っている。鈴花はそのわきに立ち、敷地の中をじっと見つめた。

遠くの建物に窓明かりは見えるが、辺りを歩く人の姿はない。夜中一時の研究所でどんな活動がおこなわれているのか、謙介には見当もつかない。

三分ほど待って、鈴花の小さな背中に言った。

「もうやめよう、こんなこと。ただここでつっ立ってたって、しょうがないだろ。きっと、仕事が忙しいんだよ」

「こんなに長い間、ずっと忙しいの？」鈴花が首を回し、にらみつけてくる。「そんなわけないじゃん」

確かに、もう二週間になる。どういうわけか、あの日以来、プレアさんが一度も店に姿を見せないのだ。こんなことはもちろん初めてだ。

そのせいもあるのだろう。眠れない、と鈴花が訴える夜が増えた。そして、ドライブに出るたびにこうして研究所の前で降り、何を待つでもなく、中の様子を眺めて十五分、二十分と過ごすようになった。

「……やっぱり、あたしのせいなのかな」

「お前のせい？」

「だって、この前あたし、訊いちゃいけないこといっぱい訊いたんでしょ。お父さんがそう言ったんじゃん」

「言ったけど」謙介は息をついた。「んなことで来なくなるわけないだろ」

それより――あの日の別れ際、プレアさんが気にしていたことのほうが引っかかっていた。「ないものねだり」という言葉は、確かに鈴花の胸に残ったらしい。思い浮かべたのはもちろん母親のことだろう。その夜のドライブ中、「ないものねだりって、どういう意味？」と鈴花に訊かれた。謙介は、「手に入らないものを欲しがること、だろ」とだけ答えた。鈴花もそれ以上は訊かなかった。

乾いた北風が国道を吹き抜けていく。謙介は体をぶるっと震わせ、初めて気づいた。鈴花はパジャマの上にカーディガンしか羽織っていない。

「お前、ジャンパーは？　車に置いてきたのか？」謙介と色違いで買ったダウンジャケットを持たせたはずだった。「しばらくここにいたいのなら、着なきゃだめだ。取りに戻るぞ」

しぶる鈴花の腕をつかみ、赤が点滅する横断歩道を急ぎ足で渡る。農協の駐車場に入ったところで、鈴花が足を止めた。飲み物の自動販売機を見上げている。

「何か温かいものでも買うか」ポケットの小銭を鈴花に握らせた。「父ちゃんの分も頼む。コーヒー、微糖のやつな」

謙介は鈴花をそこに残し、軽トラへと向かう。国道をこちらに走ってきた一台の乗用車が、信号に近づいて速度を緩めた。そのまま研究所の敷地へ入っていく気配を、背中で感じる。

軽トラの座席から鈴花のダウンジャケットを取り、自動販売機のほうに目をやって、はっとした。鈴花の姿がない。

慌てて駐車場を飛び出し、「鈴花！　鈴花！」と声を張り上げながら周囲を見渡す。歩道には人影がない。ということは、研究所に入っていったのか。

ためらうことなく敷地に足を踏み入れた。鈴花の名を呼びながら奥へと進む。遮断機の左手に建物が見えた。駆け寄ると、ガラス窓の下に受付台があり、英語で〈インフォメーション〉と書かれている。中の明かりは消えていた。「すいませーん！」と大声で呼びかけるが、応答はない。

そこを離れ、道をはさんで反対側にある駐車場に入った。車が二台停まっているだけ。その奥に平屋の建物があったので、近づいてみる。ガラス扉の向こうの廊下は真っ暗で、当然ながらドアも固く閉ざされていた。

しばらくの間、暗い敷地内を闇雲に探し回った。鈴花どころか、誰とも行き合わない。そのうち自分がどこにいるのかもわからなくなってきた。

もう警察に――ということが頭をよぎったとき、通りの先に小さな光が見えた。懐中電灯を手にした守衛だ。そのすぐうしろから小さな影が飛び出し、こっちに走ってくる。半べそをかいた鈴花だった。

インフォメーションの奥の守衛室。パイプ椅子に浅く腰掛け、渡された紙に氏名と住所を書く。となりに座る鈴花は、半分ふてくされたような顔で床を見つめている。白髪の守衛は机に向かい、名簿をめくっていた。謙介と鈴花の言っていることが本当か、一応確かめておこうとしているらしい。こんな夜中の迷子騒ぎなのだから、無理もない。

鈴花が話したところによれば、こうだ。自動販売機のところで二人が離れた直後、研究所に入っていった乗用車に、プレアさんに似た雰囲気の女性が乗っていた。鈴花はその女性をプレアさんだと思い込み、車のあとを走って追いかけた。何度か角を曲がったところで車を見失い、暗闇の中で迷子になった。涙声で「お父さん！」と叫んだところを、運よく近くを巡回していた守衛に見つけてもらったらしい。

最後に電話番号を書いてボールペンを置き、鈴花の横顔に向かってため息をついた。まだ何も言っていないのに、鈴花は「だって」と口をとがらせる。

「似てたんだもん。髪型とか」

「顔は見てないんだろ？　その車、青色だったのか？」

「たぶん、白っぽかったけど」

「じゃあ違うじゃないか、あの人の車と」

守衛が「うーん」と声をもらし、振り向いた。

「本庄って名前の職員は、いないみたいだけどねえ」

「え、ほんとですか？」鈴花と顔を見合わせる。「でも、確かにここの——」

「その人、正規の職員？」

「そういえば……違うかもしれません」

「だったら、こっちか」守衛は今度はパソコンに向かい、ファイルを操作しながら言う。「非正規の人は、出たり入ったりが多くてね。その人、若い研究員さんでしょ？」

「いや、そこまで若くは……」

「あ、そう」守衛が白髪頭を掻いた。「うーん。こっちにもデータないよ。もう辞めちゃったんじゃない？」

「いえ、そんなことは——」何も聞いていない。

「まあ、事務のほうも手が足りないみたいでね。短期間だけの研究員の場合だと、私らのところまでデータが回ってこないうちにいなくなるなんてことも、よくあってさ」

「そうなんですか」

「所属はわかる？　研究室の名前とか。それさえわかれば、明日にでも電話一本入れて、確認するんだけど」

「すみません」謙介はかぶりを振った。「そういうことは、何も」

＊

結局、翌週になっても、その次の週になっても、プレアさんが店にやってくることはなかった。もちろん、消息もわからないままだ。

ずっと来ていた客が突然姿を見せなくなるのは、珍しいことではない。人生には思いがけないことが起きる。事情は不意をついて変わる。日常だと勝手に思い込んでいる日々は、驚くほど簡単に途切れるものだ。自分の半生がそうだったように。

謙介はそう自らを納得させることができたが、鈴花は違った。

夜八時半には店に出てきてプレアさんを待ち、九時を過ぎると黙って部屋に戻っていく。それを毎晩繰り返した。

年が明ける頃には、二人ともプレアさんの名を口にすることはなくなった。ただ、閉店時間までカウンターの端で宿題をするのは、鈴花の日課になった。

深夜のドライブには、相変わらず出かけている。研究所の前で降りることはもうないが、つくば駅前のあの歩道橋へは今も必ず立ち寄る。

そこからつくばの街を眺めていると、謙介もふとプレアさんのことを思い出すことがある。そして、こんな風に思うのだ。

あの人は、本当に実在したのだろうか。もしかしたら本物のエイリアンで、もう自分の星に帰っていったんじゃないか——と。

*

〈サワラのムニエル（和風レモン風味）、菜の花とホタルイカの酢味噌あえ、筍ごはん、新玉ねぎとじゃがいもの味噌汁、納豆〉

布巾を手にカウンターの黒板に向かうと、漢字ドリルをやっていた鈴花が顔を上げた。

「なんで消すの？　まだ日替わりあるでしょ？」

「あるんだけど、納豆切らしちゃってさ。俺としたことが」

謙介は〈納豆〉の二文字だけを消し、〈お新香〉に書き換えた。ついでに鈴花のドリルをのぞいてみる。鉛筆でなぞっていたのは「議」という漢字だった。

「四年生ともなると、難しい字を習うんだな」

「知ってる漢字ばっかだよ」鈴花は涼しい顔で言う。

最近、鈴花はますますよく本を読むようになった。週末のたびに本屋へ連れていき、一冊ずつ買い与えているのだ。魔法や心霊の本ばかり読まないようにという、謙介なりの対策だ。今は推理小説に凝っているようで、児童向けのシリーズものを夢中になって読んでいる。

不眠のほうは、良くも悪くもなっていない。どうにかなだめすかし、一度だけ病院に連れていくことはできた。だが、睡眠表に記録をつけ、提出したところで治療は止まっている。内面的なことを医者にしつこく訊かれたことが、よほど嫌だったのだろう。もう二度と行かない、と鈴花が頑なに拒絶するのだ。

来月にはまた家庭訪問がある。担任は変わっていないので、きっとこの話になるだろう。それを思うたびに、気が重くなる。

テーブル席でスポーツ新聞を広げていた最後の客が、支払いを済ませて出て行った。膳を下げ、テーブルを拭きながらふと壁の時計に目をやる。八時四十五分――。

そのときだった。引き戸のすりガラスから、ヘッドライトの光が差し込んできた。息をのんだ鈴花と顔を見合わせる。

「いいか、鈴花」謙介は早口で言った。「もしそうだとしても、根ほり葉ほり訊くんじゃないぞ。責めるようなことを言うのもダメだ。あの人はあくまでお客さんだからな」

一分もしないうちに戸が開いた。プレアさんが、まるで昨日も来たような顔で入ってくる。

「らっしゃい」謙介も普段と同じ調子で言った。「お久しぶりですね」

「お久しぶりです」

プレアさんは、カウンターで固まった鈴花にもうなずきかけ、いつもの席についた。

髪型も服装もノートパソコンも、以前と変わらない。唯一違ったのは、カウンターの黒板に目を留めたということだ。

「日替わり定食、お願いします」

「——日替わり」

初めての注文を受けて厨房に戻ると、鈴花が何か言いたげな顔で見つめてきた。謙介は黙ってうなずき返し、調理を始める。

謙介はサワラをフライパンにのせ、プレアさんは当たり前のようにノートパソコンを開く。鈴花だけが落ち着かない様子でプレアさんのほうをちらちらうかがっている。

不思議な静けさと緊張感に包まれた十数分間が過ぎ、定食の準備ができた。五品をお盆にのせ、プレアさんのもとへ運ぶ。

プレアさんは「いただきます」と両手を合わせ、箸を割る。まず味噌汁の椀に口をつけたとき、鈴花がついに堪えきれなくなった。椅子をくるりと回し、体ごとプレアさんに向ける。

「なんで?」鋭く言った。

おい、と声を発する前に、鈴花は続ける。

「なんで今日は日替わりにしたの?」

そっちか——謙介は息をついた。その質問なら、まあいいだろう。

「ああ……」プレアさんは椀を置いた。「今日は、お新香だったから」

「お新香？　お新香が好きなの？」

「日替わり定食って、いつも納豆がついてるでしょ。わたし、納豆が食べられない」

「え！　だからずっと頼まなかったの？」鈴花が謙介に顔を向ける。「聞いた？」

「今日はたまたま納豆切らしてたんですが」謙介はプレアさんに微笑みかけた。「おっしゃっていただければ、お新香に変えるのは全然問題ないんで」

「もう、初めからそう言えばいいのに」鈴花は大人びた調子でプレアさんに言った。

「ローテーションなんかにしないで、毎日日替わり頼めたじゃん」

「茨城の人に納豆が嫌いだなんて言うの、悪いかなと思って」

「お父さん、茨城の人じゃないよ」

「そうなの？」

「そう。イナカ星から来たイナカ星人」

「イナカ星人？」

「うん」鈴花が何か思いついたらしく、椅子から飛び降りた。「明日も来る？」

「明日は来られない。明後日も、明々後日も」

「そっか」鈴花は小さくそれを受け止め、プレアさんに一歩近づく。「だったら、一緒に行ってほしいところがあるんだけど。ごはん食べたあと」

「いいよ」プレアさんは鈴花の目を見てうなずいた。「わたしも、あなたにずっと言いたかったことが一つあって、この店に来たの」


歩道橋の上から眺める夜十時の街は、まるで眠りにつく支度をしているかのように、緩慢にうごめいていた。

ホテルの窓はまだ大半が明るく、バスターミナルには最終便を待つ乗客の姿が見えた。下をくぐってゆく車は途切れることがなく、路肩には休憩中のタクシーが停まっている。

鈴花を真ん中にはさんで、プレアさんと謙介。目の前の景色がいつもと違って見えるのは、今夜は父娘にもう一人加わっているということもあるのだろう。

「へえ、これがツクバ星の眺めか」歩道橋の柵に手をかけて、プレアさんが言った。

「ここ、来たことなかったの？」となりで鈴花が確かめる。

「うん。歩道橋があることは知ってたけど」

犬を連れた男がうしろを通り過ぎ、公園の中に消えていく。カップルがショッピングセンターのほうへと歩き去ると、歩道橋の上は謙介たちだけになった。

「研究所、やめちゃったの？」鈴花が唐突に訊いた。

「やめたというか、契約が切れた」プレアさんは淡々と答える。「わたし、任期付きの研究員だったから。一年ごとに契約を更新して、二年か三年はいられるって話だったんだけど、予算がけずられちゃってね。更新ができなくなった。まあ、よくあること」

すべてを理解したとは思えないが、鈴花は黙って聞いている。

「それを知らされたのが、去年の十一月、さかえ食堂であなたといろんな話をした、その次の日。上司と今後のことを相談して、すぐ岐阜に行ったの」

「何しに？」鈴花が言った。

「神岡にあるスーパーカミオカンデという施設で、つくばの研究所と共同でやっている実験を手伝ってた。ニュートリノという素粒子の実験」

「にゅーとりの」

「実験を手伝いながら勉強して、顔も売っておけば、この四月から神岡で任期付きのポストに就ける可能性があると聞いてたんだけど——」プレアさんは肩をすくめた。

「その話も、人件費不足でさらっと流れてしまった。これまた、よくあること」

「じゃあ、今は……」謙介がおずおずと口をはさむ。

「無職です」プレアさんはあっさりと言った。「今日は、ずっと借りっぱなしだったこっちのアパートを引き払いに戻ってきたんです。引き払うといっても、荷物は車のトランクに積めるぐらいしかありませんけど」

　謙介は、殺風景なその部屋を想像した。うすいマットレスと掛け布団しかない、寝るためだけの部屋。テレビもテーブルもなく、物理学の本と論文の束が床に積み上げられている。服や生活用品は、大きなトランク一つに入る分だけ。

　これが当たっているかどうかはわからない。ただ彼女が、身のまわりをできるだけ軽くして、大学や研究機関を転々とする生活を続けてきたことは確かだろう。流れ者。根なし草。彼女がいつか口にした言葉の意味が、やっと本当にわかった気がした。

「研究、もうできないの？」鈴花が不服そうに口をとがらせる。「あんなに好きなことで、あんなに頑張ってたのに」

「やるよ、もちろん」

「何かあてはあるんですか。この先の」謙介は言った。

「東京の親戚が、一部屋間貸ししてもいいと言ってくれているので、とりあえずお世話になろうかと。何かアルバイトをしながら、研究職の口を探します」

プレアさんは心配顔の鈴花を見下ろした。かける言葉を探してか、しきりに目を瞬かせる。

「大丈夫。一時的に研究ができなくなったのは、初めてじゃないから。今回も、きっと何とかなるよ。だってほら」プレアさんは胸のポケットからルーペを取り出してみせた。「わたしには、これがある」

　鈴花は小さく「うん」とうなずき、訊いた。

「もうここには戻ってこないの？」

「戻ってきたい。何年後になるかわからないけれど」プレアさんは顔を上げ、視線を夜の街に戻した。「しばらくは、このツクバ星の景色ともお別れ」

　その横顔をそっと見つめながら、謙介は思った。

　この人は、やっぱりエイリアンだった。遠く宇宙を想いながら、苦労もいとわず流浪の旅を続けるエイリアン。もしかしたら、自分や鈴花よりもずっと孤独な。

　どこかで救急車のサイレンが鳴っている。それが遠ざかるのを待って、プレアさんがまた口を開く。

「お別れの前に、一ついいことを教えてあげる。ずっとあなたに言いたかったこと」

　人差し指を立てたプレアさんを、鈴花が「何？」と見上げる。

「前にわたし、宇宙人だって言ったの、覚えてる？」

「うん。覚えてる」

「まだ秘密があるの」プレアさんは真顔で言った。「実はわたし、一三八億年前に生まれたんだ」

「一三八億年⁉」鈴花は声を裏返し、「ウソだ」と笑う。

「嘘じゃない。一三八億年前に何があったか、知ってる？」

「知らない」

「この宇宙が生まれたんだよ」プレアさんは夜空を見上げた。

「宇宙――」鈴花もそれを真似る。

「宇宙誕生直後のたった三分間で、素粒子が集まって陽子や中性子になり、ヘリウムや水素の原子核ができた。水素ってわかる？」

「聞いたことはある」

「一番小さくて軽い元素。人間の体は、原子の個数でいうと、六割ぐらいが水素でできているの。宇宙と一緒に生まれた水素で」

「一三八億年前に？」

「そう」

「──すごい」

「体には水分が多いでしょ。水は、酸素の原子に水素の原子が二個くっついたもの。水素は、海になり、雲になり、雨になり、生き物の体もつくりながら、地球を巡っている。あなたもわたしも、一三八億年前の水素でできている。だから、わたしたちはみんな、宇宙人」

「すごい」鈴花はもう一度つぶやき、自分の腕を撫でた。

「体の原子のほとんどは、長くて数年で入れ替わる。死んだら土や空気に還っていく。今わたしの中にある水素は、昔、他の誰かが使っていた水素かもしれない。わたしが使っていた水素は、きっといつか他の生き物が使う。わたしが死んだあとも、繰り返し繰り返し、ずっと」

「ずっと──」

「だから、そういう生き物は、みんなわたしの子どもみたいなもんだよ。たとえそれがミドリムシでもゾウアザラシでも」

背伸びをした鈴花が、柵の向こうに手をのばした。空気をつかむようにして確かめる。

「水素、ここにもある?」

「あるよ。水蒸気としてそこらじゅうにある」

それを聞いた鈴花は、安心したようにうなずいた。まだほんの幼い頃、謙介と望美によく見せてくれていた、そんな表情に見えた。鈴花は両手をのばしたまま、愛おしげに空気を撫で続けている。

その横顔を見つめているうちに、謙介の目に涙があふれてきた。さりげなく背を向け、こぼれ落ちないよう歯をくいしばる。

鈴花は、ないものねだりなどしていなかった。鈴花はただ、その存在をいつも感じていたいだけなのだ。神秘の世界に誘われ、眠れなくなるほどそこに思いを巡らせていたのは、母親の感触を確かめる術を探し求めていたからなのだ。

謙介は違った。望美の死を、その不在を、ひたすら嘆いていた。望美さえいてくれたら——そんな空虚な願いにとらわれ続けていた。

そう。ないものねだりをしていたのは、むしろ自分のほうだ——。

「木星」とプレアさんがつぶやいた。南の夜空を仰いでいる。

「今夜は木星がきれいに見える」

「どれ？」鈴花が訊いた。

プレアさんは身をかがめ、鈴花に顔を寄せてそれを指差す。「あそこに一つだけ、すごく明るい星があるでしょ」

「あ、ある！」鈴花がぴょんと跳ねた。

「どこ？　どれよ？」相変わらず謙介だけ置いてけぼりだ。

「木星にも、地球の月みたいな衛星がいくつもあって」プレアさんは続ける。「そのうちの一つに、エウロパという星がある。エウロパの表面は厚い氷で覆われているんだけど、氷の下には深い海があるの。そしてその海に、生命がいるかもしれないと考えられている」

「エウロパ星人ってこと？」鈴花が目を丸くした。

「残念ながら」プレアさんはかぶりを振る。「いたとしても、微生物みたいなものだろうね」

「それでも、すごい」

「エウロパだけじゃないよ。土星の衛星タイタンには、メタンの海があると考えられている。エンケラドスという衛星にも、エウロパと同じような海がある。だからその二つの星にも、生命がいる可能性がある。想像もつかないような、ヘンテコな生き物が」

「見てみたい」

「エウロパやタイタンやエンケラドスの生命体も、体に水素原子をたくさん持っているはず。その水素もわたしたちのと同じ一三八億年前にできたものなんだから、まあ、わたしたちの兄妹みたいなもの」

「ちっちゃくてヘンテコな兄妹？」

「それに」プレアさんは大真面目に続ける。「実は地球の水素は少しずつ宇宙空間に流れ出ているから、わたしが使っていた水素原子を、いつかエウロパやタイタンの生命体が使うかもしれない。そうなったらその生命体は、わたしの子ども」

「えー、そんなのが？」鈴花は楽しそうに言った。

突然、プレアさんが柵から身を乗り出した。両手でメガホンの形をつくると、何かを吹っ切ろうとするかのように、木星に向かって力いっぱい叫ぶ。

「おーい！　エウロパー！」

すぐ下の路上でタバコをふかしていたタクシー運転手が、何事かとこちらを見上げた。

そんなものには目もくれず、鈴花が負けじと続く。

「おーい！　タイターン！」

二人が何か言いたげに謙介を見つめてくる。仕方なく謙介も夜空に顔を向け、大きく息を吸い込んだ。

「おーい！　エン……」とだけ叫んで、つまる。「おい、ずるいぞ。難しいの残すなよ」

笑い声がはじけ、三人のエイリアンの影が揺れた。

山を刻む

傾き始めた夏至の陽が、膝を抱えて座り込んだわたしのうなじをじりじりと灼いている。

二時半を回った。いくら気が回らない夫でも、さすがにもう食卓のメモに気づいたはずだ。

怒っているだろうか。いや、まだ何が起きているか理解できず、おろおろしているだけの状態かもしれない。

わたしのスマホは電源を切ってザックの頭につっこんである。留守番電話には、夫のうわずった声が何件もたまっているにちがいない。

わたしにつながらないとなると、次は麻衣にかけるだろう。でも、あの子に助けを求めたところで、「知らないよ、そんなこと」と突き放されるのがオチだ。

晴彦は、家にいるのかどうかもわからない。昨夜は結局帰ってこなかったようだ。わたしが顔も名前も知らない〝友だち〟のところにでも泊まったのだろう。

肝心のお義母さんは——。

いけない。下山する前にこの景色を十分味わっておくつもりが、いつの間にかまた家のことを考えている。

目の前に広がる弥陀ヶ池は、周囲の濃い緑を水面に映していた。そのほとりでは、何組もの登山客が腰を下ろし、談笑しながらひと息入れている。似たような格好をした、中高年のグループばかり。同世代のわたしが一人で紛れ込んでいても、目立つようなことはない。

腰を上げ、たすき掛けにしたカメラバッグから中身を取り出す。古い一眼レフ。三十年以上前に買ったものだ。池の向こうにレンズを向け、構図を考えながら数回シャッターを切る。やっぱり、いい音だ。

カメラを構えたまま体を左にひねり、池の西側に広がる斜面を見渡した。この一帯もシラネアオイの群生地だと聞いていたが、その薄紫色の可憐な花はただの一つも見えない。

シラネアオイという名は、ここ日光白根山に由来するそうだ。この山に登ろうと決めて下調べをしていたときに、初めて知った。

また池のほうに向き直り、ファインダーをのぞこうとしたとき、すぐうしろで「先生——」と男のうめき声がした。

「一回ストップ。一瞬ザック下ろさせてください」

振り返ると、二人組の男性が足を止めている。情けない声を上げたのは、おそらく二十代の若者。もう一人は、よく日に焼けた四十がらみの男性だった。

「ったく、使えねーな」先生と呼ばれた男性が舌打ちして言う。「五分だけだぞ」

若者は、ザックもろとも尻(しり)もちをつくようにして地面にへたり込み、肩ベルトから両腕を抜いた。よほど荷物が重いらしい。二人のザックは、テント泊の本格登山に使うような、縦長の大きなものだ。縦走でもしているのだろうか。

さりげなく二人を見比べる。先生のほうは、背丈こそないものの、体つきはたくましい。装備も使い込まれていて、登山には相当慣れているようだ。一方の若者は、長身だが華奢(きゃしゃ)だ。まだ新しい登山靴を見る限り、山は初心者に近いのかもしれない。

「こんなの、マジで肩ぶっ壊れますよ」若者は顔をゆがめて肩を回した。

「大げさなこと言うな。俺が学生の頃は、その倍は担(かつ)いだぞ。それでも先輩たちに、今年の新人は使えねえ、使えねえと散々言われたもんだ」

どうやら若者はまだ学生らしい。先生の言葉には容赦がないが、学生さんのほうにも萎縮(いしゅく)する様子はない。

「先生と僕とじゃ、体のつくりからして違うんですって」学生さんが言った。

「確かに、お前みたいなひょろ長い都会っ子は、強力には向いてない」

強力(ごうりき)？　耳を疑った。強力とは、山で荷物を背負って運ぶのを生業(なりわい)とする人々のことだ。昔、どこかの山で見かけたことがある。山小屋に揚げる物資を大きな背負子(しょいこ)にくくりつけ、軽やかな足取りで登っていくその姿に、感嘆してしまった。でも、この二人が？

「いい強力の体つきってのはな」先生が続ける。「張った肩、太い首、すわった腰、短い脚。あの小見山正なんかは、足のサイズもデカかったらしい」

小見山正。どこかで聞いた名のような気もするが——。

「脚の短さなら先生も負けてないすよ」学生さんが半笑いで応じる。「向いてなくて結構です。食うに困っても強力にはならないんで。どんな仕事かはよくわかんないすけど」

「よくわかんないだと？」先生が太い眉(まゆ)をひそめる。「さてはお前、読んでこなかったな？」

「ああ……『強力伝』ですか。いや——」

「論文はどっちでもいいが、あの小説は絶対に読んでこいと言ったはずだよな」

「ちがうんです。本屋には行ったんですけど、なかったんですよ」

そうだ、思い出した。富士山の伝説の強力、小見山正。五十貫（約百八十七キロ）もある花崗岩の風景指示盤を白馬山の山頂までひとりで担ぎ上げたことで名を馳せた。『強力伝』は彼をモデルに描かれた小説で、山岳小説の名作を多く残した新田次郎の処女作だ。

疑いの眼差しを向ける先生に、学生さんが言い訳を続ける。

「マジですって。『孤高の人』とかいうのなら文庫コーナーにありましたけど。それから、あれ何て本だっけな。『ゆず』の歌かよって思った記憶が……」

「『ゆず』の歌？　何だそりゃ」

わたしは思わず吹き出してしまった。思い当たる作品が一つあったからだ。二人が同時に首を回し、こちらを見た。今さら知らぬふりもできず、思い切って口を開く。

「もしかして――『栄光の岩壁』ではないですか？」

「そう！　それ！」学生さんが人差し指を突きつけてくる。「『ゆず』のは『栄光の架橋』だ！」

「岩壁と架橋じゃあ大ちがいだろうが」先生は学生さんの手をはたき、わたしに目を向けた。「お好きなんですか、新田次郎」

「ええ、まあ。熱心に読んだのは大昔ですけれど」

先生はわたしの一眼レフに目をやりながら、ふうんと声をもらした。「カメラもしぶい。キヤノン・ニューF－1」

「これも大昔のです」わたしは笑ってその角ばったボディをなでる。「今持つと、やっぱり重いですね」

「でも頑丈でしょ。僕も昔、親父のお古を使ってました。山では抜群に使えるカメラでしたよ。ちょっとだけ持たせてもらっていいですか」

手をのばしてくる先生に、カメラを手渡した。

「懐かしい感触」と先生が目尻にしわを寄せる。「それにしても、物持ちがいいんですね。すごく状態がよさそうだ」

「使わなくても、たまにメンテナンスはしてましたから」

カメラを受け取りながら、今度はわたしが訊く。

「そちらは、お荷物が重そうですね。泊まりですか？」

「いや、日帰りで、もう下りるところです。重いのは、中に石が入ってるからですよ」

「石？」

「火山の研究に使う、岩石試料です」先生がザックの口を開き、厚手のビニール袋に入った握りこぶし大の塊を一つ取り出してみせる。がさついた表面の黒い石だ。

「うわあ、そんなのが」わたしは内心あきれて声を上げた。こんな石をいくつも詰め込んでいれば、本当に肩や腰がどうにかなってもおかしくない。

「僕は大学の教員をしてましてね」先生が言った。

「ああ、大学の先生でしたか。じゃあ、こちらは研究室の――」

「大学院生です、一応」学生さんはなぜか少しすねたように答えた。

「火山の研究だなんて、素敵ですね」そこは素直に言った。「言われてみれば、ここも火山ですもんね」

「現役バリバリの火山ですよ。この五千年で少なくとも七回は噴いてます。最新の噴火は明治時代。ご家族は心配しませんでした?」

「心配って……この山、今危ないんですか?」そんな情報はなかったはずだが。

「いや、そういうことじゃなくて。今年の冬、草津白根山が噴いて死傷者が出たでしょう。同じ白根山てことで、ここと混同してる人が結構いるんですよ」

「ああ、なるほど」

そういえば、思ったより登山客が少ないなと感じていた。もしかしたら草津白根山でのことが関係しているのかもしれない。

ここへ来ることは、家族の誰にも伝えていない。伝えたところで、誰も心配などしないだろう。食卓に残したメモには、〈山登りに行ってきます。帰りは遅くなるので、今夜のことはよろしく〉とだけ書いておいた。家出や事故ではないということさえわかれば、それで十分。

「ま、あの程度の噴火なら」先生はうしろを振り返り、頂上部の岩峰を仰いで言う。「この山でもいつ起きたって不思議じゃないですけどね」

「いつ噴火するか予測するために、岩石を調べてらっしゃるんですか？」

「いや、過去の噴出物をいくら調べたって、噴火予知なんかできませんよ。噴火の前兆をとらえられるとしたら、地震計や傾斜計による常時観測です。ただ、こないだの草津白根山にしても、二〇一四年の御嶽山（おんたけさん）にしても、ごく小規模な水蒸気噴火ですからね。火山にとってみれば、不意に出るゲップみたいなもんで」

「ゲップ、ですか」あんなに大きな被害があったのに——。

「マグマに熱せられた地下水が気化して爆発したってだけで、マグマそのものを吐き出すような、正味の噴火ではないんですよ。水蒸気噴火の場合、前兆をつかまえるのは機械観測でも難しい」

「山好きにとっては、厳しいお話ですね」わたしは真顔で言って、先生が握る石をちらりと見た。「でも、だったらなんで岩石なんか——」

そこで言葉を止める。つい否定的な言い方になってしまった気がしたからだ。だが先生は、待ってましたとばかりに大きくうなずいた。

「火山てのは、当たり前ですが、火口から出てきた噴出物が長い時間をかけて積み重なってできています。溶岩やら軽石やら火山灰やら。この日光白根山は、それぞれ違う時期に流れ出た、少なくとも十三の分厚い溶岩から成っている。例えばこれ」先生は手の中の石をこちらに向けた。「これはその中でもっとも新しい、山頂溶岩です。地表に出てきたのは、おそらく数千年前。頂上付近の足場はだいたいこんな感じだったでしょ?」

「ああ……そうでしたかね」わたしは曖昧(あいまい)にごまかした。正直、気にかけていたのは高山植物ばかりで、足もとの岩などろくに見ていない。

「その少し前に流れ出たのが、あれ」先生は池の西側の斜面を指差した。「座禅山溶岩。で、池の向こう側には弥陀ヶ池溶岩ってのがのっかってましてね。この池は、その二つの溶岩にせき止められてできたわけです。おい」

先生が学生さんに険しい目を向けた。

「ぼけっとしてないで、よく聞いとけよ。お前にも説明してんだぞ」

「聞いてますって」学生さんは口をとがらせ、億劫そうに腰を上げる。

「でも、溶岩に名前がついてるなんて、初めて知りました」わたしは感心して言った。

「すごく詳しく調べられているんですね」

「溶岩だけ調べてもダメなんですよ。その間にどんな火山灰層、軽石、火砕流堆積物などが挟まれているか。僕ら火山研究者は、できるだけ細かく、山を刻むんです」

「山を、刻む――」面白い表現だと思った。

「そう」先生がうなずく。「火山を形づくっている地層を細かく調べてやれば、一つ一つの噴火の推移と規模がわかります。水蒸気噴火だけで済んだのか、火山弾を盛大にぶっとばしたのか、大規模な溶岩流出に至ったのか。そして、規模に応じた噴火の頻度も。要は、その火山のクセとか体質みたいなものを把握して、噴火のシナリオを想定しておこうってわけです。そうすれば、いざ山が活動を始めても、それに応じた対策が打てる」

「なるほど」

　彼らが岩石を集めている理由が、少しはわかった気がした。過去の事例を学び、未来に備えようということだろう。

「五分経ったぞ」先生は学生さんに言った。「せっかくだから、座禅山溶岩もちょっと見ていこう」

先生と学生さんは、それぞれザックの中に手を突っ込み、ハンマーを取り出した。荷物は残したまま、池の西側の斜面に向かう。

わたしはカメラを手に、二人のあとについていった。「山を刻む」ところをこの目で見てみたくなったのだ。少し離れて眺めるだけなら、邪魔にならないだろう。

急斜面に張りついた二人は、露出した岩肌を観察したり、土や草をハンマーでこそいだりしながら、横方向に移動していく。やがて、先生だけが身軽な動きで斜面を上り始めた。三メートルほど上がると、突き出た岩塊に取りつき、不安定な体勢で器用にハンマーを振るう。

ほんの数回打っただけで、もう手頃な大きさの石を手にしていた。まるで熟練の石工のようだ。先生が「ほい」と放り投げたそれを、下の学生さんが慌ててキャッチする。

「苦鉄質包有岩ですか」学生さんはその黒い石を見て言った。

「うん。典型的なやつだから、教材にいい。五、六個持って帰ろう」

「笑えない冗談すね。僕のザックはもう重量オーバーです」

「ったく、だから『強力伝』を読んでこいと言ったんだ。たかが石五、六個で、情けねえ。小見山正に笑われるぞ」

「たかが五、六個なら、先生のザックにどうぞ」

「使えねーやつには期待してないから、安心しろ」

「それ以上言うと、アカハラで訴えますよ」

「お前だって、研究室じゃ俺のことをボロクソに言うだろうが。ＩＴ弱者だの原始人だの」

　わたしの想像する師弟関係とはだいぶ違う。言い合う様子を見ても、ハラハラするどころか、漫才でも聞いているようだ。

　慣れた手つきで岩をたたき割る先生の姿を、わたしは下からカメラにおさめた。巨大な岩塊のどこに注目しているのかわからないが、鋭い目つきで場所を選びながら、小さな断片を割り取っていく。

　なるほど。山を刻むとは、こういうことか。そのまま斜面の頂きを仰いだ。高さは数十メートルある。この高まりがすべて溶岩だとして、彼の刻んだ一片の、なんと小さいことか。それを火山全体でやろうというのだ。いくら刻んでも、刻みきれるものではない。火山学者というのは、どうやら、途方もないことをしようとしている人々らしい。

ものの十五分ほどで数個の試料を採り終え、下りてきた先生に、わたしは訊いた。

「撮らせていただいたんですけど、よかったですか」

「いいですけど、花の代役が僕みたいなオヤジじゃあねえ」先生は笑って言った。

「お目当てはシラネアオイだったんでしょ？」

「ええ、まあ」

「以前はこの斜面一帯に咲いてたんですが、全部シカに食われちまったんですよ。ここまではどういうルートで来ました？」

「ロープウェイで丸沼高原のてっぺんまで上がって、七色平（なないろだいら）から山頂。下りは五色沼のほうをまわって――」

「五色沼からここへ来る途中に、咲いてるところがあったでしょ」

「はい、すごくきれいでした」

「あとは、そうだな」

先生はそう言って、高山植物が見られる近くのポイントをいくつか教えてくれた。

「やっぱりお詳しいですね」わたしは言った。「ここへはしょっちゅう来られるんですか」

「雪がない時期に、毎年五、六回ってとこですか。大学が地元ですし、一応、この山は僕が持つってことになってるんで」

「持つ？」

「受け持ちというか、担当というか。『この火山のことは、この研究者に』ってのが、何となく業界にあるんですよ」

「縄張りみたいなものですか」

「いやいや。縄張り争いをするほど、火山研究者の数は多くないんです。むしろ、研究すべき火山はたくさんあるのに、とても手が足りない。だから――」

先生は学生さんのほうにあごをしゃくる。

「彼のような若手は貴重な存在なんですよ。大事に育てないと」

「はあ？」学生さんは目をむいた。「こっちは、とんだブラック研究室に入っちまったと思ってますけど？」

＊

イワカガミを撮るつもりが、そのピンク色の花弁ではなく、地面の岩ばかり見ている。あんな話を聞いたせいだ。

先生と学生さんは、それぞれあの重そうなザックを担ぎ、さっきこの道を下りていった。下山したら、岩石試料を置きに車で大学まで戻るとのことだった。

山を刻む。いい加減にシャッターを切りながら、その印象的な言葉を反芻する。

山を、刻む――。

わたしも、山のようなものだ。

家族みんなで、わたしを刻んでいる。わたしの心を。わたしの愛を。

埼玉県北本市にある我が家は義父が建てた一戸建てで、多いときは六人と三匹が暮らしていた。義父と義母、夫とわたし、娘と息子、犬一頭とインコ二羽。なかなかの大家族だ。

にぎやかだったと言えば聞こえはいい。だが実際は、みんながそれぞれ好き勝手なことを言い、求め、それにわたしがひたすら応えていただけのこと。

誰もわたしに感謝したりはしない。わたしの心をおもんぱかったり、体を気遣ったりもしない。いつの間にかわたしは、家族にとって、切り刻んでも構わない相手になっている。まるで、いくら刻み取っても形を変えることのない、山のように。

専業主婦なんて、どの家庭でもそんなもの――心のどこかでそうささやく自分が、今も確かにいる。だが、すでに初めの一歩を踏み出してしまったのだ。この先どう転ぶにしても、元どおりには戻れない。

今日は、お義母さんの誕生日。夕食どきに家族で集まり、ささやかなパーティを開くのが恒例だ。義母はそういう場で主役になるのが大好きな人で、毎年楽しみにしている。娘の麻衣と息子の晴彦も、渋々ながら必ず出席していた。仲がいいとは言えない姉弟でプレゼントまで用意してくるのは、毎回わたしがひと月ほど前から口うるさく言っておくからだ。

家族がそろうパーティを、今日、このわたしがすっぽかそうとしている。嫁いで三十年、もちろん初めてのことだ。

すっぽかすといっても、支度はちゃんと済ませて出てきた。食卓のオードブルを見れば、夫にもそれはわかるだろう。義母の好物も作ってきたし、冷蔵庫にはケーキも入っている。花束もプレゼントも、すぐわかる場所に置いてきた。

料理を温め直したり、皿に盛りつけたりするぐらい、わたしがいなくてもできるはずだ。みんな、いい大人なのだから。

この三月に定年を迎えた夫は、今も同じ会社で週三日、嘱託として働いている。幸い、今日木曜は休みの日。わたしが今朝五時に家を出たときは当然まだいびきをかいていたが、パーティの準備をする時間は十分あるはずだ。

うちの家族は、壊れかけた桶(おけ)のようなものだ。わたしが必死でたがを押さえていないと、あっという間にばらけ、中の水は空になってしまう。みんなそれをわかっていながら、手を貸すこともなく、当たり前のような顔で水を使っている。わたしがたがから手をはなすなんて、想像もしていないのだ。

だから、今日のわたしの小さな反乱に、家族は混乱するだろう。そして、理不尽に怒るだろう。

でも、これにはまだ続きがあるのだ。それを知ったら、呆然(ぼうぜん)として声も出せないに違いない。

当たり前だ。まだわたし自身が迷っている。本当にそんな決断をしてしまって、いいのだろうか。

あの人には、今日か明日には返事をすると伝えてしまった。今日こうして一人山へ来たのは、自分の気持ちを、覚悟を確かめるためでもあるのだ——。

ほとんど無意識のうちに、また歩き出していた。

ゆるやかな下り。弥陀ヶ池はうしろに去り、もう見えない。登山道の両側に膝の高さで茂るカニコウモリが、まるで緑色のじゅうたんのようだ。

わたしは歩きながらカメラをしまい、首の手ぬぐいでこめかみの汗を拭いた。

そういえば。昨夜、食卓をふきんで拭いていたとき、ふと気づいたことがある。

わたしが嫁いできたときに新調してもらった、六人掛けの食卓。わたしは毎日そこで家族に食事を出し、子どもたちを育てた。

わたしは、家族がダイニングにいないときも、一人でよくそこに座る。書きものをしたり、考えごとをしたりする。そこはわたしの居場所であり、舞台でもあった。

その食卓の天板に、細かな傷が、それこそ無数にあることに気づいたのだ。三十年分の傷。家族がわたしを刻み続けてできた傷だ。

平日の昼下がり。わたしがぽつんと食卓の隅に座り、何を思い、悩んでいたか、夫は知っていただろうか。せめて、想像したことは――。いや、それもないだろう。

家族に対する夫の長年の無関心が、わたしの夫への関心を失わせた。だから、夫が定年後の人生をどう生きていこうとしているのか、正直わたしのほうもわからない。それどころか、夫がどんな人間かということさえ、わからなくなりかけている。

住宅設備を扱う都内の会社で、長く営業畑にいた。最後の肩書きは営業部次長。外では「私は仕事人間だから」と免罪符か何かのように口にするわりに、うちでは「俺は毎日三時間半かけて通勤している」とことあるごとに強調する。

実家を離れたことがないので、家のことは何もできない。気まぐれに子ども部屋のドアを開け、「勉強しろ」と叱(しか)ることはあっても、宿題一つ見てやったことがない。このあいだなどは、娘が出た高校の名前が言えなかった。

お酒は人並み。タバコは十年ほど前にやめたし、ギャンブルもしない。お金を使うのはもっぱら趣味のラジコン飛行機。家族と一緒に過ごしているときは、貴重な趣味の時間が奪われているという意識が常にある。そんな人だ。

義母は、群馬の地主のお嬢様として育ったそうで、家事全般が得意ではない。だから、わたしが嫁いだときは嬉々(きき)として主婦の座を明け渡してくれた。とはいえ、義父が毎回わたしの料理をほめちぎったことは、さすがに気に食わなかったらしい。家事をうまくこなすたびに嫌味を言われるようになり、関係はぎくしゃくしていった。

義母は体が丈夫でなく、脚も悪い。それは嘘(うそ)ではないのだろうが、夫の妹と旅行に出るとなった途端にしゃんとして、大きなキャリーバッグを自分で引いていく。

十年前に義父が脳梗塞(のうこうそく)で倒れ、介護が必要になったときも、義母は体のことを言い訳に、すべてをわたしに丸投げした。県内の高校で校長をつとめていた義父には、尊敬できるところもあった。だからわたしなりに、心をつくして世話をしたつもりだ。

義父が亡(な)くなるまでの六年間は、ちょうど子どもたちの高校、大学受験とも重なり、身も心も休まるひまがなかった。一家の心配ごとをわたしが一身に引き受けていたこの頃でさえ、夫は知らぬ顔をしていた。犠牲者ぶることの多いあの人のことだ。親と同居しているだけで自分は十分義務を果たしている、とでも思っていたのだろう。

好都合なのは、夫が家計にも無関心だということだ。先日、わたし名義の銀行口座を新しく開いた。定期預金の一部を解約してそちらに移したのだが、夫は当分気づかないだろう。わたしが独身時代に貯めたお金と、亡くなった両親が遺してくれたお金。あわせて五百万円と少しだが、権利はわたしにある。この先いくら必要になるか、まだ予想もつかないのだが——。

ふと我に返った。

慌てて地図を広げ、「しまった……」と小さくもらす。

帰りのルートを間違えている。今いるのは、菅沼登山口へと下りていく道だ。先生と学生さんが下りていった道を、何も考えずに来てしまったのだ。本当なら、弥陀ヶ池の分岐を七色平のほうに進み、往路をたどってロープウェイの山頂駅まで戻らなければならない。

今朝、ロープウェイ乗り場までは、電車と路線バスを乗り継いで来た。もちろん帰りもそのつもりで計画を立てている。

菅沼登山口には茶屋と駐車場があるだけで、公共交通機関は出ていない。登山シーズンだけ臨時バスが通っているが、本数が少なく、たぶん今からでは最終便に間に合わない。

やっぱり、弥陀ヶ池まで戻らないと——踵を返しかけて、やめた。

これしきのことでひるんでいてはダメだ。これからのわたしには、思いもよらないことがきっとたくさん起きる。想定外のことを楽しめるぐらいでないと、とてもやっていけない。

主婦生活が長いせいか、どこへ出かけても、「早く帰らないと」とあせるのが癖になってしまっている。まずはそこから直していかなければ。

とりあえず、このまま菅沼登山口へ下りてみよう。あとはなりゆき任せ。バス停を探して歩いてもいいし、勇気を出せばヒッチハイクだってできるかもしれない。最悪の場合、野宿することになっても、死にはしない。

そんな風に考えると、背中のザックまで軽くなった。水をひと口含み、また歩き始める。

三十分も下ると、シラビソやコメツガの林が日差しをさえぎるようになった。歩みを緩め、深呼吸する。それらの木々特有の甘く香ばしい香りが、昔から大好きだった。

ひんやりした空気が、汗ばんだ肌に心地よい。

さらに進むと、視界が開けた。ちょっとした尾根に出たのだ。谷をはさんだ向こうの斜面を横切る登山道に、小さな人影が二つ見える。先生と学生さんだ。道沿いに露出した地層を調べているらしい。学生さんがハンマーを振り上げた。岩を打つ鈍い音が谷間にこだまする。

大学院生ということは、晴彦と同い年ぐらいだろう。ブラック研究室だの何だのと文句を言ってはいたものの、立派だと思う。汗にまみれて、岩と、火山と対峙(たいじ)している。実社会とは多少かけ離れているかもしれないが、ああいう学問の世界は、真っ当で、さわやかだ。少なくとも、何も知らないわたしには、そう見える。

晴彦が最初に就職したのが本当にブラック企業だったのかどうか、わたしにはよくわからない。あの子には、辛抱が足りないところがある。でも、本人がそう言うのだから、信じてやるしかない。

晴彦は、かわいそうな子だと思う。あの子なりに真面目(まじめ)にやっても、報われることが少なかった。高校受験も不本意な結果に終わったし、大学受験も失敗した。浪人してもよいとわたしは言ったのだが、本人はやる気を失っていた。結局、親戚(しんせき)の誰もがその名を聞いて微妙な顔をするような、新設の私立大学にもぐりこんだ。

初めから期待していなかったのか、就職活動にはあまり身を入れなかったようだ。一つ内定が出たといって、あっさりそこに決めてしまった。わたしにはＩＴ関係だと説明したその会社は、実際は無線のインターネット回線を販売しているベンチャー企業だった。

入社後は、都内のワンルームマンションから通勤していた。ほとんど連絡は寄こさなかったが、ろくに研修も受けないまま、きつい営業をやらされていたらしい。二年目の秋、突然荷物を両手に抱えて帰ってきてしまった。玄関で目を丸くしたわたしに晴彦が言ったのは、ふた言だけ。「会社辞めた。ブラックだったわ」

そのあとしばらくして、地元の食品会社で契約社員として働き始めた。正社員になれる道もあると本人は言っていたが、何のことはない。たった一年で雇い止めに遭った。

あれから半年。晴彦は求職活動はおろか、アルバイトさえしていない。一週間近く部屋に引きこもっていたかと思えば、東京の友だちのところへ行くと言って何日も家を空ける。自分の貯金が底をつくと、わたしに小遣いをせびった。最近はわたしがお金を渡さないので、お義母さんからせしめているらしい。

最近、その〝友だち〟の正体がうっすらわかりかけている。先日晴彦が、五十万円貸してくれと言ってきたのだ。理由を質すと、投資のＤＶＤ教材を買うという。その友だちは〝先輩〟なる人物から教材を買い、先物取引でかなりの儲けを出しているのだそうだ。晴彦もその先輩を紹介してもらうとのことだった。

怪しい話だと思ってインターネットで調べてみると、案の定だった。高額の投資教材を若者たちに売りつける自称〝投資家〟グループが東京にいくつかあり、問題になっているという。そのことを晴彦に伝えると、あの子はこう言った。「てかさ、この時代、安い給料で地道に働くやつは、バカなんだよ」

そのとき、本当の意味で思い知った。わたしは、子どもの育て方を間違えてしまった。

一昨日、本当に何年かぶりに、晴彦の靴を洗った。玄関で片方だけ裏返しになっていた白いスニーカーが、あまりに汚かったからだ。風呂場にしゃがみ、使い古した歯ブラシで黒ずみをこすっているうちに、涙があふれてきた。

二十年前。幼稚園に通っていた晴彦の外遊び用の靴を、同じようにして毎週洗った。あの子の好きな水色の、小さな運動靴。この汚れは、どんな遊びをしていてついたのだろう――そんなことを思いながら洗っていると、ひとりでに笑みがこぼれたものだ。

あの頃は、幸せだった。たがなど押さえていなくても、わたしたちはそのままで家族だった。

夫とは、互いに文句を言い合いながらも、まだいろんな思い出や未来を共有していた。夏には夫の運転で海水浴に出かけた。クリスマスにはわたしがケーキを焼き、夫が子どもたちの枕もとにプレゼントを置いた。麻衣がこまっしゃくれたことを言ったり、晴彦がかわいい仕草をしたりするたびに、夫と顔を見合わせて笑った。

義父母もまだ元気で、それぞれの生活を楽しんでいたから、家の中に澱が溜まる一方ということはなかった。

姉の麻衣に比べて、晴彦は甘やかしてしまったという自覚はある。やや臆病で我慢のきかない子に育ったのは、そのせいかもしれない。それでもあの子は、母親思いの優しい子だった。

わたしの誕生日と母の日には、いつも拙い字で手紙を書いてくれた。大好物の梨をむいてやると、「あとはママの」と半分残して持ってきてくれた。ボウルいっぱいのえんどう豆をむいていると、ちょこんと横に座って手伝ってくれた。そう、あの食卓で――。

「あ、いたいいた」

不意に聞こえた声に、伏せていた顔を上げる。驚いて足が止まった。どういうわけか、さっきの学生さんがこちらに上ってくる。先生の姿はなく、身一つだ。

「どうしたんですか？」わたしは言った。

「もしかして、道間違えてません？」学生さんが、息を整えつつ訊き返してくる。

「え？」

「このまま行くと、菅沼登山口ですよ？」学生さんは早口でまくしたてる。「丸沼高原からロープウェイで来たんですよね？　そっちに戻るには、弥陀ヶ池のとこで左に行かないと」

「ええ――そうなんですよね。間違えたことにはさっき気づいたんですけど……」

「菅沼のほうに下りても、もうバスないっすよ」

「やっぱりそうですか。でも、なんで――」

「この先で石採ってたときに、何気に振り向いたら、姿が見えたんで。先生に言ったら、ちょっと行って声かけてこいって」

それを聞いた途端、自分でもたじろぐほど胸が震えた。誰かに心配されるというのは、こんなに嬉しいことだったのか。すっかり忘れてしまっていた感覚に、目頭まで熱くなる。

ダメだ。いきなり泣いたりしたら、学生さんがびっくりする。顔に力を入れて涙をこらえ、声だけ絞り出す。

「――すみません、ご心配を……」

「今から引き返しても、今度はロープウェイの最終に間に合わないし。もしよかったら、このまま一緒に菅沼登山口に下りませんか。車で近くの駅まで送りますよ。って、うちの先生が」

*

「科学にもいろんな分野がありますが、研究者に死人やケガ人が一番たくさん出てるのは、おそらく火山学でしょうね」横を歩く先生が、どこか自慢げに言った。

「それは、調査中に噴火に巻き込まれて、ということですか」

「ですね。一九九一年の雲仙普賢岳(ふげんだけ)でも、外国人研究者が三人、火砕流にのまれて亡くなったでしょ。三人とも、僕の師匠の友人だった」

「当時ニュースで見た記憶がありますけど、そうだったんですね」

わたしはうしろの学生さんを気にしながら、話に付き合っている。わたしがいなければ、二人で研究の話をしながら山を下りていたはずだろう。

「僕も、危機一髪ってことが何度もありますよ。火口のそばまで火山ガスを採取しにいったら、その翌日に大噴火とか。直径一メートルもある火山弾が頭の上をびゅんびゅん飛び越えていくところを、必死で走って逃げたりとか」

「危ない。ほんとに命がけですね」

「ていうか」うしろから学生さんが言った。「火山研究者はだいたい、自分だけは死なないと思ってるんすよ。まあ、ある意味ガキっていうか。どこかで噴火があると、アドレナリンが即マックス。我先にと現場に集まってくる」

「バカ」先生が首を回して反論する。「噴煙を見て血が騒がんようなやつに、火山屋がつとまるか。それにみんな、もちろん俺だって、ちゃんと使命感を持って駆けつけてるわけだぞ」

「あと」学生さんは先生を無視して続ける。「ちょっと酒が入ると、みんな武勇伝がウザいです。こんな危ない目に遭った、こんなムチャな調査をやったって」

あと一時間半ほどでふもとだからか、学生さんの足の運びも口も、さっきよりなめらかだ。

「まあ、それはわからんでもない」先生があごに手をやってニヤける。「井上さんとか、田辺とかな。あんなのは話半分に聞いてりゃいいんだ」

「先生が筆頭じゃないすか」学生さんは冷たく言い放った。「飲み会のたびに同じ話で、こっちは耳タコですよ。アフリカで、まだ完全に冷え固まっていない溶岩の上を八艘飛び(はっそうと)みたく渡ったとか。港もない太平洋の火山島へ試料を採りに行って、石で満タンのザック担いだまま、沖の船まで泳いで戻ったとか。ホラ系武勇伝ばっか」

「ホラじゃねーよ！　そりゃあ、酒の席ってことで、多少エンタメ性を加味したかもしれんが」

「あげくのはてに、最近の学生は甘えてるだの、使えねーだの。今はね、そういうマッチョな時代じゃないんすよ。何か事故があったら、クビがとぶのはそっちなんですよ？」

わたしは「まあまあ」と割って入りつつ、少しほっとしていた。いつもこんな調子で歩いているのなら、わたしが混ざってもそこまで迷惑ではないのかもしれない。苦笑いのまま、学生さんに訊いてみる。

「さっき、ブラック研究室だ、なんて言ってましたけど、なんで火山の研究室に入ることになったんですか？」

「騙(だま)されたんです。僕の研究テーマは、マグマ混相流が火道をどう上がってくるかっていう、数値シミュレーションなんですよ。要は、机に向かってコンピューターを使ってやる研究。それだけやってりゃいいって言われたから、この研究室に入ったのに」

「実際は、違ったと」

「四年生の間は、まあそのとおりだったんです。で、勧められて大学院に進んだら、この人の態度が豹変しましてね。シミュレーションの精度を上げるためには、火山というものを肌で知らなきゃいかんとか何とか、わけのわかんないこと言って、無理やり山に。石運びを手伝わせたいってのが見え見えですけど。詐欺ですよ、詐欺」

「人聞きの悪いこと言うな。俺は、お前が研究者として成長するようにと——」

「甘い誘い文句。高圧的な指導。学生を労働力扱い」学生さんが指を折る。「ブラック研究室の要件を、完全に満たしてますね」

二人のかけ合いが一段落すると、わたしは先生に言った。

「でも、お仕事とはいえ、危険な火山にたびたび出向くとなると、ご家族は気が気でないでしょうね」

「幸い僕は、気楽な独りものなんで」先生はさらりと答えた。

「幸い？」学生さんが茶々を入れる。「なんで俺みたいないい男が結婚できねーんだって、酔っぱらうたびに恨みごと言ってるじゃないすか」

「うるせえ。お前だって彼女いねーだろ」

「出会いがないってグチる前に、その異常な山バカぶりを何とかしないとねえ。このままだと、一生お山が恋人すよ」

「山にだって、出会いはあるでしょう?」わたしは言った。脳裏に一瞬、あの人の顔がよぎる。

「それはそうなんでしょうが、ついストイックに登ってしまって」二枚目を気取る先生の口ぶりが、可笑しい。

「でも、山バカってことは、火山に限らず登られるんですね」わたしは先生に確かめた。

「はい」と先に学生さんがうなずく。「火山の研究は、山へ行く口実です。山のためなら教授会も委員会も平気でブッチするし、他の先生たちともろくに付き合わない。だから、いつまでたっても准教授にしてもらえない。万年講師」

「アホ。学内政治と研究と、どっちが大事だ」

先生は学生さんをにらみつけ、わたしに視線を戻す。

「確かに、僕のベースにあるのは、山ですね。親父が結構本格的に山をやってまして、物心つく前から連れていかれてましたから。高校生のときに雪山を始めて、大学の山岳部ではヒマラヤや南米にも遠征しました。バイトもほとんど山関係。山小屋とか荷揚げとかクライミングジムとか。人生で大事なことは、すべて山で学んだって感じですよ」

へえ、と感心するわたしのうしろで、学生さんがひとり言めかしてつぶやく。

「嫌いだなー、そういうの。酒場は人生の教室、とか言っちゃうオヤジとか」

先生は構わず続ける。

「十代のころから、何とか山で食っていけないだろうかとは思っていましたが、具体的なプランなんかありゃしません。本が好きでしたし、山の雑誌の編集者にでもなれたらなあ、なんて甘い考えで、大学はとりあえず文学部に入ったんですよ」

「え、文学部？」

「そう。ところがですね、二年生のときに受けた一般教養の講義で、火山学なる学問があることを知ってしまった。これだ！ と思いましたね。火山の研究者になれば、好きなときに好きなだけ山に登れて、しかもそれが仕事になる。講義が終わったその足で教務課に駆け込んで、『理学部に転学部したいんですが、どうすればいいですか』って」

「意外です。学者さんになるような人は、子どもの頃からそれ一筋かと思ってました」

「いや、腰をすえて勉強を始めたのは、そのときからですよ。火山学者になりたい、なるしかない、と」

先生は簡単に言ったが、火山学者として大学に職を得るまでには、並大抵でない努力を積み重ねてきただろう。犠牲にしてきたことも、きっとたくさんあったはずだ。

「でも」先生は本来の実直そうな目を、遠くへ向ける。「なってみて初めてわかりましたよ。自分がやっていることの重要さが。山は僕のすべてですが、その山のせいで、人が死んだり傷ついたりするのは、何より嫌ですから」

「――そうですよね」

わたしはかすれた声で返しながら、先生の横顔を見つめた。この人は、なりたいものに、なる価値のあるものに、ちゃんとなった人なのだ。

なりたいもの。

それどころか、わたしは、麻衣にとって一番なりたくないものになってしまった。わたし、お母さんみたいには絶対なりたくないから――。娘に面と向かってそう言われたのは、一度や二度ではない。

麻衣のことは、厳しくしつけてしまった。初めての子ということで、肩に力が入っていたのだ。あの子もそれをよく聞き分けてくれたので、途中で省みるということができなかった。

感情の起伏の小さい子だと当時は思っていたが、それはたぶん違う。表向きのあの子をそうさせてしまったのは、わたしだ。三つ違いの弟が甘やかされているのを見て、麻衣の心はいつも激しくうねっていたに違いない。

何年か前、昔の写真を整理していて気づいたことがある。家族写真の中の麻衣には、まったくといっていいほど笑顔がない。しかも、あの子のいる位置が、年を追うごとに少しずつわたしから遠ざかっているのだ。

三歳の麻衣は、赤ん坊の晴彦を抱くわたしの脚にしがみつくようにして写っていた。五歳の麻衣は、晴彦を膝にのせたわたしから体一つ分離れ、神妙な面持ちで正座していた。八歳の麻衣は父親を間にはさんで立ち、十一歳の麻衣は祖母の斜めうしろに半分隠れていた。そして、十四歳の麻衣は、端っこに一人離れ、つまらなそうな顔をレンズに向けていた。

麻衣は要領がよく、何をやっても人並み以上にできる。わたしが何かと手のかかる晴彦にばかり構っているうちに、県立高校から都内の有名女子大へと、ひとりで勝手に入ってしまった。大学時代は、夫の会社よりまだ遠い道のりを文句一つ言わずに通いながら、アルバイトに精を出していた。

　麻衣が初めてわたしたちを驚かせたのは、大学卒業を間近に控えたお正月のこと。食卓でお節(せち)をつついていた家族の前で、いきなり、内定していた保険会社には入らない、フランスに留学する、と宣言したのだ。四年間アルバイトして貯めたお金があるので、一年間の滞在費と語学学校の学費は自分で賄(まかな)えるという。

　夫は猛反対。わたしも賛成はしなかった。海外旅行にも出たことのない娘がいきなり留学なんて、と心配が先に立ったのだ。ただ、誰にも言わずに計画を立て、こつこつ貯金をしていたというところは、いかにも麻衣らしいと思った。「お母さんみたいには絶対なりたくないから」という言葉をぶつけられたのは、このときが最初だったと思う。

　結局、麻衣は家出同然にフランスへ旅立ち、一年後、向こうで知り合ったというフランス人男性を連れて帰国した。夫は怒りを通り越してしまったらしい。「あいつのことはもう知らん」と言ったきり、口をつぐんでしまった。

　それから五年。麻衣は今もそのフランス人と都内のマンションで同棲(どうせい)しながら、外資系高級ホテルに勤めている。いつかホテルグループの本部に呼ばれるようにと頑張っているようだ。彼のほうもどこかでフランス語を教えたりしているらしいが、詳しいことは知らない。

彼に会わせてもらったのは、恵比寿のレストランで一度だけ。たまには二人で帰ってきなさいと言うのだけれど、「埼玉の田舎のいかにも昭和な家」には連れてきたくないらしい。将来はどう考えているのかと訊くと、鼻で笑われた。フランスではもう誰も結婚という形にこだわらないのだそうだ。

海外を飛び回るような仕事。日本とフランスとを行き来するような生活。あの子の夢は、きっとそのあたりにあるのだろう。確かに、古びた家の中をちょこまかと動き回り、近所のスーパーとの間を自転車で行き来しているだけのわたしとは、正反対の人生だ。

でも——。

あの子はきっと、知らないだろう。考えずともわかることだが、考えたことはないはずだ。それは、知らないのと同じこと。罪ではない。

わたしにも、二十歳のころがあった。二十歳なりの、夢があった。

ダイニングの板張りの壁に、額装した四つ切りの写真が掛けてある。朝日を浴びて赤く染まる穂高連峰を、涸沢(からさわ)カールから撮ったものだ。三十五年という年月が、燃えるような紅色だった山肌を、くすんだピンク色に変えてしまった。地元紙の写真コンテストで、風景部門の銀賞。わたしのたった一つの勲章だ。

食卓の、わたしがいつも座る席からは、正面に見える。でも、他の家族がそれに目を留めることはない。あの写真はもう、ダイニングの景色に溶け込んでしまって、誰の目にも映らないのだ。そう。わたしの夢が、そこに溶けて消えてしまったように。

麻衣は覚えているだろうか。あの子がまだ小学校に上がるか上がらないかのころ、「あの写真、誰が撮ったの？」と訊かれたことがある。「ママだよ。あれで賞状をもらったんだよ」と教えてやると、目をぱちくりさせて、すごいすごいと驚いていた――。

「いつも、ソロなんですか？」

「――へ？」不意に先生に訊かれて、声が裏返る。「いえ、仲間と登ることもありますよ。でも最近は、一人が多いかな」

「結構キャリアありそうですよね。歩き方とか雰囲気でわかりますよ。それに何たって、新田次郎のファンだ」

わたしは微笑（ほほえ）んでかぶりを振った。「若いときはよく登ってましたけど、結婚してからはまったくです。二年ほど前に、お友だちから山のグループに誘われて、また登るようになって。でも、ブランクが長いとダメですね。体力だけじゃなくて、集中力も判断力も落ちてる。だからこんな風に道を間違えて、ご迷惑をおかけして」

「昔はどのあたりを登られてたんですか」

「北アルプスと南アルプスのおもだったところは、だいたい。中央アルプスと北関東の山はちょこちょこと。あとは一度だけ、大雪山系に。雪山もほんの少しかじりました」

「へえ、そりゃ大したもんだ」先生はわたしのカメラバッグに目をやる。「そのニューＦ－１とともに登ったわけですね」

「ええ、当時のわたしには、高い買い物でしたよ」

そう言って、かつて一緒に夢を見た相棒に、ケース越しに触れた。

わたしは、山岳写真家になりたかった。

両親にも友だちにも言ったことはない。笑われて終わりだと思っていたからだ。山岳写真といっても、厳冬期のアルプスの風景などは、とてもわたしの手に負えない。だから、誰にでも来られる場所の景色や植物の姿を切り取って、山の魅力を人々に伝えられたら、などと無邪気に夢想していた。

わたしは埼玉県深谷市で、農業を営む両親のもとに生まれ育った。ネギ畑に囲まれた実家には、今も兄一家が住んでいる。

山との出会いは、中学一年のとき。担任の先生が相当な山女で、夏休みに、わたしを含む五人の生徒を南アルプスの仙丈ヶ岳に連れていってくれたのだ。仲のよかった子が行くといったので、付き合いで参加しただけなのだが、感激したのはむしろわたしのほうだった。

初心者でも登れる山とはいえ、仙丈ヶ岳は三千メートル峰だ。それがよかった。雄大な小仙丈カールを左手に見下ろしながら、さえぎるもののないなだらかな稜線(りょうせん)を登っていく。ハイマツの緑と濃い青空の見事なコントラスト。初めて体感する大パノラマに、ただただ圧倒された。このトレイルは天国に続いているのではないかとさえ思った。

以来わたしは、先生とお仲間の山行きに、時どき混ぜてもらうようになった。高校生になってからも、たびたび誘ってくれた。進学した短大には、登山の同好会があった。同年代の仲間ができて、わたしの登山熱はますます高まった。

高山植物に魅せられるようになったのも、このころだ。その気高い美しさを写真におさめたくて、カメラに凝り始めた。夏の間中八ヶ岳の山荘でアルバイトをして買ったのが、このニューＦ－１。独学で撮影に励み、コンテストや雑誌に投稿した。

短大を卒業すると、県内の製菓会社に就職した。制服を着て伝票処理をこなす毎日だったからこそだろう。山と写真への憧(あこが)れが消えることはなかった。いつか、本格的に写真の勉強をしてみたい。専門学校のパンフレットを取り寄せてはみたものの、そこまで。入学金さえ払えなかった。

週末登山も写真の投稿も続けていたが、成果と呼べるのはあの銀賞だけ。そもそも、小さなコンテストで入賞した程度の写真が、誰かの目に留まるはずもない。有名な山岳写真家に弟子入りして、アシスタントとして修業する。そんな考えがよぎったこともあるが、実行に移す勇気はなかった。何よりわたし自身が、そこまで自分の才能を信じていなかった。

二十五歳のとき、同僚の結婚式の会場で夫と出会った。声をかけてきたのはもちろん向こう。ぎこちない誘い方が、わたしの警戒心を解いたのだと思う。連絡先を交換して、付き合いが始まった。

デートのたびにわたしが山の話をするものだから、気を使ったのだろう。夫は「俺も登ってみようかな。山小屋にも泊まってみたい」と言った。初めての登山こそ、高さのある山に行くべき——経験上わたしはそんな持論をもっていたので、行き先は木曽駒ヶ岳に決めた。ロープウェイで一気に千畳敷まで上がれるからだ。

機嫌よく頂上まで登り、山小屋に一泊したのだが、翌朝夫の顔色がひどく悪い。本人は平気だと言い張るので、予定どおり濃ヶ池(のうがいけ)をまわり、お花畑を散策してから下山した。あとで聞いたところによると、硬い床に雑魚寝(ざこね)の山小屋では一睡もできなかったらしい。

それでも頑張って最後まで付き合ってくれたんだ、と当時は感動した。今なら見栄(みえ)っ張りのやせ我慢としか思えないかもしれない。でも、あのときの夫には、わたしのために、という気持ちが確かにあったと思う。

夫と山に登ったのは、あとにもさきにもその一回きりだ。

翌年の春に結婚式を挙げ、家庭に入った。登山は続ければいいと夫は言ったが、来たばかりの嫁が舅(しゅうと)と姑(しゅうとめ)の前で、ちょっと山登りに、などと言えるわけもない。しばらく山のことは忘れ、いい嫁になろうと健気(けなげ)に頑張っているうちに、麻衣を妊娠した。お腹(なか)に命を宿したことは、心の底からうれしかった。産着(うぶぎ)やオムツの準備をしながら、ザックと登山靴を押入れの奥にしまった。

ニューF-1を使うこともなくなったが、年に一度は箱から取り出し、ほこりや湿気がたまらないよう手入れをした。そのたびに覚えていたしみるような胸の痛みも、何年かすると感じなくなった。

わたしの夢は、軽い火傷(やけど)の痕(あと)のように、自然と消えてしまった——。

「ちょっと一服入れましょうか?」

先生がわたしの目をのぞき込むようにして言った。どうやら、心配されるような顔をして歩いていたらしい。

「いえ」わたしはすぐに口角を上げた。「わたしなら大丈夫ですよ」

「まあそう言わずに。というより、僕がもう限界で」先生はおどけた顔で股間(こかん)を押さえた。

*

登山道の曲がり角から平らな岩が突き出ていたので、そこに学生さんと並んで腰を下ろした。木々の間から、ふもとの国道とその先の湖まで見通せる。あれが菅沼だろう。

先生は、そそくさと斜面を下り、林の中に消えていった。

「面白い先生ですね」わたしは学生さんに言った。

「ギャグは超寒いですよ」

「何だかんだいって、いいコンビに見えますけど。研究室、やめたいわけじゃないんでしょう?」

「まあ」学生さんは、小石を一つ、指ではじいた。「やめないと思いますよ。これ以上落ちこぼれたら、さすがにカッコつかないんで」

「落ちこぼれ？」

「僕、二浪してるんですよ。ずっと医学部目指してて。じいちゃんも親父もいとこも、みんな医者なんで。いくら医者の家系でも、たまにはバカだって生まれるじゃないすか。弟が医学部に入ったんで、僕はもういいかなって」

「――そう」わたしはそっと言った。

「適当に今の大学に入って、適当に就職しようと思ってたんですけど、四年生になったら研究室に入って卒論やんなきゃなんないでしょ。ラクそうな研究室ないかなーって探してたら、あの先生につかまって。『お前、なんでそんなにやる気ねーんだ？』って訊くから、軽くさっきみたいな話したら、大喜びしちゃって」

「なんで喜ぶの？」

「『お前のような学生を待っていた。うちの研究室に来て、火山の医者になれ』って」

「火山の、医者」意味は何となくわかるが――。

「例えば、うちの先生はこの日光白根山のホームドクターみたいなもんです。噴火史とか噴火のクセを誰よりよく知ってる。で、『メスで人間を刻むかわりに、ハンマーで山を刻め。火山の医者になって、何十万、何百万の人々の命を救うんだ！』って、一人で盛り上がっちゃって」

「へえ、いいお話」

「いやいやいや」学生さんは大げさにかぶりを振った。「あの人の口車に乗っちゃったのは、僕ぐらいですよ。不人気研究室で、誰でもいいから人手が欲しかっただけ」

「そうなんですか」笑いながら言った。

「でもまあ、『命を救う』って言葉には、ぶっちゃけ僕も弱いし」

「医者の血ですね」

「それに」学生さんが、もう一つ小石をはじく。「あの人と一緒にやってみるのが、一番確率高いっしょ」

「確率？　何の？」

「将来、やっててよかったな、面白いな、と思える確率。だってあの人、自分のやってることが世界一面白いって、マジで思ってますからね。仕事なんて辛いもんだ、歯を食いしばってやるもんだ、なんて言うオヤジのもとで働いて、面白いわけないですもん」

「ふうん、面白い考え方」

「実際、好きなことだけやって生きてる大人、初めて見ましたから。そんな人、マジでこの世に存在するんだって、結構衝撃で」

表現こそ若者らしいが、彼の感じていることはわたしにもわかる気がする。つまるところ彼は、先生の生き方に感染したいのだ。そばで同じ空気を吸っていたいのだ。弟子にそう思われるのは、師匠として最高のことだろう。

それに比べて、親としてのわたしは――。

小さく息をついたとき、わかってしまった。

わたしはきっと、もう迷ってなどいない。覚悟が足りないわけでもない。

わたしは、麻衣と晴彦に何をどう伝えるべきか、わからないでいるだけなのだ。あの子たちに何もわかってもらえないまま、勝手な親だと思われて終わるのが、怖いのだ。

すぐうしろの登山道を、中高年のグループががやがやと通り過ぎていく。

「にしても、どこにいるんすかね、山ガール」学生さんがぽつりと言った。

「ほんとにね。がっかりよねえ、わたしみたいなおばさんばっかりで」

「なんで、みんなこぞって山に来るんですかねえ。子育ても終わったし、みたいな感じですか」

「わたしの場合は——それに加えて、犬が死んじゃったから、かな」

「もしかして、それですか」学生さんが、わたしのザックに付いたキーホルダーを指差した。舌を出したジロの写真が入っている。「さっきから気になってたんすよ」

「そう。御守りのかわり。クマから守ってねっていう」

ジロが死んだのは、一昨年の春先。十五歳だったので、長生きしたほうだろう。

麻衣が小学生のとき、クラスメイトのところで生まれた三頭のうちの一頭だ。どうしても飼いたい、責任をもって世話をするとあの子が言うので、うちでもらうことになった。呼びかけるとこっちをジロリと見上げるから、ジロ。麻衣が名付けた。雑種だが、きれいなキツネ色の毛並をしていた。

子犬のころは、麻衣も晴彦もそれなりに世話をした。数年経って子供たちが中高生になり、部活や塾で忙しくなると、朝夕の散歩に連れていくのもエサをやるのも、すべてわたしの仕事になった。

ジロもまた、他の家族同様、わたしの愛を刻んだ。でもあの子は、誰よりわたしを純粋に求めてくれた。素直に感情のやり取りをしてくれた。刻んだ傷を舐めてくれた。

最期は心臓を患い、入院していた動物病院から引き取った帰りの車の中で、わたしの腕の中で死んだ。その喪失感は、初めて味わうものだった。

よく同じ時間に犬の散歩をしていて親しくなった近所のお友だちが、登山のグループに入っていた。ふさぎこむわたしを見かねたのだろう。彼女が山に誘ってくれた。何度かそのグループの山行きに参加し、やがて一人でも登るようになった。

山道を踏みしめ、木々の香りを嗅いでいるうちに、わたしの中に眠っていたいろんな記憶と感情が甦ってきた。頂上に立ち、深呼吸をするたびに、わたしはわたしに戻っていった——。

「先生と山に来るのは、何回目？」わたしは学生さんに訊いた。

「三回目です」

「やっぱり、好きになれませんか」

「石担いで登ってるときは、もう二度と来ねえ、って思います。でも、下りてきてザックを下ろしたら、また来てもいいかなって——まあ、一ミリぐらいは思います」

人との出会いというのは、つくづく不思議なものだと思う。人生というルートの分岐点は、初めから地図の上にあるのではない。人との偶然の出会いが、気まぐれにそこに分岐を作るのだ。

この学生さんの、先生との出会いもそう。わたしの、この二人との出会いもまたそうなのかもしれない。

去年の夏。登山を再開して初めて、泊りがけで南アルプスに登った。単独行だ。甲斐駒ヶ岳と仙丈ヶ岳にはさまれたその山は、イメージこそやや地味だが、高山植物の宝庫として知られている。眠っていたニューF－1を三十年ぶりに持ち出したのも、このときだ。

天気にも恵まれ、気持ちよく八合目までたどり着いた。その日はそこにある小さな山小屋に泊まることにしていた。山小屋は、森林限界のすぐ上、凜とした岩稜とハイマツが美しいカール地形を見上げることのできる素晴らしい場所に建っていた。

日暮れ近く、山小屋のそばに咲いていたクルマユリにレンズを向けていると、「懐かしいカメラですね」と声をかけられた。それが、あの人との出会いだ——。

ガサガサと草木をかき分けながら、先生が斜面を上ってきた。その姿を見た学生さんが、声をひそめる。

「さっきの話、先生に言っちゃダメですよ。あの人、すぐ調子に乗るんで」

「わかってますよ」

登山道まで来た先生が、とがめるような目で学生さんとわたしの顔を見比べる。

「さては、俺の悪口言ってたな」

「他にどんな話題があるんすか」学生さんはさも当然とばかりに言った。

谷を下り、笹原(ささはら)の中をしばらく行くと、大きな案内板が見えてきた。登山口はもうすぐだ。

緩やかな林道の道幅が、だんだん広くなる。わたしをはさんで先生と学生さん。三人横に並んで歩く格好になった。間もなく五時半。木々の隙間(すきま)から差し込む西日がまぶしい。

さっきからわたしは、歩みを緩めたくなる衝動にかられている。一人だったら、そうしたかもしれない。

このまま山を下りてしまっていいのか。わたしはまだ、子どもたちにかけるべき言葉を、見つけられていない。

風が出てきた。わずかに湿り気を感じる。天気予報では、明日からまた梅雨空に戻ると言っていた。

ひときわ強く吹きつけてきた風を正面に受け、わたしの左で学生さんが両手を広げる。

「あー、気持ちいいー」

疲れた体の芯(しん)から出たような声だった。わたしの右で先生が首を回す。

「な？」

「何すか？　な、って」

学生さんはわたしの頭越しに訊き返した。先生が、目尻にしわを寄せて言う。

「山って、いいだろ」

聞いた瞬間、わたしの足だけが止まった。

山って、いいでしょ――。

その台詞を、わたしは言ったことがない。

なぜわたしは、今まで一度も、あの子たちを山に連れてきてやらなかったのか。なぜわたしは、自分の人生を生きているところを、あの子たちに見せてやらなかったのか。なぜわたしは、二人の前で、押しつけがましいほどに山の魅力を語ってやらなかったのか。

わたしの一番大きな失敗は、きっとそれなのだ――。

先生と学生さんが、驚いた顔でこっちを見ていた。わたしは「すみません、何でもないんです」と言いながら、小走りで追いつく。

今からでも、間に合うだろうか。いや、間に合わせたい。説明などいらないのだ。あの子たちにかける言葉は、それだけでいい。

わたしの心は、決まった。

菅沼登山口の駐車場では、登山客たちが靴紐を解き、帰り支度をしていた。

先生の車は、大きなタイヤの四輪駆動車だった。トランクにザックをのせると、学生さんは「自販機探してきます。炭酸飲みたいんすよ」と言って茶屋のほうへ歩いていった。

わたしはザックの頭からスマホを取り出し、先生に言った。

「電話を一本かけてもいいですか」

「ご家族にですか」

わたしは「いえ」と小さく答えながら、発信履歴にその番号を探す。また心が揺れないうちに、伝えてしまいたかった。

数回の呼び出し音のあと、向こうの受話器が上がった。電話に出たのは本人だった。ふた言ほど言葉を交わしたあと、わたしは告げた。

「わたし、決めました。来週にでも、そちらに参ります」

先方の問いかけに二つほど答え、最後にわたしが「よろしくお願いします」と言って、通話はあっさり終わった。

ほっとしたわたしが微笑みかけたので、訊いてもいいと思ったのだろう。先生が言った。

「何を決めたんですか？」

「山小屋を買うんです」

「え⁉」先生が目を丸くする。「ど、どこの⁉」

「南アルプス」

「なんでまた、そんなことに」

あの日、クルマユリにレンズを向けていたわたしに声をかけてきたのは、山小屋のご主人だった。一人で来て、古いカメラで写真を撮っているわたしに、興味を抱いたらしい。

夕食のあと、食堂でご主人と話し込んだ。ご主人の年齢は、七十五。アルバイトの学生を使いながらずっとご夫婦で営んでいたそうだが、奥さまがその前年に亡くなったという。ご主人も長年リウマチに悩まされていて、そろそろ小屋を手放そうと考えているとのことだった。

基本的に、国立公園内に民間人が新たに山小屋を開くことはできない。古くからある山小屋だけが営業を認められているが、それは要するに既得権益だ。実際、北アルプスや南アルプスの山小屋は、かなり儲かる。権利を買い取りたいという人や会社は、いくらでもあるだろう。

わたしがそう言うと、ご主人は「商売っ気だけの連中には、いくら積まれても譲らんよ」と首を横に振り、「ここを託すなら、あなたのような山好きの素人(しろうと)がいい」と付け足した。「こんなところで写真を撮りながら暮らせたら、夢のようですけど」と受け流すわたしに、ご主人は「まあ、まずは何度かここへ足を運んでください」と真顔になって言った。

本気にしたわけではない。にもかかわらず、その年のうちに二度、引き寄せられるようにしてその山に登り、山小屋に泊まった。夏の終わりと、紅葉の時期だ。そのたびに小屋を受け継ぐという話になり、それがだんだん具体的になっていった。

わたしのどこを見込んでそんなことを持ちかけてくれたのか、ご主人に訊(たず)ねたことがある。ご主人はにやりとして、「あんたのカメラだよ」と言った。「ものを長く大事に使える人間でないと、山小屋の主人はつとまらんからね」と。

そして先月。四度目の訪問をした。あとはわたしの決心次第ということで固まったプランは、こうだ。まず、この夏からご主人のもとで働き始め、経営のノウハウを学ぶ。三年で独り立ちするのが目標だ。ご主人は引退後もふもとの町で暮らす予定なので、何かあれば助けてもらうことはできる。

買い取りについては、あまり厳しいことは言われていない。その時点で払える額を頭金にして、あとは毎年の売り上げの何パーセントかを支払うという形でいいそうだ。

営業期間は、五月中旬から十月下旬。一年の約半分、埼玉の家を空け、山にこもることになる。夫と晴彦には、自分のことは自分でやってもらう。誰かの世話が必要だとお義母さんが言うなら、その間だけ義妹のところに行ってもらうしかない。義妹の住まいは大宮なのだから、大変でも何でもない。

もちろん、家族に伝えるのはこれからだが――。

わたしの話を聞き終えると、先生はまだ信じられないという表情で、ゆっくりかぶりを振った。

「ここ数年で聞いた中では、断トツで一番うらやましい話ですよ」

そこへ、学生さんが戻ってきた。派手なデザインのペットボトルを握っている。

「おい、今度、山へ行くぞ」先生が出し抜けに言った。

「は？　今下りてきたばっかだし」

「石採りじゃねーよ。この人の山小屋に泊まるんだ。南アルプス。最高だぞ」

学生さんは、何言ってんの、という顔で首をかしげ、ペットボトルのふたをねじ開けた。プシュッといい音が響く。

学生さんは飲み口をくわえるようにして、勢いよくのどに流し込んだ。額の汗が、夕日にきらきら輝いている。若者らしい、いい顔だと思った。

わたしは想像する。

晴彦は、わたしの山小屋に来てくれるだろうか。ぜえぜえ言いながらザックを下ろし、わたしが手渡した水を飲みほして、あんな顔を見せてくれるだろうか。

そしたらわたしは、「山って、いいでしょ」と笑顔で言ってやるのだ。「まあ、思ってたよりは」とでも答えたら、次はこう言ってみよう。「山小屋の仕事を手伝ってみない？」と。

麻衣は、来てくれるだろうか。フランス人の彼と、もしかしたら、金髪のかわいい子どもを連れて。山小屋で食べるカレーライスが、あの子の勧める高級ホテルのフレンチに負けないぐらい美味しいと、思ってくれるだろうか。

夫は、来てくれるだろうか。眠れない山小屋でも、一泊ぐらいはしてくれるだろうか。あのときのように、わたしのためにやせ我慢をして。

難しいとは思うけれど、うちの食卓を山小屋に持っていきたい。食堂の隅っこにでも置いて、わたしと家族専用のテーブルにするのだ。
細かな傷が刻まれたあの食卓を、家族みんなで囲むことが、またあるだろうか。

特別掌編　新参者の富士

ツアーの団体に混じって小御嶽神社で参拝を済ませたあと、境内の脇にある展望台に上ってみた。広大な緑の裾野の先に、山中湖と富士吉田市街が見える。

「絶景だねえ。これが瑞穂の故郷かあ」美希がまた言った。

「だから、違うって。こっちは山梨側だって言ってるでしょ。うちは静岡。富士宮。反対側だよ」

「またそうやって張り合っちゃって」美希はおどけて真顔を作る。「富士山はみんなのものだよ。大昔から」

「誰もそんな話してないよ。だいたい、うちの地元が見たいなら、新幹線で新富士下車だよって言ったじゃん」

「だって、新宿からだとこっちのほうがラクだったんだもん」美希に悪びれる様子はない。

会うのは半年ぶりだが、この子は相変わらずだ。昨夜になって急に、待ち合わせ場所を新富士駅から河口湖駅に変更してほしいと言ってきた。おかげでこっちは四十分も余計に車を走らせる羽目になったのだ。

展望台を下り、色とりどりの大型バスがひしめく五合目ロータリーまで戻る。九月に入り、登山シーズンはもう終わりを迎えようとしているが、観光客、とくに外国人の多さは想像以上だった。

「あ！　ほら、見えたよ！」美希が頂上のほうを指差した。さっきまでかかっていた雲がきれいに取れている。

「ああ……よかったね」

「何その常連感」美希が口をとがらせた。「こっちは初富士山なんだから、もうちょっとテンション合わせてきて」

「わたしだって十年ぶりだよ。五合目まで来たの」

その言葉に、富士山が笑ったように見えた。

ふっふっふ。確かに珍しいですねえ、こんなそばまで来るなんて。しかも、リュックなんか背負って。もしかして、登ってくる気ですか――。

登りません、とわたしは心の中で答える。登山気分を味わいたいと美希が言うので、六合目までトレッキングするのに付き合うだけだ。富士山がまたせせら笑う。

登らないんですか。まあ、多少は根性が要りますからねえ。何たって私、日本一の山ですから。ふっふっふ——。

山頂まで入れた自撮りに夢中の美希を、「もう行こう」と急かした。大きなザックを背負ったグループのあとについていく。たぶんそっちが登山口だろう。

舗装こそされていないが、道は広く平らに整備されている。両手にストックを握った登山者たち。Tシャツにサンダル履きのカップル。土産物の紙袋を提げた外国人観光客。行き交う人々は様々だ。

山腹を横切る平坦な道を五分ほど行くと、路肩に中年男性がしゃがみ込み、タブレットを操作していた。その画面を横から老夫婦がのぞきこんでいる。

「——ですから、ちょうどこのあたりがですね」男性は周囲の地面を示して言った。「山頂になるんですよ」

「へえ、ここが」「面白いわねえ」と老夫婦は感心したようにうなずき合っている。

「ねえ、あれ——」美希がささやいて、男性の足もとを指差した。「ドローンじゃない？」

「ほんとだ」四本足にプロペラがついたシルバーの機体が置かれている。「富士山の空撮でもしてるのかな」

その横を通り過ぎたあと、美希が言った。「さっきの男の人、ここが山頂だ、みたいなこと言ってなかった？」

「言ってた。どういう意味だろね」

三十分ほど歩き、泉ヶ滝というところで分岐を右に進む。道が細くなり、急に斜度が上がった。途端に息も上がる。

わたしは体力がない。子どもの頃から、人よりもずっと。消耗すると、心まですぐ弱る。だから、お膝(ひざ)もとで育ちながら、富士山に登ろうなどとは考えたこともない。

そもそもわたしは、ずっとこの山が苦手だった。その完璧(かんぺき)な美しさと威容でいつもこちらを見下ろし、わたしのひ弱さを笑っている富士山が。

頭痛がしてきた。高山病だろうか。前を元気に歩いていた美希が、山頂側の空を指差して「あ！」と声を上げる。

「ドローンだ！　さっきの人のじゃない？」

はるか上空を飛ぶ小さな機械に「おーい」と手を振る美希を見ながら、あらためて不思議な子だと思う。

わたしは県内の大学を出たあと、東京で中堅飲料メーカーに就職した。美希はその同期だ。

今思えば、メーカーなど初めからやめておくべきだった。最初に配属されたマーケティング部はまだよかったが、四年目で営業部に異動になると、営業目標を達成するための激務とプレッシャーに耐えられなくなった。頻繁に体調を崩して上司に叱られ、先輩に嫌味を言われて、ストレスでまた寝込む。ひどい悪循環だ。

最後には異常な眠気で出社できなくなり、軽いうつ病と診断されて、退職。異動して一年ともたなかった。ワンルームマンションを引き払い、静岡に帰る新幹線から見えた富士山が、わたしを嘲った。

ふっふっふ。やっぱりね――。

退職を決めたとき、同僚たちはいかにも思いやり深そうな顔をしながら離れていったが、美希だけは違った。「そっかあ。じゃあ、今度東京に出てきたときでいいからさあ」と、わたしと次の食事の約束をしようとしたのだ。

あれから三年。美希とはしょっちゅう電話やメールのやり取りをし、たまに上京すると必ず食事をする。振り回されて腹が立つこともあるが、一緒にいて誰よりラクなのは、その文句をストレートに言えるからだと思う。

ぜえぜえ言いながらさらに三十分歩き、何とか六合目に着いた。山中湖を見下ろしながらコンビニで買ってきたおにぎりを食べているうちに、頭痛は消えてくれた。

帰りは少しコースを変え、途中まで吉田ルートを下りてから、スタート地点の富士スバルライン五合目へ向かう。

泉ヶ滝の分岐まであと少しというところに、ドローンの男性がいた。今度は一眼レフで山道脇の崖の写真を撮っている。

美希が立ち止まった。まさか、と思っている間に男性に声をかける。「何か面白いものでもあるんですか？」

「え？」男性が驚いて振り返る。「ああ、溶岩ですよ」

見れば確かに、傾いた板状の岩が何枚か重なっている。

「溶岩って、富士山のですか？」美希が言った。

「いえ、小御岳火山の」

「小御岳？　さっきの小御嶽神社の？」

美希が持ち前の無遠慮さで聞き出したところによると、男性は地元の大学で火山の研究をしている教授だという。ドローンを使っていたのは、火山の細かな地形を上空から撮影するためだそうだ。

教授は、北斜面の五合目付近を引きで撮った画像をタブレットで見せながら、解説してくれた。

「――ほらここ。斜面にポコッと小さな肩みたいなのがあるでしょ。小御岳火山の頭が飛び出てるんですよ。今我々は、ちょうどその上にいる。すぐそこのスバルライン終点も神社も、この肩の上に作られたわけです」

「そういうことかあ。だからさっき、ここが山頂だって」

納得顔の美希の横から、今度はわたしが訊く。

「つまり、小御岳火山は、富士山の中腹にできた小さな火山ってことですか？」

「いえいえ、逆ですよ」教授は微笑んだ。「小御岳火山が先。富士山の下にはね、より古い火山がいくつも埋まっているんです。まず先小御岳火山というのがあって、二十万年前頃から、その上に小御岳火山ができた。十万年前には小御岳の山腹で古富士火山が噴火を始める。今の富士山が生まれ始めたのは、一万数千年前。ごく最近です」

「最近、ですか」

「日本海が開いて日本列島の原型ができたのは千五百万年前。日本アルプスの山々が隆起を始めたのが二、三百万年前ですからね。富士山なんて、まったくの新参者ですよ」

聞こえました？　わたしは山頂のほうをちらりと見て、言ってやる。あなた、新参者ですって。少し胸がすっとした。

「ですから、数万年前に旧石器人がこの辺にいたとしたら、全然違う景色を見ていたはずです。逆にいうと、今の美しい富士は、ほんの束の間の姿ということになる」

そのあと美希が頼み込み、さっき撮っていた空撮動画を見せてもらった。画面の隅にほんの数秒だけ、手を振る美希とわたしの姿が小さく映っていた。

わたしはほんのちっぽけで、疲れて肩を落としていたけれど、ちゃんと山に立っていた。旧石器人が見ていた〝富士山〟のてっぺんに。

教授と別れてまた歩き出すと、美希が言った。

「来年の目標、富士山登頂にしようよ。美希&瑞穂の共同目標」

「――できるかな」

「いいんだよ。目標なんてのはね、達成できてもできなくても、人生に影響しないようなものにしときゃいいの。そうしとくべきなの、あたしたち人生の新参者は」

「新参者って、来年三十だけど」

「人生百年時代だよ。三十なんて、新参者同然じゃん。仕事だってまだこれから。結婚に至っては、まだまだまだまだこれから」

「まだが多いよ」思わず笑みがこぼれる。「でも――ほんとそうかもね」

頂上を仰ぎ、富士山に訊いてみる。あなた、日本一の山だそうですけど、こんな友だち、あなたにいますか？

富士山が初めて寂しげに微笑んだ気がして、急に愛しくなる。この美しい富士が束の間の姿だというのなら、ああきれいだなあ、と素直に思いながら眺めたほうがいい。

ゴールはもうすぐそこだ。足は不思議なほど軽い。生まれて初めて、いつか富士山に登れそうな気がしていた。

あとがき

本作の執筆にあたっては、長屋幸一さん、下條將徳さん、北海道大学の化石・鉱物サークル「シュマの会」の皆さんに、貴重なご助言をいただきました。

第二話「星六花」に登場する「首都圏雪結晶プロジェクト」は、気象庁気象研究所の荒木健太郎氏らによる「関東雪結晶プロジェクト」(参考文献参照)をモデルにさせていただきました。

第四話「天王寺ハイエイタス」中に、筆者の敬愛するブルース・ギタリスト、内田勘太郎さんのお名前が出てきますが、当然ながら、内田氏はこの物語および登場人物と一切関係ありません。

第五話「エイリアンの食堂」で言及されている「一三八億年前の水素」の話は、早野龍五氏と糸井重里氏の対談『知ろうとすること。』第五章(参考文献参照)の内容に着想を得たものです。

この場を借りて厚く御礼申し上げます。ありがとうございました。

参考文献

『雲の中では何が起こっているのか』荒木健太郎著　ベレ出版（二〇一四）
『アンモナイト学　絶滅生物の知・形・美』（国立科学博物館叢書②）重田康成著　国立科学博物館編　東海大学出版会（二〇〇一）
『標本学　自然史標本の収集と管理』（国立科学博物館叢書③）国立科学博物館編　東海大学出版会（二〇〇三）
『人類と気候の10万年史　過去に何が起きたのか、これから何が起こるのか』中川毅著　講談社ブルーバックス（二〇一七）
『内田勘太郎　ブルース漂流記』内田勘太郎著　リットーミュージック（二〇一六）
『知ろうとすること。』早野龍五、糸井重里著　新潮文庫（二〇一四）
『土星の衛星タイタンに生命体がいる！「地球外生命」を探す最新研究』関根康人著　小学館新書（二〇一三）
『群馬県の山』（分県登山ガイド09）太田ハイキングクラブ著　山と溪谷社（二〇一六）
『関東・甲信越の火山Ⅰ』（フィールドガイド日本の火山①）高橋正樹、小林哲夫編　築地書館（一九九八）

『歌集　笑わぬ木瓜』吉原和子著　短歌研究社（二〇〇二）
『強力伝・孤島』新田次郎著　新潮文庫（一九六五）
「太古、月は近かった」大江昌嗣『生きている地球の新しい見方　地球・生命・環境の共進化』第13回「大学と科学」公開シンポジウム組織委員会編　クバプロ（一九九九）
「日光火山群、日光白根火山および三ツ岳火山の地質と岩石」佐々木実、橋野剛、村上浩弘前大学理科報告　四〇巻一号（一九九三）
気象庁気象研究所　関東雪結晶プロジェクト　https://www.mri-jma.go.jp/Dep/typ/araki/snowcrystals.html
宇宙航空研究開発機構　宇宙ステーション・きぼう広報・情報センター　https://iss.jaxa.jp/iss/
高エネルギー加速器研究機構　https://www.kek.jp/ja/
「山と溪谷」二〇一九年十一月号　山と溪谷社

〈対談　逢坂剛・伊与原新〉
馬力がある小説

逢坂　今日は神保町までよくお越しくださいました。伊与原さんは神保町にはよく来ますか？

伊与原　いえ、最近は滅多に来ません。逢坂さんの〝地元〟で対談させていただけるなんて、数年前には考えられないことでした。本当に光栄です。

逢坂　まあ、そう固くならずに（笑）。この喫茶店は私の会議室みたいなもので、よく新潮社の諸君とも打ち合わせに使うんですよ。どうぞ楽にしてくださいな。

伊与原　ありがとうございます。よろしくお願いします。

逢坂　『月まで三キロ』（以下『月まで』）の単行本は二〇一八年でしたね。当時、私は新聞の書評コラムを書いていて、編集者から話題作や注目の作家を聞いては、新刊をよく読んでいたのです。『月まで』も、新潮社の担当者から「面白いからぜひ」と渡されましてね。

伊与原　そういう流れでお手元に……。

逢坂　ええ。ところが、といってはなんですが、本を見たときに、正直、私のタイプじゃないなという気がした（笑）。しかし、著者略歴を見ると、江戸川乱歩賞に応募歴があるとか、横溝正史ミステリ大賞でデビューとあって、ミステリー系の書き手なのかと思い直して読みはじめたのです。

するとと、冒頭の表題作が、非常に読みやすい文章で書かれていて、驚きました。そもそも、エンタメ小説は読みやすくなければいけないというのが、私の持論なんですが、その私がどんどん引き込まれて読んでしまった。

伊与原　そういっていただけるとうれしいです。凝った文章よりも、読みやすい文章を書こうと心掛けているつもりなので。まだまだですけど。

逢坂　読みやすいだけではなくて、ちゃんとしたミステリーでもある。「月まで三キロ」という謎めいたタイトルが何を意味するのか。人生で追い詰められた主人公が、タクシーの運転手と話をしながら、行き先のわからない道行きになっていく。そのなかで、最後にタイトルの意味が明かされる。しかも、効果的なかたちで天文学の知識がちりばめられています。これはじつに巧みなミステリーの手法ですよ。

そこであらためて、理工系の作家なのだと気づいたんです。理系的知識をいかしたというよりも、理工系の人ならではの考え方とか観察が、小説の構成に非常に深くかかわっていると感じました。だから、うんちくがうるさくないどころか、物語に厚みを与えています。

伊与原　ミステリーだといっていただけるのは、心強いです。どの作品も大きな事件が起きるわけじゃないんですが、科学的知識を取り込みながら、どうしたら起伏のある小説になるか、どうやって読者を最後まで引っ張っていけるかと、そう思って書いていました。

逢坂　なるほど。読者を引っ張る力というのは、小説には本当に大事ですね。私は小説には「馬力」が必要だと思っているんですよ。馬力というと、たんに活劇とかアクションのことだと誤解されやすいけれども、そうじゃない。私のいうのは、読者をぐいぐい先へ引っ張っていく力のこと。それが小説の馬力なんですね。『月まで』にはそれがあるんですよ。

伊与原　自分の小説に足りないのは「力強さ」ではないかとずっと感じていたので、思いがけないというか、励まされる思いです。

逢坂　馬力は力まかせとは違うんです。とくに派手な事件があるわけでもないのに、どんどん読ませてしまう。これは最近なかったタイプの小説だと思いました。たとえば、ヤン・デ・ハートックの『遥(はる)かなる星』のような傑作に近いものがあるかもしれません。この作品は、あるユダヤ人の少女をイスラエルまで届けるというだけの話ですが、銃撃戦があるわけじゃないのに、読者はいつのまにか引き込まれて、物語から目が離せなくなってしまうんですね。

伊与原　なるほど、それが馬力ということなんですね。

逢坂　そうなんです。それともう一つ、この『月まで』を読んで感じたのは、これはいままでほとんど書かれたことがなかったタイプの小説じゃないかと。理系の知識がストーリーにうまく溶かし込まれているんです。そもそも、小説家というのは、誰も書かなかったテーマを、誰も書いたことのない方法で書きたいわけです。たとえ、すでに書かれているテーマであっても、誰も書いたことのない仕方で作品にする。そういう志が、志というといささか大げさだけれども、この作品にはあると思えたんですね。

伊与原　科学をトリックのネタに使うのではなく、科学の世界と人間ドラマを融合させたという点では、あまり他にない小説かなと思って書いていました。

逢坂　そうでしょ。ここに収録されている作品のどれもが、専門家は知っている知識かもしれないが、それをこんな自然な物語に仕立てた人はいませんよ。

しかし、伊与原さんは最初に乱歩賞、そのあと横溝賞に応募されてデビューですが、最初のころの作品とずいぶん違いますね。

伊与原　そうですね。デビューしたばかりのころは、ミステリー作家として書いていければと思っていました。科学の知識を取り入れたミステリーやサスペンスですね。だから、『月まで』のような小説を目指していたわけでも、狙(ねら)っていたわけでもなかったんです。ところが『月まで』を書く少し前に、作品の方向性について考えあぐねていたときに、新潮社の担当編集の方に、僕がトリックとかどんでん返しとか、読者を驚かすことに疲れているように見えるといわれて……。

逢坂　なるほど。

伊与原　それで、驚かすことを目指さないで、普通の小説をいったん書いてみませんかといってくれたんですね。それで書き始めたのが『月まで』でした。

逢坂　そうでしたか。編集者の提案で方向が変わったということなんですね。しかし、言うは易(やす)しで、たいていは作者の意図とか、狙いが作品に出てしまうものなんですが、この作品はそういう作者の意図が全然感じられない。もう、これは天性のものとしかいえないです。

そこで聞きたかったのは、子供のころからの読書体験です。どんなタイプの本を読んできたんですか。

伊与原　小学生のころにはルパンや明智小五郎など、子供向けの推理小説を読んでました。小学校の図書室に行くと、そういう本がたくさんありました。その流れでホームズを読み、次にはクリスティとか。

逢坂　影響を受けたと思う作家は誰でしたか。

伊与原　好きだったのはG・K・チェスタトンですね。ブラウン神父シリーズは好きでした。

逢坂　それは納得できる気がしますね。

伊与原　大学生になって、東野圭吾さんとか綾辻行人さんとか、日本のエンタメミステリーを読みまして……。

逢坂　それでミステリーを書きたくなって乱歩賞。

伊与原　そうです。ちょうど大学での研究に行き詰っていた時期で、ひとつトリックを思いついたので書いてみたんです。出来上がると、やっぱりどれくらいのレベルなのか知りたくて、乱歩賞に応募したのです。

逢坂　そこで早くも、最終候補になったんですね。

伊与原　ええ、驚きました。

逢坂　最初の応募で最終に残るというのは、すでに小説づくりの基礎が出来ていたのかもしれません。それまで自分で何か書いたりしていたんですか。
伊与原　まったく。論文は書いていましたが。
逢坂　いわゆる、文章修業はやったことがない、と。そうなると、やっぱりこの文章は天性のものだとしかいいようがない。伊与原さんの学術論文なら、相当わかりやすそうだ。
伊与原　論文を書いていて鍛えられたのは、意味が一つにとれるように書くということですね。あいまいな部分をできるだけ削ぎ落としていく。形容詞や副詞などは一切いらない。数値と事実だけ、というのが科学論文の基本なんです。
逢坂　理工系の論文というのは、そういうものなんですね。明瞭明快というか。私がよく読む論文、たとえば日本語学や国文学などの文科系の論文は、けっこう読みにくくて閉口します。
伊与原　理工系の論文はむしろ、万人にわかるように書くことが求められるんです。
逢坂　しかし、以前の作品を読んで気づいたんですが、『磁極反転の日』（新潮文庫）のころは、まだ専門用語がすっとのみこめないところがありました。文章のうまさは以前から変わっていないと思うのですが、専門用語を苦心して説明している印象がある。

伊与原　おっしゃるとおりで、いまもまだ試行錯誤です。僕の場合、科学的知識や情報をどうしても小説のなかで扱わないといけないんですが、逢坂さんに、分かりにくくならないコツというか方法をお聞きできれば……。

逢坂　まあ、私も試行錯誤でしたよ。ただ、長いこと書いてきた中で、次第に自分の小説作法が固まってきました。小説作法というのは、作家それぞれのもので、正解があるわけじゃないけれども、私の場合、一例ですが、「！」「？」「……」「――」は使わずに書くとか、「気を遣う」という場合は必ず「遣」を用いるとか、一つの文字で複数の読み方がある場合はひらがなにするとか。要するに、読みやすく、読者が誤読しないように、日本語らしい文章をしっかり整えて書くためのルールです。これが固まるまで二、三十年かかりました。

　そういう経験のなかで、一ついえるのは、難しい専門用語は、説明になってはいけないということです。あくまでも描写として文章の中に溶け込ませていかないといけない。そこが一番難しいんですが、『月まで』はちゃんと描写になっていると思いますね。これまでの苦心が実ってきたという感じがします。小説作法が以前と違ってきたと思いますよ。

す。逢坂さんはいかがですか。

伊与原　でも、自分の専門の事柄やよく知っている話は、つい書きすぎてしまうんで

逢坂　私も同じですよ（笑）。時代小説を書いているときなど、時代考証的な知識や勉強したことを書きたくなります。しかし、たとえば池波正太郎さんが偉いのは、ものすごく勉強したはずなのに、それをおくびにも出さない。さすがだなと敬服します。

余談ですが、昔、時代小説を書き始めたころ、藤沢周平さんに「時代考証を勉強しています」と言ったら、藤沢さんは、「そりゃ駄目ですよ、逢坂さん。時代考証を勉強してから、なんて言ってたら一生書けませんよ。小説を書きながら勉強すればいいんです」と言われて、目からうろこが落ちた。時代考証に限らず、調べながら書くのが一番です。新潮社で出した『鏡影劇場』なんて、その最たるものでした。

小説家になる人というのは、人のあまり知らないことを詳しく知りたい、調べることが好きという性分でないと向いてないかもしれない。伊与原さんだって地球惑星科学の研究者だったころから、調べるのは好きなはずですよ。

伊与原　僕など逢坂さんの境地にはほど遠くて、調べることに追われてなかなか原稿が進まない……。そういえば、僕も余談ですけど、〈百舌（もず）シリーズ〉の『砕かれた鍵（かぎ）』で一か所だけ「地球物理学者」が登場したのを発見しました。

逢坂　え、そうでしたか。
伊与原　本筋とはまったく関係がないのですが、大杉がなじみの弁護士に頼まれた急な仕事で、家出した大学教授を連れ戻しに高崎まで行ったというくだりで、その教授の専門が、なぜか地球物理学。読んでいて、びっくりしました。
逢坂　本人も覚えてない（笑）。でも、何かご縁があったということかもしれませんね。それにしても、あらためて『月まで』を読み返して、とくに気に入った作品があるんですよ。それは「エイリアンの食堂」。
伊与原　それは、なかでも人気の高い作品です。
逢坂　これはすぐれた恋愛小説ですよ。色恋のことなど一行も書かれていないのに、宇宙の話や素粒子のことを媒介にして、登場人物の距離が少しずつ縮まっていく。私も一読者として、人気があるのはわかります。これはとてもよかった。それと、「山を刻む」もいい。これは、主人公の奥さんが家族を捨てて、別の男のところに逃げる話じゃないかと思わせつつ、思いがけないオチに着地する。その鮮やかな展開が、まさにミステリー的なヒネリとして効いているんですね。ミステリーが書きたかったという伊与原さんの気持ちがわかる気がします。
伊与原　ありがとうございます。

逢坂　それと、気の利いた警句がうまいタイミングで出てきますね。「アンモナイトの探し方」で、

「わかるための鍵は常に、わからないことの中にある。その鍵を見つけるためには、まず、何がわからないかを知らなければならない。つまり、わかるとわからないを、きちんとわけるんだ」

　こういうセリフはいいですね。

伊与原　じつはもう一つ、お聞きしたかったことがあるんです。逢坂さんの小説の凄さは、一度読み始めたら最後、一気にラストまで読まないと気が済まなくなるところだと、僕は思っていまして。

逢坂　そうですか、それはうれしいですね（笑）。

伊与原　そういう、最後まで読者を引っ張っていくために、一番大事にされていることは何でしょうか。

逢坂　そうですね。いろいろあるでしょうけれども、一つはキャラクターで引っ張ることでしょうね。それも、生き生きと描けていないと駄目です。たとえば、突出して悪い奴とか、際立った特徴をもつキャラクターを考える。そういう誰も書いていないようなキャラクターだと、やっぱり書いていくうえで馬力が出ます。

それともう一つは、自分に制約を課すことも大事です。特にシリーズものの場合は、キャラクターは出来上がっているので、できるだけ制約をかけて一冊ごとに新しい工夫をしていかないといけない。たとえば、この作品では一人称を使わないで書いてみようとか。それは、結局、筆をおろそかにしないということだし、第一、自分も飽きないですよ。

伊与原　そこが最初におっしゃった、志ということなんですね。今日はとても背中を押していただいた気がします。本当にありがとうございました。

（二〇二一年四月、東京都千代田区神田神保町「ティシャーニ」にて）

この作品は平成三十年十二月新潮社より刊行された。文庫化に際し第８回静岡書店大賞受賞記念掌編「新参者の富士」を収録した。

二宮敦人著
最後の秘境　東京藝大
―天才たちのカオスな日常―

東京藝術大学――入試倍率は東大の約三倍、けれど卒業後は行方不明者多数？　謎に包まれた東京藝大の日常に迫る抱腹絶倒の探訪記。

宇能鴻一郎著
姫君を喰う話
―宇能鴻一郎傑作短編集―

官能と戦慄に満ちた物語が幕を開ける――。芥川賞史の金字塔「鯨神」、ただならぬ気配が立ちこめる表題作など至高の六編。

神坂次郎著
縛られた巨人
―南方熊楠の生涯―

生存中からすでに伝説の人物だった在野の学者・南方熊楠。おびただしい資料をたどりつつ、その生涯に秘められた天才の素顔を描く。

小倉美恵子著
オオカミの護符

「オイヌさま」に導かれて、謎解きの旅へ――川崎市の農家で目にした一枚の護符を手がかりに、山岳信仰の世界に触れる名著！

日高敏隆著
春の数えかた
日本エッセイストクラブ賞受賞

生き物はどうやって春を知るのだろう。虫たちは三寒四温を計算して春を待っている。著名な動物行動学者の、発見に充ちたエッセイ。

星野道夫著
ノーザンライツ

ノーザンライツとは、アラスカの空に輝くオーロラのことである。その光を愛し続けて逝った著者の渾身の遺作。カラー写真多数収録。

城山三郎著
そうか、もう君はいないのか
作家が最後に書き遺していたもの——それは、亡き妻との夫婦の絆の物語だった。若き日の出会いからその別れまで、感涙の回想手記。

山本周五郎著
つゆのひぬま
娼家に働く女の一途なまごころに、虐げられた不信の心が打負かされる姿を感動的に描いた人間讃歌「つゆのひぬま」等9編を収める。

太宰治著
お伽（とぎ）草紙
昔話のユーモラスな口調の中に、人間宿命の深淵をとらえた表題作ほか「新釈諸国噺」「清貧譚」等5編。古典や民話に取材した作品集。

原民喜著
夏の花・心願の国
水上滝太郎賞受賞
被爆直後の終末的世界をとらえた表題作等、美しい散文で人類最初の原爆体験を描き、朝鮮戦争勃発のさなかに自殺した著者の作品集。

神坂次郎著
今日われ生きてあり
—知覧特別攻撃隊員たちの軌跡—
沖縄の空に散った知覧の特攻隊飛行兵たちの、美しくも哀しい魂の軌跡を手紙、日記、遺書等から現代に刻印した不滅の記録、新装版。

河合隼雄著
岡田知子絵
泣き虫ハァちゃん
ほんまに悲しいときは、男の子も、泣いてもええんよ。少年が力強く成長してゆく過程を描く、著者の遺作となった温かな自伝的小説。

月(つき)まで三(さん)キロ

新潮文庫　い-123-12

令和三年七月一日発行
令和六年十二月五日十二刷

著者　伊与原新(いよはらしん)
発行者　佐藤隆信
発行所　株式会社新潮社
郵便番号　一六二―八七一一
東京都新宿区矢来町七一
電話 編集部(〇三)三二六六―五四四〇
読者係(〇三)三二六六―五一一一
https://www.shinchosha.co.jp
価格はカバーに表示してあります。
乱丁・落丁本は、ご面倒ですが小社読者係宛ご送付ください。送料小社負担にてお取替えいたします。

印刷・錦明印刷株式会社　製本・錦明印刷株式会社

ISBN978-4-10-120762-9　C0193